ANTO
FÁGICA
JAN 20
4AM
1864 · № 00059 ×× 5000 · 25 ·

Um romance de

Jules Verne

Com tradução e notas de

Verónica Galíndez

& artes de

Helena Obersteiner

Editorial

Roberto Jannarelli
Isabel Rodrigues
Carolina Leal
& Dafne Borges

Comunicação

Mayra Medeiros
Gabriela Benevides
& Julia Coppa

Coordenação editorial

Bárbara Prince

Preparação

Silvia Massimini Felix

Revisão

Giovana Bomentre
Paula Queiroz

Projeto gráfico & capa

Giovanna Cianelli
Victoria Servilhano

Produção gráfica
& diagramação

Desenho Editorial

*

Apresentação

Aline Valek

Textos de

Helena Obersteiner
Cláudia Fusco
Samir Machado de Machado

*

Passaram sede e ficaram
andando em círculos

Rafael Drummond
&
Sergio Drummond

Viagem ao centro da Terra

Antofágica

APRESENTAÇÃO
por Aline Valek

O que há lá embaixo?

O que exatamente existe no miolo do nosso planeta?

Enquanto escrevo estas palavras, cientistas ainda tentam se aproximar de uma resposta mais precisa. Afinal, estamos falando de atravessar mais de seis mil quilômetros de terra e rocha. Nem gente nem máquina jamais foram tão fundo! Mas Jules Verne conseguiu encontrar um jeito de chegar lá, numa época em que a novidade tecnológica do momento era a energia elétrica. Sim, ele tinha esse costume de perseguir perguntas que precisariam de quase um século para serem respondidas. A imaginação é o caminho mais rápido para se chegar a qualquer lugar.

Na viagem extraordinária que faremos a seguir, desceremos às entranhas da Terra. Nossos companheiros serão um obstinado geólogo alemão, seu sobrinho cético, um guia islandês caladão e a insistente pergunta: o que existe no centro do planeta? Em busca de uma resposta, passaremos pelos cenários mais espantosos, como o interior de um vulcão inativo na Islândia, narrado com tanta riqueza de detalhes que é como se Jules Verne tivesse pisado lá. Fiquei surpresa ao descobrir que nunca pisou! Isso só mostra o quão longe a sede por leitura e a pesquisa podem nos levar.

Os conhecimentos científicos que nutriram o autor durante a escrita deram às suas especulações um aspecto sólido, tridimensional, de forma que é fácil acreditar que somos nós lá embaixo, caminhando no sufoco de galerias subterrâneas, ouvindo o som da água correr por trás das paredes rochosas, voltando no tempo, ao chegarmos onde permanecem vestígios de outras eras geológicas. Também somos nós ali, tateando na escuridão, toda vez que nos guiamos por nossa curiosidade para desvendar, um pouco que seja, o desconhecido diante de nós.

O quanto sabemos sobre a Terra?

Ou melhor: o quanto ainda não sabemos?

As histórias de Jules Verne me fascinam por lembrar que, ainda hoje, em tempos de internet e realidades digitais, não sabemos tudo sobre o único planeta que podemos chamar de lar. Ainda há muito a descobrir. E, portanto, há um enorme espaço para imaginar. Ao transformar ciência em arte, o autor nos estendeu um chamado para continuarmos investigando as perguntas que nos inquietam. Se um dia usei a imaginação para ir às zonas abissais do oceano em meu primeiro romance, foi em parte porque Jules Verne me apontou o caminho. O entusiasmo que ele tinha pela ciência e pela leitura era mesmo contagioso.

É provável que você também seja capaz de sentir esse maravilhamento que Jules Verne se esforçou para transmitir e que esta edição caprichada da Antofágica apenas elevou: ele ficou impresso nas páginas a seguir. Nada mais utópico do que a sensação de que ainda há o que ser descoberto, de que ainda há histórias para escavar. Só temos de ir mais fundo. Para isso, não precisaremos de cordas ou picaretas; mas da nossa capacidade de continuar fazendo boas perguntas.

ALINE VALEK é escritora e ilustradora. Autora dos romances *As águas-vivas não sabem de si*, *Cidades afundam em dias normais* e da newsletter Uma Palavra, também leva a imaginação dos ouvintes para viajar no podcast Bobagens Imperdíveis.

I

Em 24 de maio de 1863, um domingo, meu tio, o prof. Lidenbrock, voltou mais cedo para sua casa, situada no número 19 da Königstrasse, uma das mais antigas ruas do centro velho de Hamburgo.

A criada, dona Marthe, deve ter achado que estava muito atrasada, pois o almoço mal começara a borbulhar no fogão da cozinha.

"Bem", pensei, "se estiver com fome, meu tio, que é o mais impaciente dos homens, vai soltar gritos de desespero."

— Mas já é o sr. Lidenbrock?! — exclamou dona Marthe atônita, entreabrindo a porta da copa.

— Sim, Marthe. Mas o almoço tem o direito de não estar pronto, pois ainda não são duas horas. A igreja de Saint-Michel acaba de soar uma e meia.

— Então por que o sr. Lidenbrock já está de volta?

— Ele nos dirá, sem sombra de dúvida.

— Aí está ele! Eu vou indo, sr. Axel, o senhor saberá acalmá-lo.

E dona Marthe voltou ao seu laboratório culinário.

Fiquei sozinho. Mas convencer o mais irascível dos professores é algo que meu temperamento um tanto indeciso não permitia. Por isso, eu me preparava para voltar ao meu quartinho no andar de cima, quando a porta da rua gemeu entre os batentes. Passos pesados fizeram estalar a escada de madeira, e o mestre da casa, cruzando a sala de jantar, precipitou-se no mesmo instante ao seu gabinete de trabalho.

Durante essa rápida passagem, ele lançou a um canto sua bengala de castão esculpido como um quebra-nozes, sobre a mesa seu grande chapéu de pele, e ao sobrinho as seguintes palavras retumbantes:

— Axel, siga-me!

Eu mal tivera tempo de me mover e o professor já gritava com um vivo tom de impaciência:

— Então! Por que ainda não está aqui?

Corri ao gabinete do meu temível mestre. Otto Lidenbrock não era um homem mau, devo admitir; mas, a menos que ocorressem mudanças improváveis, ele morreria na pele de um terrível excêntrico.

Era professor no Johannæum[1], e ministrava um curso de mineralogia durante o qual quase sempre se zangava. Não porque se preocupasse com a assiduidade dos alunos, nem com o grau de atenção que lhe conferiam, nem com os resultados que pudessem obter; esses detalhes não o preocupavam em nada. Lecionava "subjetivamente", segundo uma expressão da filosofia alemã, ou seja, para si mesmo e não para os outros. Era um erudito egoísta, um poço de ciência cuja polia chiava quando se queria extrair algo dele: em suma, um avarento.

Há alguns professores desse tipo na Alemanha. Infelizmente, meu tio não gozava de extrema facilidade de expressão quando falava em público e, diga-se de passagem, nem em casa — o que constitui um defeito lamentável para um orador. De fato, o professor costumava emperrar de repente durante suas demonstrações no Johannæum; lutava contra uma palavra recalcitrante que não queria deslizar entre seus lábios, uma dessas palavras que resistem, incham e acabam saindo sob a forma pouco científica de palavrão. Daí os ataques de cólera.

Só que, em mineralogia, há muitos termos semigregos ou semilatinos difíceis de pronunciar: dessas rudes denominações que afligem até os lábios de um poeta. Longe de mim falar mal

1 O mais antigo estabelecimento de ensino secundário de Hamburgo, fundado por protestantes luteranos em 1529 e responsável pela formação de gerações de eruditos no século XIX.

dessa ciência. Longe de mim. Mas quando se trata de cristalizações romboédricas, resinas retinasfaltas, gelenitas, fangasitas, molibdatos de chumbo, tungstatos de manganésio e titaniatos de zircônia, até mesmo a língua mais hábil tem o direito de se enrolar.

Na cidade, todos conheciam essa perdoável enfermidade do meu tio, então abusavam, ficavam à espreita nos trechos perigosos, e ele se enfurecia, e riam — o que não é de bom-tom, até mesmo para os alemães. E se ainda assim havia grande afluência de ouvintes às aulas de Lidenbrock, muitos dos que as frequentavam assiduamente vinham sobretudo para relaxar, assistindo às belas crises de raiva do professor!

De todo modo, eu não poderia deixar de dizer que meu tio era um verdadeiro cientista. Mesmo que às vezes quebrasse suas amostras por manipulá-las com muita brusquidão, ele combinava o olhar do mineralogista às faculdades do geólogo. Com seu martelo, sua ponta de aço, sua agulha imantada, seu maçarico e seu frasco de ácido nítrico, era um homem muito impressionante. Ele classificava sem hesitar, dentre as seiscentas espécies que a ciência conta hoje, um mineral qualquer apenas a partir da quebra, da dureza, da fusibilidade, do som, do odor, do gosto.

Além disso, o nome de Lidenbrock era pronunciado com honrarias nos anfiteatros e nas associações nacionais. Os srs. Humphry Davy, Von Humboldt, e os capitães Franklin e Sabine não deixaram de visitá-lo quando passaram por Hamburgo. Os srs. Becquerel, Ebelmen, Brewster, Dumas, Milne-Edwards e Sainte-Claire Deville gostavam de consultá-lo acerca das questões mais palpitantes da química. Essa ciência devia ao prof. Otto Lidenbrock algumas belas descobertas. Em 1853, ele publicou, em Leipzig, um *Tratado de cristalografia transcendente*, em edição de luxo e ilustrado, mas cujas vendas não cobriram os gastos de impressão.

Acrescente-se a isso o fato de que meu tio era conservador do museu de mineralogia do sr. Struve, embaixador da Rússia, uma preciosa coleção de renome em toda a Europa.

Esse era então o personagem que me interpelava com tamanha impaciência. Imaginem um homem alto, magro, com saúde de ferro, e com uma cabeleira loura juvenil que diminuía uma boa dezena de anos dos seus cinquenta já completados. Ele rolava os olhos de desagrado por trás de óculos pesados; seu nariz, longo e fino, mais parecia uma lâmina afiada; as más línguas diziam até que ele era imantado e que atraía limalha de ferro. Pura calúnia: aquele nariz só atraía rapé, mas, para ser sincero, em grandes quantidades.

Quando tiver acrescentado que meu tio dava largos passos matemáticos de um metro, e disser que ao caminhar ele mantinha os punhos solidamente fechados, sinal de um temperamento impetuoso, já terá sido o bastante para que se queira evitar sua companhia.

Ele morava na sua casinha da Königstrasse, uma habitação de madeira e tijolos, com telhado dentado. Ela dava para um desses canais sinuosos que se cruzam no meio do mais antigo bairro de Hamburgo felizmente poupado pelo incêndio de 1842.

É bem verdade que a velha casa tombava um pouco e mostrava a "barriga" aos passantes: ostentava o teto inclinado sobre uma orelha, como o boné de um estudante da Tugendbund[2],

2 Estudante da "Liga da Virtude", sociedade quase maçônica, cujo objetivo era liberar a então Prússia da ocupação francesa e reviver o "espírito prussiano". São raras as imagens relacionadas a essas práticas, posto que se tratava de uma sociedade secreta. No entanto, um de seus membros notáveis, Ferdinand von Schill, é retratado com um chapéu alto, de tipo militar, de origem prussiana, com uma viseira que cai obliquamente à direita.

e o prumo das suas linhas deixava a desejar. Mas, em suma, ela se mantinha bem, graças a um velho olmo vigorosamente encaixado na fachada, que na primavera deixava crescer seus botões floridos por entre os vidros das janelas.

Meu tio até que era rico para um professor alemão. A casa era própria: tanto o recipiente como o conteúdo. O conteúdo era formado pela sua afilhada Graüben — jovem virlandesa[3] de dezessete anos —, a criada Marthe e eu. Na minha dupla qualidade de sobrinho e de órfão, tornei-me ajudante-preparador em suas experiências.

Confesso que sempre senti grande apetite pelas ciências geológicas; a mineralogia corria no meu sangue e nas minhas veias, e eu nunca me entediava na companhia dos meus preciosos pedregulhos.

Em suma, pode-se dizer que vivíamos felizes nessa casinha da Königstrasse, apesar da impaciência do proprietário, pois, mesmo com seus modos um pouco brutais, ele não deixava de me amar. Mas esse homem não sabia esperar, e era mais apressado do que os demais.

Quando, em abril, plantava pés de resedá ou de corda-de-viola nos vasos de cerâmica da sala, todo dia pela manhã ele ia puxar as folhas para acelerar seu crescimento.

Com um personagem desses, só restava obedecer. Corri então ao seu gabinete.

3 Originária de Vierland, região de agricultores, durante muito tempo autônoma, situada a sudeste de Hamburgo. As virlandesas destacavam-se por seu traje típico e pela beleza.

II

Esse gabinete era um verdadeiro museu. Todas as amostras do reino mineral estavam etiquetadas na mais perfeita ordem, seguindo as três divisões dos minerais: inflamáveis, metálicos e litoides.

Como eu conhecia bem esses bibelôs da ciência mineralógica! Quantas vezes, em vez de brincar com os meninos da minha idade, passei meu tempo tirando o pó de grafites, antracitos, carvões, linhito, turfas! E os betumes, as resinas, os sais orgânicos que era preciso proteger do mínimo átomo de poeira! E aqueles metais, do ferro ao ouro, cujo valor relativo desaparecia diante da igualdade absoluta dos espécimes científicos! Todas aquelas pedras teriam bastado para reconstruir a casa da Königstrasse, até com um belo quarto a mais — que teria vindo bem a calhar para mim!

Mas, quando entrei no gabinete, eu nem pensava nessas maravilhas. Só meu tio ocupava minha mente. Ele estava enfurnado na sua grande poltrona de veludo de Utrecht, e segurava nas mãos um livro que examinava com a mais profunda admiração.

— Que livro! Que livro! — exclamava.

Essa exclamação me lembrou que o prof. Lidenbrock também era bibliômano nas horas vagas; mas um livro só tinha valor a seus olhos se fosse impossível de encontrar ou se fosse ilegível.

— Então! — disse. — Você não sabe, mas encontrei um tesouro inestimável hoje de manhã, quando bisbilhotava na loja do judeu Hevelius!

— Magnífico! — respondi com falso entusiasmo. De fato, para que tanto barulho por um velho livrinho cuja lombada e capas pareciam feitas de velino grosseiro, um livreco amarelado com marcador descolorido pendurado?

Entretanto, as interjeições admirativas do professor não tinham fim.

— Veja — dizia, fazendo ele mesmo as perguntas e as respostas. — Não é uma beleza? Sim, é admirável! E que encadernação! Esse livro se abre facilmente? Sim, pois fica aberto em qualquer página! Mas fecha-se bem? Sim, pois a capa e as folhas estão bem presas, sem se separar nem ficar escancarado em nenhum lugar! E essa lombada que não apresenta uma fissura sequer após setecentos anos de existência! Ah! Essa é uma encadernação da qual Bozerian, Closs ou Purgold[4] ficariam orgulhosos!

Sem parar de falar, meu tio abria e fechava sucessivamente a velha obra. E a única coisa que eu podia fazer era interrogá-lo sobre o dito livro, ainda que não me interessasse de forma alguma.

— E qual é o título desse maravilhoso volume? — perguntei com uma espontaneidade entusiasmada demais e, portanto, falsa.

— Esta obra — respondeu meu tio, animado — é o *Heims-Kringla* de Snorre Turleson, o famoso autor islandês do século XII! É a crônica dos príncipes noruegueses que reinaram na Islândia!

— Nossa! — exclamei do melhor jeito que pude. — E sem dúvida trata-se de uma tradução alemã?

— Uma tradução?! — retorquiu o professor — E o que eu faço com uma tradução? Quem liga para traduções? Esta é a obra original em língua islandesa, esse idioma magnífico, rico e ao mesmo tempo simples, que autoriza as combinações gramaticais mais variadas, além de inúmeras modificações de palavras!

— Como o alemão — insinuei com alegria autossuficiente.

4 Editores de luxo parisienses da virada do século XIX.

— Sim — respondeu meu tio, dando de ombros. — Sem contar que a língua islandesa admite três gêneros, como o grego, e declina os nomes próprios, como o latim!

— Ah! — lancei, um pouco desestabilizado na minha indiferença. — E os caracteres desse livro são bonitos?

— Caracteres! Quem está falando de caracteres, pobre Axel? Até parece! Ah! Está achando que é uma publicação impressa? Mas seu ignorante! É um manuscrito! E um manuscrito rúnico!

— Rúnico?

— Sim! Agora você vai me pedir que explique essa palavra?

— Não ousaria! — retorqui, com o tom de alguém cujo amor-próprio foi ferido.

Mas meu tio insistiu e me instruiu, contra minha vontade, a respeito de coisas que eu não fazia questão de saber.

— As runas — retomou — eram caracteres de escrita usados antigamente na Islândia, e, segundo a tradição, foram inventados pelo próprio Odin! Mas veja só, admire, infiel, esses traços saídos da imaginação de um deus!

Haja paciência! Por falta de resposta, estava prestes a me curvar — tipo de resposta que deve agradar aos deuses e aos reis, pois tem a vantagem de nunca constrangê-los — quando um incidente desviou a conversa. Foi a aparição de um pergaminho imundo que deslizou do livro e caiu no chão.

Meu tio se precipitou sobre essa ninharia com uma avidez facilmente compreensível. Um velho documento, talvez escondido desde tempos imemoriais num velho livro, teria muito valor aos seus olhos.

— O que é isso? — interrogou.

Ao mesmo tempo, desdobrou cuidadosamente sobre a mesa o pedaço de pergaminho de treze centímetros de comprimento por oito centímetros de largura, sobre o qual estavam distribuídos caracteres obscuros em linhas transversais.

Segue o fac-símile exato. Faço questão de revelar esses símbolos estranhos, pois eles levaram o prof. Lidenbrock e seu sobrinho a empreender a mais estranha expedição do século XIX:

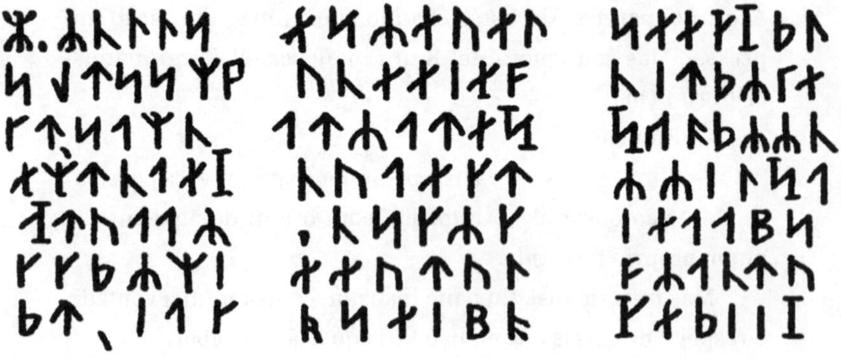

O professor observou a série de caracteres por alguns instantes; depois, levantando os óculos, disse:

— É rúnico. Esses caracteres são absolutamente idênticos aos dos manuscritos de Snorre Turleson! Mas... o que será que significam?

Como eu pensava que o rúnico era mais uma invenção de eruditos para mistificar o pobre mundo, não me zanguei ao ver que meu tio não entendia nada daquilo. Pelo menos foi a impressão que tive ao ver o movimento dos seus dedos, que começavam a se agitar terrivelmente.

— Mas é islandês antigo! — ele murmurava entre os dentes.

E o prof. Lidenbrock devia saber do que falava, pois era considerado um verdadeiro poliglota. Não que falasse com fluência as duas mil línguas e os quatro mil idiomas empregados na superfície do globo, mas conhecia boa parte deles.

Diante dessa dificuldade, ele acabaria se entregando a toda a impetuosidade do seu caráter — e eu já previa uma cena violenta —, quando o reloginho da lareira bateu duas horas da tarde.

Dona Marthe abriu imediatamente a porta do gabinete e disse:

— A sopa está servida.

— Pro diabo com a sopa, quem a preparou e todos os que a comerão! — lançou meu tio.

Marthe saiu correndo. Corri atrás dela, e, sem saber como, fui parar na sala de jantar, sentado no meu lugar habitual.

Esperei alguns instantes. O professor não veio. Era a primeira vez, que eu saiba, que ele faltava à solenidade do almoço. E que almoço! Uma sopa com bastante salsinha, uma omelete de presunto, acompanhada de azedinha temperada com noz-moscada, um lombo de vitelo com compota de ameixas, e, de sobremesa, camarões com açúcar, tudo regado ao vinho da Moselle.

Esse era o preço que meu tio pagaria por um velho pedaço de papel. Acreditem, na qualidade de sobrinho dedicado, concluí que era obrigado a comer por ele e por mim. Foi o que fiz, de caso pensado.

— Nunca vi uma coisa dessas! — dizia dona Marthe. — O sr. Lidenbrock não estar à mesa!

— É simplesmente inacreditável.

— Sinal de coisa séria! — repetia a velha criada, balançando a cabeça.

Na minha opinião, não era sinal de coisa alguma, mas prenúncio de uma cena insuportável quando meu tio descobrisse seu jantar devorado.

Eu estava no meu último camarão quando uma voz retumbante me arrancou das volúpias da sobremesa. De um só pulo, passei da sala ao gabinete.

III

— É claramente rúnico — dizia o professor, franzindo a sobrancelha. — Mas há um segredo, e vou descobri-lo, se não...

Um gesto violento interrompeu seu pensamento.

— Sente-se ali — acrescentou, indicando-me a mesa com a mão — e escreva.

Num instante, eu estava a postos.

— Agora, vou ditar cada letra do nosso alfabeto correspondente a um desses caracteres islandeses. Veremos no que dá. Mas, por são Miguel, cuidado para não se confundir!

O ditado começou. Apliquei-me ao máximo. Cada letra foi lida uma após a outra, e formou a incompreensível sucessão das seguintes palavras:

mm.rnlls	*esreuel*	*seecJde*
sgtssmf	*unteief*	*niedrke*
kt,samn	*atrateS*	*Saodrrn*
emtnaeI	*nuaect*	*rrilSa.*
Atvaar	*.nscrc*	*ieaabs*
ccdrmi	*eeutul*	*frantu*
dt,iac	*oseibo*	*KediiY*

Quando o trabalho foi finalizado, meu tio tomou energicamente a folha sobre a qual eu acabara de escrever e examinou-a por um longo tempo, com atenção.

— O que significa isso? — repetia mecanicamente.

Juro que eu não poderia explicar. Por sinal, ele nada me perguntou, e continuou falando sozinho:

— É o que chamamos de criptograma — dizia —, no qual o sentido está oculto sob as letras embaralhadas de propósito, e que devem formar uma frase inteligível depois de dispostas da maneira correta. E pensar que talvez haja nisso uma explicação ou a pista para uma grande descoberta!

Quanto a mim, pensava que não havia nada ali; mas, por precaução, preferi guardar minha opinião.

O professor tomou então o livro e o pergaminho e os comparou.

— Essas duas escrituras não foram feitas pela mesma mão — disse. — O criptograma é posterior ao livro, o que vejo como prova irrefutável. De fato, a primeira letra é um duplo M, que buscaríamos em vão no livro de Turleson, pois ela só foi integrada ao alfabeto islandês no século XIV. Portanto, há pelo menos duzentos anos entre o manuscrito e o documento.

Devo admitir que parecia bastante lógico.

— Isso me faz pensar — retomou meu tio — que um dos detentores deste livro deve ter traçado estes caracteres misteriosos. Mas quem diabos era essa pessoa? Não teria escrito seu nome em algum lugar deste manuscrito?

Meu tio levantou os óculos, pegou uma lupa potente e revistou com cuidado as primeiras páginas do livro. No verso da segunda, a do falso frontispício, ele descobriu uma espécie de nódoa, que parecia, à primeira vista, uma mancha de tinta. Entretanto, mais de perto, distinguiam-se alguns caracteres meio apagados. Meu tio percebeu que esse era o foco. Ele se concentrou então sobre a mancha e, com ajuda da lupa, acabou reconhecendo os seguintes símbolos, caracteres rúnicos, que leu sem hesitação:

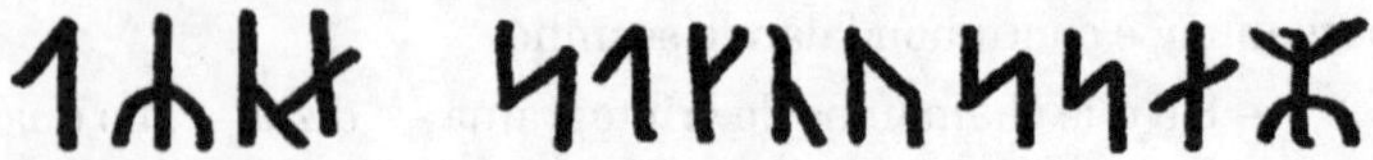

— Arne Saknussemm! — exclamou num tom triunfante.

— Mas isso é um nome, e ainda por cima islandês: um cientista do século XVI, um célebre alquimista!

Olhei para meu tio com certa admiração.

— Esses alquimistas — retomou —, como Aviceno, Bacon, Lulle, Paracelso, eram os verdadeiros, os únicos cientistas de seu tempo. Fizeram descobertas que nos surpreendem até hoje. Por que Saknussemm não teria escondido alguma invenção surpreendente sob esse incompreensível criptograma? Deve ser isso. É isso!

A imaginação do professor se inflamava com essa hipótese.

— É possível — ousei responder. — Mas por que esse cientista esconderia assim alguma descoberta maravilhosa?

— Por quê? Por quê? Ué! E eu lá sei? Galileu não fez assim com Saturno? Além disso, já veremos: eu saberei o segredo desse documento, e não comerei nem dormirei antes de tê-lo adivinhado.

"Xi!", pensei.

— Nem você, Axel — retomou meu tio.

"Diabos!", disse a mim mesmo, "ainda bem que comi por dois!"

— Primeiro — disse meu tio —, devemos encontrar a língua dessa "cifra". Isso não deve ser difícil.

Ao som dessas palavras, ergui rapidamente a cabeça. Meu tio retomou seu monólogo.

— Não há nada mais fácil. Neste documento há 132 letras que dão 79 consoantes contra 53 vogais: ora, é mais ou menos nessa proporção que se formam as palavras das línguas meridionais, enquanto os idiomas do Norte são infinitamente mais ricos em consoantes. Trata-se, portanto, de uma língua do Sul.

Essas conclusões eram muito sensatas.

— Mas que língua é essa?

Era isso que eu queria saber do meu cientista, que no entanto se revelou um profundo analista.

— Esse Saknussemm — retomou — era um homem instruído. Ora, quando não escrevia na sua língua materna, deve ter preferido a língua corrente entre mentes cultivadas do século XVI, ou seja, o latim. Se estiver enganado, poderia tentar o espanhol, o francês, o italiano, o grego, o hebraico. Mas os eruditos do século XVI escreviam geralmente em latim. Tenho, *a priori*, o direito de dizer que isto é latim.

Dei um pulo na cadeira. Minhas lembranças de latinista se revoltavam diante da pretensão de que aquela sequência de palavras barrocas pudesse pertencer à doce língua de Virgílio.

— Sim! Latim — retomou meu tio —, mas latim embaralhado.

"Já não era sem tempo!", pensei. E disse:

— Se conseguir desembaralhar, significa que você é muito bom, meu tio.

— Examinemos bem — disse ele, retomando a folha na qual eu escrevera. — Temos uma série de trinta e duas letras que parecem estar em desordem. Há palavras nas quais as consoantes estão sozinhas, como a primeira: *mm.rnlls*. Outras nas quais as vogais, ao contrário, são abundantes: a quinta, por exemplo, *unteief*, ou a penúltima, *oseibo*. Muito bem. Essa disposição definitivamente não é fruto de uma combinação: ela foi dada *matematicamente* por uma razão desconhecida que norteou a sucessão dessas letras. Parece-me coerente pensar que a frase primitiva tenha sido escrita normalmente, depois revirada segundo uma lei que precisamos descobrir. Quem possuísse a chave dessa "cifra" poderia ler com fluência o documento. Mas que chave é essa? Axel, você tem a chave?

Não respondi nada, e por um motivo. Meu olhar havia se deparado com um charmoso retrato suspenso na parede, o retrato de Graüben. A pupila de meu tio encontrava-se naquele momento em Altona, na casa de uma parente, e sua ausência me entristecia muito, pois, posso confessar agora, a bela virlandesa e eu, sobrinho do professor, nos amávamos com toda a paciência e toda a tranquilidade alemãs. Estávamos noivos, sem o conhecimento do meu tio, geólogo demais para compreender tais sentimentos. Graüben era uma charmosa jovem loura de olhos azuis, de caráter e espírito um pouco sérios, mas não me amava menos por causa disso. No que me diz respeito, eu a adorava, se é que esse verbo existia na língua tudesca! A imagem da minha pequena virlandesa me transportou, num instante, do mundo das realidades ao mundo das quimeras e das lembranças.

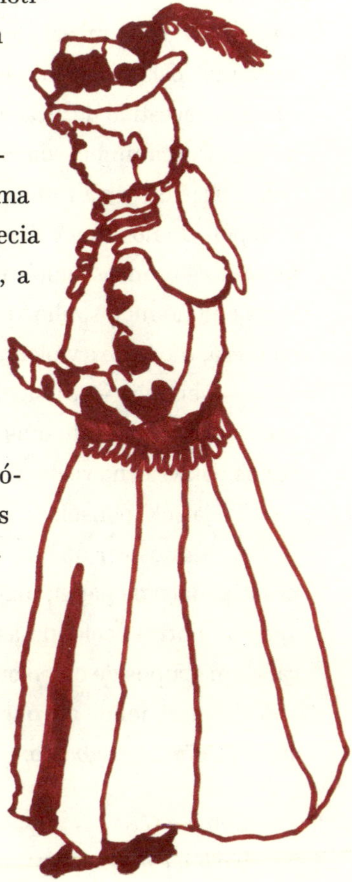

Revi a fiel companheira das minhas pesquisas e dos meus prazeres. Ela me ajudava a organizar, a cada dia, as preciosas pedras do meu tio; ela as etiquetava comigo. A srta. Graüben era uma excelente mineralogista. Ela poderia prová-lo a mais de um cientista. Gostava de se aprofundar nas questões árduas da ciência. Quantas horas doces passamos estudando juntos! E como invejei o destino dessas pedras insensíveis manipuladas pelas suas charmosas mãos! Depois, nas horas vagas, saíamos, passeávamos pelas alamedas cerradas do Alster e íamos até o velho moinho revestido de alcatrão e que é tão bonito, na extremidade do lago. No caminho, conversávamos de mãos dadas. Eu lhe contava coisas e ela ria muito. Chegávamos, então, à beira do Elba, e, depois de nos despedirmos dos cisnes que nadavam entre os nenúfares brancos, voltávamos ao cais com o barco a vapor. Lá estava eu no meu sonho, quando meu tio, batendo com o punho na mesa, me trouxe violentamente de volta à realidade.

— Vejamos — disse ele. — A primeira ideia que deve vir à cabeça para embaralhar as letras de uma frase é, acho eu, escrever as palavras na vertical em vez de na horizontal.

"Veja só!", pensei.

— Vamos ver no que dá. Axel, escreva uma frase qualquer nesse pedaço de papel; mas em vez de distribuir as letras umas após as outras, coloque-as sucessivamente em colunas verticais, em grupos de cinco ou seis.

Entendi aonde ele queria chegar, e no mesmo instante escrevi de cima para baixo:

E m n q G e
u o h u r n
t, a e a !
e m p n ü
a i e a b

— Bem — disse o professor sem sequer ler. — Agora, distribua as palavras em linha horizontal.

Obedeci, e obtive a seguinte frase:

EmnqGe uohurn t,aea! empnü aieab

— Perfeito! — disse meu tio, arrancando o papel das minhas mãos. — Já se parece com o velho documento: as vogais estão agrupadas, assim como as consoantes, na mesma desordem; temos até maiúsculas no meio das palavras, também vírgulas, assim como no pergaminho de Saknussemm!

Não pude deixar de achar esses comentários muito criativos.

— Ora — retomou meu tio, dirigindo-se diretamente a mim —, para ler a frase que você acaba de escrever, e que eu desconheço, bastará pegar sucessivamente a primeira letra de cada palavra, depois a segunda, depois a terceira, e assim por diante. E, para sua surpresa, e minha também, meu tio leu:

Eu te amo, minha pequena Graüben!

— Hein? — fez o professor.

Sim. Sem desconfiar, apaixonado atabalhoado que sou, havia escrito essa frase comprometedora!

— Ah! Você ama Graüben? — retomou meu tio em tom de verdadeiro tutor.

— Sim... Não... — balbuciei.

— Ah! Você ama Graüben! — retomou de forma automática. — Pois bem, apliquemos meu método ao documento em questão!

Meu tio, de volta à sua contemplação concentrada, já esquecera minhas imprudentes palavras. Digo imprudentes pois o intelecto do cientista não poderia compreender as coisas do coração. Mas, por sorte, prevaleceu o grande mistério do documento.

No momento de realizar sua experiência capital, os olhos do prof. Lidenbrock brilhavam através dos óculos. Seus dedos tremeram quando retomou o pergaminho. Ele estava realmente emocionado. Enfim, tossiu com força, e com uma voz grave, pronunciando sucessivamente a primeira letra, logo a segunda de cada palavra, ditou:

mmessunkaSenrA.icefdoK.segnittamurtn
ecertserrette,rotaivsadua,ednecsedsadne
lacartnïïiluJsiratracSarbmutabiledmek
meretarcsilucoIsleffenSnI

No fim, confesso que fiquei emocionado. Essas letras, nomeadas uma a uma, não apresentavam nenhum sentido à minha mente. Eu esperava então que o professor deixasse escapar com pompa dos lábios uma frase de magnífica latinidade.

Mas quem teria imaginado? Um violento murro abalou a mesa. A tinta se espalhou, a pena saltou das minhas mãos.

— Não é isso! — exclamou meu tio. — Isso não faz o menor sentido!

Depois, cruzando o gabinete como uma bala, descendo a escadaria como uma avalanche, desapareceu às pressas pela Königstrasse.

IV

— Ele saiu? — perguntou Marthe, que apareceu correndo ao ouvir bater a porta da rua, fechada com tamanha violência que abalara a casa toda.

— Sim! — respondi. — Isso mesmo!

— Ora! E o almoço? — disse a velha criada.

— Ele não vai almoçar!

— E o jantar?

— Ele não vai jantar!

— Como assim? — disse Marthe, unindo as mãos.

— Não, dona Marthe, ele não vai mais comer. Ninguém desta casa vai mais comer! Meu tio Lidenbrock vai nos obrigar ao jejum total até que consiga decifrar um velho livro obscuro absolutamente indecifrável!

— Jesus! Então vamos morrer de fome!

Não tive coragem de admitir que, com um homem tão autoritário quanto meu tio, esse era um destino inevitável.

A velha criada, seriamente alarmada, voltou à cozinha gemendo.

Quando fiquei sozinho, tive a ideia de ir contar tudo a Graüben. Mas como sair da casa? O professor poderia voltar de uma hora para outra. E se me chamasse? E se quisesse recomeçar o trabalho logogrífico, que nem mesmo o velho Édipo[5] conseguiria resolver? E o que aconteceria se eu não respondesse ao seu chamado?

O mais razoável era ficar. Justamente, um mineralogista de Besançon acabara de nos enviar uma coleção de geodos silícicos para classificação. Comecei o trabalho. Triei, etiquetei, dispus nas vitrines todas aquelas pedras ocas nas quais brilhavam pequenos cristais.

5 Personagem da mitologia grega, Édipo teria salvado a cidade de Tebas ao decifrar o enigma proposto por uma esfinge.

Mas não conseguia me concentrar nessa tarefa. Por mais estranho que fosse, o problema do velho documento não saía da minha mente. Minha cabeça estava em plena ebulição e eu me sentia invadido por uma preocupação indefinida. Tinha o pressentimento de que uma catástrofe se aproximava.

Uma hora depois, meus geodos estavam organizados. Descansei então na grande poltrona de Utrecht, com os braços pendurados e a cabeça caída. Acendi o cachimbo de longa haste curva, cujo fornilho esculpido representava uma ninfa languidamente deitada; depois me distraí observando o progresso da carbonização, que transformava minha ninfa numa mulher negra. De vez em quando, tentava ouvir se algum passo ressoava na escadaria. Mas não. Onde estaria meu tio nesse momento? Eu o imaginava correndo sob as belas árvores da estrada de Altona, gesticulando, apontando para o muro com sua bengala, batendo na vegetação com um gesto violento, decapitando as urtigas e perturbando o repouso das cegonhas solitárias.

Voltaria triunfante ou desencorajado? Quem sairia vencedor desse combate: o segredo ou ele? Perguntava-me coisas desse tipo e, automaticamente, peguei entre os dedos a folha de papel na qual se estendia a incompreensível série de letras traçadas por mim. Repetia a mim mesmo:

— O que será que significam?

Tentava agrupar essas letras para formar palavras. Impossível! Não adiantava agrupá-las em duas, ou três, ou cinco, ou seis, pois eu não obtinha nada inteligível. Havia claramente a 14ª, a 15ª e a 16ª letras, que formavam a palavra inglesa *ice*. A 84ª, 85ª e 86ª formavam a palavra *sir*. Enfim, no corpo do documento, na terceira linha, percebi também as palavras latinas *rota*, *mutabile*, *ira*, *nec*, *atra*.

"Diabos!", pensei. "Essas últimas palavras parecem dar razão ao meu tio acerca da língua do documento! E tem mais! Na quarta linha, percebo ainda a palavra *luco*, que pode ser traduzida por 'madeira sagrada'. É bem verdade que na terceira linha lê-se a palavra *tabiled*, de sonoridade perfeitamente hebraica, e na última os vocábulos *mer*, *arc*, *mère*, em francês mesmo."

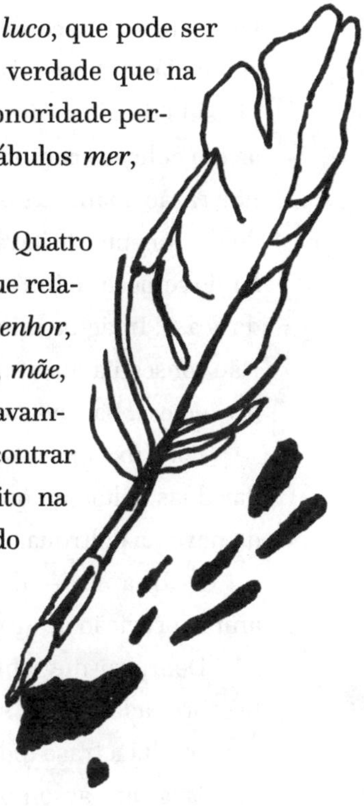

Era suficiente para perder a cabeça! Quatro idiomas diferentes nessa frase absurda! Que relação poderia existir entre as palavras *gelo*, *senhor*, *cólera*, *cruel*, *madeira sagrada*, *cambiante*, *mãe*, *arco* e *mar*? A primeira e a última aproximavam-se com facilidade: não era estranho encontrar um "mar de gelo" num documento escrito na Islândia. Mas daí a compreender o resto do criptograma, era outra história.

Eu me debatia, portanto, contra uma dificuldade insolúvel. Meu cérebro fervia, meus olhos piscavam diante da folha de papel. As cento e trinta-e-duas letras pareciam gravitar ao meu redor, como essas manchas escuras que gravitam na nossa visão quando o sangue sobe rápido demais à cabeça.

Eu estava sendo tomado por uma espécie de alucinação: sufocava, sentia falta de ar. Sem pensar, abanei-me com a folha de papel, cuja frente e o verso mostraram-se sucessivamente ao meu olhar.

Mas que surpresa quando, numa dessas voltas rápidas, no momento em que o verso se mostrava a mim, acreditei ver surgir palavras perfeitamente legíveis, palavras latinas, entre as quais *craterem* e *terrestre*!

De súbito, uma luz brilhou na minha mente: esses índices isolados fizeram-me enxergar a verdade. Acabara de descobrir a lei da cifra. Para compreender o documento, não precisava nem sequer lê-lo através da folha virada! Não. Era assim mesmo. Havia sido ditado assim e podia ser soletrado com fluidez. Todas as engenhosas combinações do professor se realizavam. Ele tinha razão quanto à disposição das letras e razão quanto à língua do documento! Faltava uma coisa de nada para que ele pudesse ler do começo ao fim a frase latina, e esse "nada" era um presente do acaso! Imagine minha emoção! Minha vista estava embaçada. Não conseguia mais enxergar. Havia esticado a folha de papel sobre a mesa. Bastava uma olhada para descobrir o segredo.

Por fim, consegui controlar meus impulsos. Obriguei-me a dar duas voltas no quarto para acalmar os nervos e sentei-me de novo na poltrona.

— Leiamos — disse a mim mesmo, depois de ter feito uma ampla provisão de ar nos pulmões.

Debrucei-me sobre a mesa; passei os dedos sucessivamente sobre cada letra, e, sem parar, sem sequer hesitar, pronunciei em voz alta a frase toda.

Mas que assombro, que terror me invadiu! No começo, parecia ter levado um golpe. Que coisa! O que eu acabara de descobrir havia realmente acontecido! Um homem tinha sido suficientemente audacioso para descer...!

— Ah! — exclamei num sobressalto. — Não é possível! Não é possível! Meu tio não pode saber! A única coisa que faltava é que ele tomasse conhecimento dessa viagem! Ele iria querer fazê-la também! Nada poderia impedi-lo! Um geólogo tão obstinado! Ele partiria a qualquer custo, contra tudo e contra todos! E me levaria com ele! E nunca mais voltaríamos! Nunca mais! Nunca mais!

Estava numa agitação extrema, difícil de descrever.

— Não! Não! Não há de ser — falei com energia. — E, se posso impedir que essa ideia venha à mente do meu tirano, é o que vou fazer. De tanto virar e revirar esse documento, ele poderia acabar descobrindo a chave! Destruamos o documento!

Havia um resto de fogo na chaminé. Tomei não somente a folha de papel, mas o pergaminho de Saknussemm. Com uma mão febril ia jogar tudo na brasa e aniquilar aquele perigoso segredo, quando a porta do gabinete se abriu. Era o meu tio.

V

Só tive tempo de colocar o maldito documento de volta sobre a mesa.

O prof. Lidenbrock parecia profundamente concentrado. Seu pensamento dominante não lhe dava um minuto de paz. Ele havia obviamente perscrutado, analisado o caso, implementado todos os recursos da sua imaginação durante o passeio, e voltava para aplicar alguma nova combinação.

De fato, sentou-se na poltrona, e, pena na mão, começou a escrever fórmulas que pareciam um cálculo algébrico.

Eu acompanhava com o olhar sua mão inquieta; não perdia um movimento sequer. Será que algum resultado inesperado poderia se produzir? Eu tremia, e sem razão, pois a verdadeira combinação, a "única", havia sido encontrada, e toda pesquisa tornava-se necessariamente vã.

Durante três longas horas, meu tio trabalhou sem parar, sem erguer a cabeça, apagando, retomando, rasurando, recomeçando mil vezes.

Ele bem sabia que, se conseguisse combinar aquelas letras segundo todas as posições relativas que podiam ocupar, a frase estaria feita. Mas eu também sabia que vinte letras podiam formar apenas 2.432.932.008.176.640 combinações... Acontece que havia 132 letras na frase, e essas 132 letras davam um número de frases diferentes, compostas de pelo menos 133 cifras, número quase impossível de enumerar e que escapa a qualquer análise.

Estava aliviado com esse meio heroico de resolver o problema.

Mas o tempo passava. A noite caiu. Os ruídos da rua se acalmaram. Meu tio, ainda aplicado em sua tarefa, nada viu; nem sequer dona Marthe, quando ela entreabriu a porta. Nada ouviu; nem sequer a voz dessa digna criada, que disse:

— O senhor vai jantar hoje à noite?

Marthe teve de se retirar sem resposta. Quanto a mim, depois de ter resistido durante algum tempo, fui tomado por um invencível sono e adormeci num lado do sofá, enquanto meu tio Lidenbrock continuava calculando e rasurando.

Quando acordei, no dia seguinte, o incansável labutador ainda trabalhava. Os olhos vermelhos, a tez pálida, os cabelos embaraçados sob a mão febril, as bochechas coradas indicavam bem sua luta terrível contra o impossível, e em quais cansaços da mente, em qual contenção do cérebro as horas devem ter passado para ele.

Ele realmente me dava pena. Apesar das objeções que acreditava estar no direito de fazer, fui invadido por certa emoção. O pobre homem estava tão possuído por sua ideia que esquecia até de se zangar.

Todas essas forças vivas se concentravam num só ponto e, como não dispunham da válvula de escape habitual, podia-se temer que a tensão o fizesse explodir de uma hora para outra.

Eu poderia, com um gesto, com uma só palavra, aliviar a pressão! E não fiz nada.

Entretanto, eu tinha um bom coração. Por que ficava mudo numa situação daquelas? Pelo bem do meu tio.

"Não, não!", repetia a mim mesmo. "Não direi nada! Ele vai querer ir até lá, eu o conheço. Nada poderá impedi-lo. Ele tem uma imaginação vulcânica, e, para fazer o que outros geólogos nunca fizeram, seria capaz de arriscar a própria vida. Vou me trair; vou guardar esse segredo que o acaso me ofereceu! Desvendá-lo significaria matar o prof. Lidenbrock! Ele que adivinhe, se puder! Não quero me arrepender um dia de tê-lo levado à própria perdição!"

Isso resolvido, cruzei os braços e esperei. Mas não contava com um incidente que se produziu algumas horas depois.

Quando dona Marthe quis sair da casa para ir ao mercado, ela se deparou com a porta trancada. A grande chave não estava na fechadura. Quem havia tirado a chave? Meu tio, é claro, quando voltou da sua rápida excursão da noite anterior.

Teria sido de propósito? Teria sido um descuido? Será que ele queria nos submeter à crueldade da fome? Achei isso um pouco demais. Francamente! Marthe e eu seríamos vítimas de uma situação que nada tinha a ver conosco? Talvez. E me lembrei de um precedente cuja natureza dava margem ao medo. De fato, alguns anos antes, numa época em que meu tio trabalhava na sua grande classificação mineralógica, ficava até quarenta e oito horas sem comer, e a casa toda foi obrigada a se adaptar a essa dieta científica. Na época eu passara por câimbras no estômago bem pouco agradáveis, já que era um garoto naturalmente voraz.

Senti que o almoço, assim como o jantar da noite anterior, ia ficar faltando. Entretanto, resolvi ser estoico e não ceder diante das imposições da fome. Dona Marthe levava aquilo tudo muito a sério e sofria, pobre mulher. Quanto a mim, a impossibilidade de sair de casa me preocupava mais, e com razão! Era compreensível.

Meu tio ainda trabalhava. Sua imaginação se perdia no mundo ideal das combinações. Ele estava longe da terra, e totalmente fora das necessidades terrestres.

Por volta do meio-dia, a fome começou a bater. Marthe, muito inocente, havia esgotado as provisões da despensa na noite anterior; não sobrara nada em casa. Mas aguentei firme. Eu fazia questão.

As duas horas soaram. Estava ficando ridículo, intolerável. Meus olhos já estavam esbugalhados. Começava a me dizer que exagerava a importância do documento; que meu tio não acreditaria;

que ele acharia que tudo não passava de simples mistificação; que no pior dos casos ele seria impedido, caso quisesse tentar a aventura; que, enfim, talvez ele descobrisse sozinho a chave da "cifra", e que nesse caso eu teria de pagar pela minha abstenção.

Essas razões, que na noite anterior eu teria rejeitado com indignação, me pareciam agora excelentes. Cheguei a achar perfeitamente absurdo ter esperado tanto tempo, e tomei a decisão de contar tudo.

Então, comecei a procurar uma forma de tocar no assunto, não muito brusca, quando o professor se levantou, pôs o chapéu e se preparou para sair. Quê?! Sair de casa e nos trancar de novo?! Nunca!

— Meu tio! — eu disse. — Ele não pareceu me ouvir. — Meu tio Lidenbrock? — repeti erguendo a voz.

— Hein? — disse como um homem que acorda de repente.

— Então! E essa chave?

— Que chave? A chave da porta?

— Não! — exclamei. — A chave do documento!

O professor me olhou por cima dos óculos; deve ter notado algo insólito na minha fisionomia, pois pegou meu braço energicamente, e, sem dizer nada, interrogou-me pelo olhar. Entretanto, nunca antes uma pergunta fora formulada de maneira mais clara. Balancei a cabeça de cima para baixo.

Ele balançou a dele com certa pena, como se estivesse lidando com um louco.

Fiz um gesto afirmativo.

Seus olhos brilharam; sua mão fez-se ameaçadora.

Essa conversa muda, em tais circunstâncias, teria interessado até mesmo o espectador mais indiferente. E, definitivamente, chegou o ponto em que eu não conseguia mais falar, de tanto temor de que meu tio me estrangulasse nos seus primeiros arroubos de alegria. Mas insistiu tanto que foi preciso responder.

— Sim, essa chave! O acaso!

— Que está dizendo? — interpelou-me com emoção indescritível.

— Veja só — disse-lhe, mostrando a folha de papel sobre a qual havia escrito. — Leia.

— Mas não quer dizer nada! — respondeu, amassando a folha.

— Nada quando se começa a ler pelo começo, mas pelo fim...

Eu mal havia terminado a frase quando o professor deu um grito, mais do que um grito, um verdadeiro rugido! Uma revelação acabara de invadir sua mente. Ele estava transfigurado.

— Ah! Engenhoso Saknussemm! — exclamou. — Quer dizer que você escreveu primeiro sua frase ao contrário?

E, precipitando-se sobre a folha de papel, com o olhar trêmulo, leu o documento inteiro, indo da última letra à primeira.

Fora concebido nos seguintes termos:

In Sneffels Yoculis craterem kem delibat
umbra Scartaris Julii intra calendas descende,
audas viator, et terrestre centrum attinges.
Kod feci. Arne Saknussemm

O que, nesse latim precário, podia ser traduzido da seguinte forma:

Desça na cratera do Yocul de Snæfell
que a sombra do Scartaris vem acariciar antes das calendas de julho,
viajante audacioso, e chegarás ao centro da Terra.
Pois foi o que eu fiz. Arne Saknussemm

Meu tio, ao ler isso, pulou como se tivesse tocado sem querer uma garrafa de Leiden[6]. Ele estava magnífico de tanta audácia, alegria e convicção. Andava para um lado e para o outro; segurava a cabeça com ambas as mãos; empurrava as cadeiras; empilhava os livros; fazia malabarismo, acreditem ou não, com seus preciosos geodos; dava socos no ar, um tapa. Por fim, seus nervos se acalmaram e, como um homem esgotado por uma descarga de fluidos, caiu sentado na poltrona.

— Que horas são? — perguntou, após alguns instantes de silêncio.

— Três horas — respondi.

— Nossa! A hora do almoço chegou rápido! Estou morrendo de fome. À mesa. E depois...

— E depois?

— Você vai arrumar minha mala.

— Hein? — reagi.

— E a sua também! — respondeu o impiedoso professor, entrando na sala de jantar.

6 Primeiro capacitor (1746), ou armazenador de energia elétrica, que podia produzir um choque elétrico, dependendo de como o usuário o manipulasse.

VI

Ao som dessas palavras, um arrepio percorreu meu corpo. Entretanto, contive-me. Resolvi até mesmo me comportar. Apenas argumentos científicos poderiam deter o prof. Lidenbrock. Por sorte, havia vários, e dos bons, contra a possibilidade de uma viagem dessas. Ir ao centro da Terra! Que loucura! Reservei minha dialética para o momento oportuno e me preocupei com a próxima refeição.

Inútil relatar as imprecações do meu tio ao ver que a mesa não estava posta. Tudo foi explicado. A liberdade foi devolvida a dona Marthe, que correu até o mercado e fez tudo tão bem que, uma hora depois, minha fome estava saciada e eu voltava a sentir as implicações da minha situação.

Durante a refeição, meu tio esteve quase contente; deixou escapar piadas de cientista, que nunca ofendem ninguém. Depois da sobremesa, fez sinal para que eu o acompanhasse ao gabinete.

Obedeci. Ele se sentou de um lado da mesa de trabalho, eu do outro.

— Axel — disse com uma voz bastante doce —, você é um rapaz engenhoso. Você me prestou um belo serviço, quando, cansado de lutar, eu estive a ponto de abandonar esse enigma. Em que ponto eu teria desistido? Ninguém saberá! Nunca esquecerei, meu rapaz, e você terá sua parte na glória que alcançaremos.

"Vamos!", pensei. "Ele está de bom humor. Chegou a hora de conversar sobre essa glória."

— Antes de mais nada — retomou meu tio —, recomendo que guarde o segredo mais absoluto, você me entende? Conheço muitos invejosos dentre os cientistas, e muitos deles gostariam de fazer essa viagem, da qual só ficarão cientes ao nosso regresso.

— Acredita mesmo — respondi — que a quantidade de audaciosos seja tão grande?

— Sem dúvida! Quem hesitaria em conquistar tamanho renome? Se esse documento fosse conhecido, um exército de geólogos se precipitaria na trilha de Arne Saknussemm!

— Não estou convencido disso, meu tio, pois nada prova a autenticidade do documento.

— Como assim? E o livro no qual o descobrimos?

— Muito bem! Concordo que esse Saknussemm tenha escrito essas linhas, mas deve-se concluir que tenha realmente feito a viagem? Esse velho pergaminho não poderia ser pura mistificação?

Quase me arrependi de ter pronunciado essa última palavra, um pouco ousada. O professor franziu as sobrancelhas espessas, e temi ter comprometido a continuação da conversa. Felizmente, nada aconteceu. Meu severo interlocutor esboçou uma espécie de sorriso com os lábios, e respondeu:

— É o que veremos.

— Ah! — respondi um pouco contrariado. — Mas permita-me esgotar a série de objeções relativas ao documento.

— Fale, meu rapaz, não se acanhe. Você é livre para expressar sua opinião. Não é mais meu sobrinho, mas meu colega. Então, vamos.

— Pois bem, primeiramente pergunto: o que são esse Yocul, esse Snæfell e esse Scartaris dos quais nunca ouvi falar?

— Não há nada mais fácil de responder. Há algum tempo recebi precisamente um mapa do meu amigo Augustus Petermann de Leipzig; não poderia ter chegado em melhor hora. Pegue o terceiro atlas na segunda coluna da grande biblioteca, série Z, prancha 4.

Levantei-me, e, graças às indicações precisas, encontrei rapidamente o atlas solicitado. Meu tio abriu-o e disse:

— Esse é um dos melhores mapas da Islândia, o de Henderson, e acredito que ele vai nos oferecer a resposta a todas as suas dúvidas.

Debrucei-me sobre o mapa.

— Veja esta ilha composta de vulcões — disse o professor — e note que todos se chamam Yokul. Essa palavra quer dizer “glaciar” em islandês, e, na latitude elevada da Islândia, a maioria das erupções aparece através de camadas de gelo. Daí a denominação de Yokul, aplicada a todos os montes ignívomos[7] da ilha.

— Pois bem — respondi. — Mas o que é Snæfell?

Tinha esperança de que essa pergunta ficasse sem resposta. Ledo engano. Meu tio retomou:

— Siga-me sobre a costa ocidental da Islândia. Achou Reykjavik, a capital? Isso. Muito bem. Suba os inúmeros fiordes dessas margens corroídas pelo mar e pare um pouco abaixo do sexagésimo quinto grau de latitude. O que você vê?

— Uma espécie de península parecida com um osso sem carne, que termina numa enorme rótula.

— A comparação é acertada, meu rapaz; mas você não percebeu nada nessa rótula?

— Sim, um monte que parece ter crescido no mar.

— Bem! É o Snæfell.

— O Snæfell?

— Isso mesmo, uma montanha de mil e quinhentos metros de altitude, uma das mais impressionantes da ilha, e certamente a mais célebre do mundo todo, se sua cratera chegar mesmo ao centro do globo.

— Mas é impossível! — exclamei, erguendo os ombros e revoltado com uma suposição daquelas.

— Impossível? — respondeu o prof. Lidenbrock em tom severo. — E por quê?

7 Que expelem fogo.

— Porque essa cratera está obviamente obstruída pela lava, pelas rochas incandescentes, e, portanto...

— E se for uma cratera inativa?

— Inativa?

— Sim. O número de vulcões em atividade na superfície do globo não passa de algo em torno de trezentos; mas existe uma quantidade muito maior de vulcões extintos. Pois o Snæfell consta entre esses últimos, e, desde os tempos históricos, só teve uma erupção: a de 1219. A partir dessa época, seus rumores se acalmaram aos poucos, e ele não mais consta entre os vulcões ativos.

Diante dessas afirmações, eu nada tinha a dizer. Dediquei-me então às outras questões obscuras do documento.

— O que significa a palavra Scartaris? — perguntei. — E que vêm fazer as calendas de julho nessa história?

Meu tio refletiu por alguns instantes. Tive um momento de esperança, mas só um, pois ele rapidamente respondeu nos seguintes termos:

— Isso que você chama de obscuro é luz para mim. Prova os cuidados engenhosos de Saknussemm para precisar sua descoberta. O Snæfell é formado por várias crateras. Foi necessário, então, indicar qual delas leva ao centro do globo. Que fez o cientista islandês? Ele percebeu que, por volta das calendas de julho, ou seja, por volta dos últimos dias de junho, um dos picos da montanha, o Scartaris, projetava sua sombra até a abertura da cratera em questão, e registrou esse fato em seu documento. Poderia imaginar uma indicação mais exata? E, chegados ao topo do Snæfell, será que vamos hesitar diante do caminho a seguir?

Decididamente, meu tio tinha resposta para tudo. Vi bem que era inatacável a respeito das palavras do velho pergaminho.

Então, cessei de pressioná-lo a esse respeito e, como o mais importante era tentar dissuadi-lo, passei às objeções científicas — muito mais graves, na minha opinião.

— Muito bem — eu disse. — Sou obrigado a convir que a frase de Saknussemm é clara e não deixa margem a dúvidas. Concordo até que o documento parece perfeitamente autêntico. Esse cientista foi ao fundo do Snæfell; ele viu a sombra do Scartaris acariciar os contornos da cratera antes das calendas de julho; ele chegou a ouvir nas narrativas lendárias do seu tempo que essa cratera chegava ao centro da Terra. Mas quanto a ele mesmo ter chegado lá, quanto a ter feito a viagem e retornado, se é que fez... Não! Cem vezes não!

— E por qual razão? — disse meu tio, num tom particularmente jocoso.

— É que todas as teorias da ciência demonstraram que uma empreitada dessas é impraticável!

— Todas as teorias dizem isso? — questionou o professor com ares de superioridade. — Ah! Que teorias danadas! Elas vão nos atrapalhar, essas pobres teorias!

Vi que ele ria de mim, mas continuei mesmo assim.

— Sim! É consenso que o calor aumenta por volta de um grau cada trinta e três metros de profundidade abaixo da superfície do globo. Assim, se admitirmos essa proporcionalidade constante, o raio terrestre sendo de 6.371 quilômetros[8], a temperatura no centro ultrapassa os duzentos mil graus. As matérias no interior da Terra se encontram, portanto, em estado de gás incandescente, pois os metais, o ouro, a platina, as rochas mais duras, não resistem a tamanho calor. Isso posto, tenho o direito de questionar se é possível penetrar um meio desses!

— Então, Axel, é o calor que incomoda você?

— Talvez. Se chegássemos a uma profundidade de apenas quarenta quilômetros, teríamos alcançado o limite da crosta terrestre, pois a temperatura já seria superior a mil e trezentos graus.

— E você tem medo de entrar em fusão?

— Cabe a você decidir a respeito disso — respondi, bem-humorado.

— Então aqui vai minha decisão — replicou o prof. Lidenbrock com soberba. — Nem eu, nem você, nem ninguém sabe com certeza o que acontece no interior do globo, posto que só se conhecem doze milésimos de seu raio. A ciência é fundamentalmente perfectível, e as teorias vigentes são o tempo todo destruídas por novas. Acaso não se acreditava, até Fourier, que a temperatura dos espaços planetá-

8 Mesmo que Jules Verne tenha cristalizado o emprego da palavra "léguas" em seu romance *Vinte mil léguas submarinas* (1869), decidimos modernizar todas as unidades de medida de *Viagem ao centro da Terra*, convertendo-as ao sistema métrico e as arredondando quando necessário. Ainda assim, cabem algumas explicações. Apesar de o sistema métrico ter se tornado obrigatório logo depois da Revolução Francesa (1789), levou muito tempo até ser efetivamente implementado, em 1840. Jules Verne, e também outros grandes escritores, como Balzac, empregam o sistema antigo e o sistema métrico de maneira por vezes indistinta ou concomitante. As interpretações quanto às razões desse tipo de emprego são das mais variadas: esforço pedagógico, manutenção de um sistema ainda muito presente no imaginário do leitor, puro hábito.

rios diminuía constantemente? E não sabemos hoje que os maiores frios das regiões etéreas não ultrapassam quarenta ou cinquenta graus negativos? Por que não seria a mesma coisa com relação ao calor interno? Por que, em determinada profundidade, ele não atingiria um limite insuperável, em vez de aumentar até o grau de fusão dos minerais mais refratários?

Como meu tio expunha as questões no plano das hipóteses, eu nada podia responder.

— Pois bem, digo que os verdadeiros cientistas, Poisson entre eles, provaram que, se um calor de duzentos mil graus existisse no interior do globo, os gases incandescentes provenientes das matérias fundidas adquiririam tamanha elasticidade que a crosta terrestre não resistiria e explodiria como as paredes de uma caldeira sob a pressão do vapor.

— É a opinião de Poisson, meu tio, só isso.

— Concordo, mas outros geólogos renomados também opinam que o interior do globo não é formado nem de gás, nem de água, nem das mais pesadas pedras conhecidas, pois, nesse caso, a Terra pesaria duas vezes menos.

— Ah! Com números é possível provar qualquer coisa!

— E com os fatos, meu rapaz, não acontece o mesmo? Não é notório que o número de vulcões tenha diminuído consideravelmente desde os primeiros dias do mundo? E, caso haja calor central, não se pode concluir que ele tende a diminuir?

— Meu tio, se você entrar no campo das suposições, eu não terei mais por que conversar.

— Mas devo dizer que minha ideia é corroborada por opiniões de pessoas muito competentes. Você se lembra de uma visita que recebi do célebre químico inglês Humphry Davy em 1852?

— Claro que não, pois só vim ao mundo dezenove anos depois.

— Pois bem, Humphry Davy veio me ver quando passou por Hamburgo. Conversamos por muito tempo e, entre outras questões, discutimos a hipótese da liquidez do núcleo interno da Terra. Nós dois concordamos que essa liquidez não poderia existir, por uma razão para a qual a ciência nunca encontrou resposta.

— Qual? — perguntei, um pouco surpreso.

— É que essa massa líquida estaria sujeita, assim como o oceano, à atração da lua, e consequentemente, duas vezes ao dia, ela produziria marés internas que, levantando a crosta terrestre, desencadeariam terremotos periódicos!

— No entanto, está claro que a superfície do globo foi submetida à combustão, e pode-se supor que a crosta externa se resfriou primeiro, enquanto o calor se refugiava no centro.

— Errado — respondeu meu tio. — A Terra foi aquecida pela combustão da sua superfície, não o contrário. A superfície era composta de uma grande quantidade de metais, como o potássio e o sódio, que têm a propriedade de se inflamar em contato com o ar e com a água. Esses metais se incendiaram quando os vapores atmosféricos se precipitaram em forma de chuva sobre o solo; e, pouco a pouco, quando as águas penetraram nas fissuras da crosta terrestre, elas determinaram novos incêndios com explosões e erupções. Daí os numerosos vulcões nos primeiros dias do mundo.

— Mas que hipótese mais engenhosa! — exclamei, um pouco sem querer.

— Ainda mais porque Humphry Davy me convenceu, aqui mesmo, por meio de uma experiência bem simples. Ele criou uma bola metálica composta sobretudo pelos metais que acabo de evocar, e que representava perfeitamente nosso globo. Quando vaporizávamos de leve sua superfície, ela borbulhava, se oxidava e formava uma pequena montanha; uma cratera se abria no topo; a erupção acontecia e irradiava na bola toda um calor tão intenso que era impossível tocá-la.

Eu começava a ceder verdadeiramente aos argumentos do professor. Por sinal, ele os expunha com a paixão e o entusiasmo habituais.

— Como pode ver, Axel — acrescentou —, o estado do núcleo central levantou hipóteses divergentes entre os geólogos; nada é menos comprovado do que a ideia de um calor interno. Na minha opinião, ele não existe, nem poderia. Veremos, de toda forma, e, assim como Arne Saknussemm, saberemos a que nos ater diante dessa grande questão.

— Com certeza! — respondi, sentindo-me invadido por esse entusiasmo. — Sim, veremos, se, chegando lá, conseguirmos ver.

— E por que não? Não podemos contar com fenômenos elétricos para iluminar nosso caminho, e até mesmo com a atmosfera, cuja própria pressão pode torná-la luminosa à medida que nos aproximamos do centro?

— Sim, sim. Isso é possível, no fim das contas.

— Com certeza — respondeu triunfante meu tio. — Mas silêncio, ouviu? Silêncio a respeito disso tudo, e que ninguém tenha a ideia de descobrir o centro da Terra antes de nós!

VII

E assim acabou esse memorável momento. A conversa me deixara febril. Saí atordoado do gabinete do meu tio, e não havia ar suficiente nas ruas de Hamburgo para que eu me recuperasse. Dirigi-me, então, às margens do Elba, do lado do barco a vapor que liga a cidade à ferrovia de Hamburgo.

Será que eu estava realmente convencido de tudo aquilo? Não teria cedido à dominação do prof. Lidenbrock? Deveria levar a sério sua decisão de ir ao centro do maciço terrestre? O que acabara de ouvir eram as especulações insanas de um louco, ou as decisões científicas de um grande gênio? Onde terminava a verdade e onde começava o erro naquilo tudo?

Eu hesitava entre mil hipóteses contraditórias, sem conseguir aderir a nenhuma.

Eu me sentira convencido, eu lembrava, mas meu entusiasmo começava a amornar. Teria preferido partir imediatamente e não ter tempo de refletir. Sim, não teria faltado coragem para fazer as malas naquele momento.

Entretanto, devo admitir que, uma hora depois, esse estado de empolgação diminuiu. Meus nervos relaxaram e, dos abismos profundos, retornei à superfície da terra.

— É absurdo! — exclamei para mim mesmo. — Não faz o menor sentido! Não é uma proposta séria que se faça a um rapaz sensato. Nada disso aconteceu. Dormi mal, só pode ter sido um pesadelo.

Entretanto, havia seguido pelas margens do Elba e contornado a cidade. Depois de subir pelo porto, havia chegado à estrada de Altona. Um pressentimento me conduzia, pressentimento justificado, pois logo avistei minha pequena Graüben, com seu passo ligeiro, voltando corajosamente a Hamburgo.

— Graüben! — gritei de longe.

A jovem parou, um pouco perturbada, imagino, de ouvir seu nome assim numa grande estrada. Em dez passos eu estava ao seu lado.

— Axel! — respondeu, surpresa. — Ah! Você veio ao meu encontro! Que bom!

Mas, ao olhar para mim, Graüben não se enganou a respeito do meu ar inquieto, perturbado.

— O que você tem? — disse, oferecendo-me sua mão.

— O que eu tenho, Graüben?! — exclamei.

Em dois segundos e em três frases minha bela virlandesa estava a par da situação. Ela ficou em silêncio durante alguns instantes. Será que seu coração batia como o meu? Não sei, mas sua mão não tremia na minha. Demos uns cem passos sem falar.

— Axel! — disse por fim.

— Minha querida Graüben!

— Vai ser uma bela viagem.

Reagi com um sobressalto a essas palavras.

— Sim, Axel, uma viagem digna do sobrinho de um cientista. É bom que um homem se distinga por uma grande empreitada!

— O quê?! Graüben, você não vai me dissuadir de tentar uma expedição dessas?

— Não, querido Axel, e eu os acompanharia com prazer, você e seu tio, se uma pobre jovem não representasse um problema.

— De verdade?

— De verdade.

Ah! Mulheres, jovens, corações femininos sempre incompreensíveis! Quando não são as mais tímidas, são as mais corajosas! A razão de nada vale com vocês. Como assim?! Aquela criança me encorajava a participar da expedição! Ela não teria temido participar da aventura! Ela me empurrava, eu, a quem ela amava! Estava desconcertado, e, por que não dizer, envergonhado.

— Graüben — retomei —, veremos se amanhã você falará da mesma forma.

— Amanhã, querido Axel, falarei como hoje.

De mãos dadas, mas mantendo um silêncio profundo, continuamos nosso caminho. Eu estava esgotado pelas emoções do dia.

"No fim das contas", pensei, "as calendas de julho ainda estão longe, e, até lá, poderão acontecer muitas coisas que curarão meu tio dessa obsessão de viajar sob a terra."

A noite caíra quando chegamos à casa da Königstrasse. Eu esperava encontrá-la tranquila, com meu tio deitado como de costume, e dona Marthe tirando a poeira pela última vez do dia.

Mas não contara com a impaciência do professor. Deparei-me com ele gritando, agitando-se em meio a uma tropa de entregadores que descarregavam mercadorias na rua. A velha criada não sabia mais o que fazer.

— Mas venha logo, Axel! Depressa, infeliz! — exclamou meu tio assim que me viu ao longe. — E a mala que não está feita? E meus documentos que não estão em ordem? E minha sacola de viagem cuja chave não encontro? E minhas polainas que não chegam?!

Fiquei espantado. Sem voz. Meus lábios mal conseguiram articular as seguintes palavras:

— Estamos de partida, então?

— Sim, maldito rapaz, que vai passear em vez de estar aqui.

— Vamos partir, então? — repeti com uma voz fraca.

— Sim. Depois de amanhã, bem cedo.

Não consegui ouvir mais nada, e fui me esconder no meu quarto.

Não havia mais sombra de dúvida. Meu tio passara a tarde toda encomendando uma parte dos objetos e utensílios necessários para a viagem. A entrada da casa estava repleta de escadas e cordas; cordas com nós; tochas; cantis; grampos de escalada; picaretas; bastões de ferro, martelos, carga suficiente para pelo menos dez homens.

Passei uma noite horrível. No dia seguinte, ouvi meu nome cedo. Estava decidido a não abrir a porta. Mas foi impossível resistir à doce voz que pronunciava as seguintes palavras:

— Meu querido Axel?

Saí do quarto. Pensava que meu ar descomposto, minha palidez, meus olhos vermelhos de insônia, produziriam o devido efeito sobre Graüben e mudariam sua opinião.

— Ah! Meu querido Axel — disse ela —, vejo que está melhor e que a noite acalmou você.

— Acalmou? — exclamei.

Precipitei-me até o espelho. Que surpresa! Meu rosto não estava tão ruim quanto eu imaginara. Era inacreditável.

— Axel — disse Graüben —, conversei longamente com meu tutor. É um cientista intrépido, um homem de grande coragem, e você há de lembrar que o sangue dele corre nas suas veias. Ele me contou seus projetos, suas esperanças, por que e como espera atingir seus objetivos. Ele vai conseguir. Não tenho dúvidas. Ah, querido Axel! É bonito dedicar-se assim à ciência! Que glória aguarda o sr. Lidenbrock! E ela se refletirá sobre seu companheiro! No regresso, Axel, você será um homem; um igual para ele, livre para agir, livre enfim para...

A jovem, corando, não terminou a frase. Suas palavras me deram ânimo. Entretanto, eu não queria acreditar na partida. Arrastei Graüben até o gabinete do professor.

— Meu tio — falei. — Está então decidido que vamos partir?

— E como! Você duvida?

— Não — disse, para não o contrariar. — Só gostaria de saber por que tanta pressa.

— O tempo! O tempo nos escapa numa velocidade irremediável!

— Mas ainda estamos em 26 de maio, e até o final de junho...

— Ah, seu ignorante! Acredita que se chega tão facilmente assim na Islândia? Se você não tivesse me abandonado feito um louco, eu teria te levado ao escritório de Copenhague, de Liffender e Cia. Lá, você teria visto que de Copenhague a Reykjavik há um só serviço, dia 22 de cada mês.

— E então?

— E então! Se esperarmos dia 22 de junho, chegaremos tarde demais para ver a sombra do Scartaris acariciar a cratera do Snæfell! Portanto, devemos chegar a Copenhague o mais rápido possível para encontrar um meio de transporte. Vá fazer as malas!

Não havia mais o que dizer. Subi ao meu quarto. Graüben me seguiu. Foi ela quem se encarregou de organizar, em uma pequena mala, os objetos necessários à viagem. Ela estava serena como se não passasse de um passeio a Lübeck ou a Heligoland. Suas mãozinhas iam e vinham sem pressa. Conversava calmamente, e me dava as razões mais sensatas em prol da expedição. Ela me encantava, e eu sentia uma enorme raiva dela. Às vezes queria me deixar levar, mas ela me advertia e continuava metodicamente sua tarefa tranquila.

Por fim, a última fivela da mala foi fechada. Desci ao térreo.

Ao longo do dia, os fornecedores de instrumentos de física, de armas e de aparelhos elétricos multiplicaram-se. Dona Marthe perdia a cabeça.

— Será que o patrão está louco? — perguntou.

Fiz um gesto afirmativo.

— E ele o leva junto?

Mesma afirmação.

— Aonde? — perguntou.

Apontei para o centro da Terra.

— Ao porão? — gritou a velha criada.

— Não! — falei por fim. — Mais embaixo!

A noite caiu. Eu tinha perdido a noção de tempo.

— Até amanhã — disse meu tio. — Partiremos às seis em ponto.

Às dez horas, caí na minha cama feito um peso morto. Durante a noite, meus terrores recomeçaram.

Passei a noite sonhando com abismos! Estava tomado pelo delírio. Sentia-me apertado pela mão vigorosa do professor, arrastado, desgastado, atolado. Caía no fundo de insondáveis precipícios com a velocidade crescente dos corpos abandonados no espaço. Minha vida não passava de uma queda interminável.

Acordei às cinco horas, morto de cansaço e de ansiedade. Desci até a copa. Meu tio estava à mesa. Ele devorava seu café da manhã. Eu o olhei horrorizado. Mas Graüben estava lá. Fiquei mudo. Não consegui comer.

Às cinco e meia, ouvimos um veículo se aproximando na rua. Um grande carro chegava para nos levar à estrada de ferro de Altona. Rapidamente, estava repleto com as caixas do meu tio.

— E sua mala? — perguntou ele.

— Está pronta — respondi, titubeante.

— Vá buscá-la rápido, ou vai nos fazer perder o trem!

Lutar contra meu destino pareceu impossível naquele momento. Subi ao quarto e, deixando escorregar minha mala pelos degraus da escada, corri para o andar de baixo.

Nesse momento, meu tio entregava, solenemente, as rédeas da casa a Graüben. Minha bela virlandesa mantinha a calma habitual. Ela beijou seu tutor, mas não pôde conter uma lágrima ao tocar minha bochecha com seus doces lábios.

— Graüben! — exclamei.

— Vá, querido Axel, vá — disse-me ela. — Você deixa sua noiva, mas na volta encontrará sua esposa.

Abracei Graüben e entrei no carro. Marthe e a jovem, ao pé da porta, acenaram num último adeus. Então, sob os assobios do condutor, os dois cavalos começaram a galopar na estrada de Altona.

VIII

Altona, verdadeiro subúrbio de Hamburgo, fica na estação inicial da ferrovia de Kiel, que nos conduziria às margens dos estreitos de Belt. Em menos de vinte minutos, entraríamos no território de Holstein.

Às seis e meia, o carro parou na frente da estação. Os inúmeros pacotes do meu tio, seus volumosos artigos de viagem, foram descarregados, transportados, pesados, etiquetados, recarregados no vagão de bagagens e, às sete horas, estávamos sentados um diante do outro no mesmo compartimento. O vapor assobiou, a locomotiva se pôs em marcha. Acabávamos de partir.

Eu podia dizer que estava resignado? Ainda não. Entretanto, o ar fresco da manhã, os detalhes da estrada, desfilando rápido com a velocidade do trem, me distraíam da minha preocupação principal.

Quanto ao pensamento do professor, claramente ultrapassava aquele comboio lento demais para seu gosto impaciente. Estávamos sozinhos no vagão, mas sem dizer uma palavra. Meu tio revistava os bolsos e sua mala de viagem com atenção minuciosa. Pude ver que não faltava nenhum dos documentos necessários para a execução dos seus projetos.

Entre outros, havia uma folha de papel, dobrada com cuidado, que continha um cabeçalho da chancelaria dinamarquesa, com a assinatura do sr. Christensen, cônsul em Hamburgo e amigo do professor. Aquilo devia nos facilitar a obtenção, em Copenhague, das recomendações para o governo da Islândia.

Também avistei o famoso documento, preciosamente escondido no bolso mais secreto da carteira. Eu o amaldiçoei do fundo do coração e voltei a contemplar a paisagem. Era uma vasta sequência de planícies pouco interessantes, monótonas, sedimentadas e bastante férteis: um interior muito favorável ao estabelecimento de uma ferrovia e propício a essas linhas retas tão caras às companhias de trens.

Mas a monotonia não teve tempo de me cansar, porque, três horas depois da nossa partida, o trem chegava a Kiel, a dois passos do mar. Como nossas bagagens haviam sido registradas para Copenhague, não precisamos nos ocupar de nada. Entretanto, o professor acompanhou-as com um olhar inquieto durante o transporte até o barco a vapor. Ali, desapareceram no fundo do porão.

Meu tio, em sua agitação, calculara tão bem as horas de baldeação do trem ao barco que tínhamos um dia inteiro de espera! O vapor *Ellenora* só partiria à noite. Daí uma febre de nove horas, durante a qual o irascível viajante mandou para o inferno a administração dos barcos e das ferrovias e os governos que toleravam tamanhos abusos. Tive de fazer coro com ele quando interpelou o capitão do *Ellenora* a esse respeito, querendo obrigá-lo a aquecer os motores sem perder mais tempo. O outro mandou-o passear.

Em Kiel, como em qualquer lugar, o tempo acaba passando. De tanto passearmos nas beiras verdes da baía ao fundo da qual se eleva a cidadezinha; de tanto percorrer os bosques arborizados que parecem um ninho num feixe de galhos; de tanto admirar as mansões que tinham, cada qual, uma casinha de banhos frios; enfim, de tanto caminhar e resmungar, voltamos ao vapor às dez da noite.

Os turbilhões de fumaça do *Ellenora* cresciam no céu; o convés tremia com os arrepios da caldeira; estávamos a bordo, e as bicamas do único quarto do barco eram nossas.

Às dez e quinze as amarras foram largadas, e o vapor deslizou rapidamente sobre as escuras águas do Grande Belt.

A noite estava escura; havia bela brisa e maré forte; algumas luzes da costa surgiram nas trevas. Mais tarde, não sei onde, um farol cintilante brilhou sobre as águas. Foi tudo o que sobrou na minha lembrança dessa primeira travessia.

Às sete da manhã desembarcamos em Korsör, pequena cidade situada na costa ocidental do Seeland. Ali, passamos do barco a uma nova estrada de ferro, que nos levaria por uma terra não menos plana do que o interior de Holstein.

Faltavam ainda três horas de viagem antes de chegarmos à capital da Dinamarca. Meu tio não havia pregado o olho durante toda a noite. Em sua impaciência, acho que ele tentava impulsionar o vagão com os próprios pés.

Finalmente, ele avistou o mar.

— O Sund! — exclamou.

À nossa esquerda, havia uma grande construção semelhante a um hospital.

— É uma casa de loucos — disse um dos nossos companheiros de viagem.

"Bem", pensei, "eis um estabelecimento no qual iremos parar um dia! E, por maior que fosse, esse hospital seria pequeno demais para conter toda a loucura do prof. Lidenbrock!"

Por fim, às dez da manhã, pisamos em Copenhague. As bagagens foram carregadas em um carro e levadas conosco ao Hotel Fênix, em Bred-Gade. Foi coisa de meia hora, já que a estação de trem ficava fora da cidade. Depois de uma toalete básica, meu tio me arrastou consigo. O porteiro do hotel falava alemão e inglês, mas o professor, na sua qualidade de poliglota, interrogou-o em bom dinamarquês, e foi em bom dinamarquês que esse personagem indicou a localização do Museu de Antiguidades do Norte.

O diretor desse curioso estabelecimento — onde se amontoavam maravilhas que permitiam reconstruir a história do país, como velhas armas de pedra, cálices e joias — era um cientista, amigo do cônsul de Hamburgo, sr. prof. Thomsen.

Meu tio devia entregar-lhe uma calorosa carta de recomendação. Via de regra, um cientista costuma receber bastante mal outro cientista. Mas nesse caso, foi o contrário. O sr. Thomsen, homem servil, acolheu cordialmente o prof. Lidenbrock e até mesmo seu sobrinho. É quase desnecessário dizer que nosso segredo ficou bem guardado do diretor do museu: queríamos apenas visitar a Islândia na qualidade de amadores desinteressados.

O sr. Thomsen colocou-se inteiramente ao nosso dispor, e percorremos os cais na busca de um navio que estivesse de partida.

Eu esperava que os meios de transporte faltassem totalmente, mas não foi o que aconteceu. Uma pequena escuna dinamarquesa, a *Valkyrie*, iria içar as velas com destino a Reykjavik dia 2 de junho. O capitão, sr. Bjarne, encontrava-se a bordo. Seu futuro passageiro, no auge da alegria, deu-lhe um aperto de mãos daqueles de quebrar os dedos. Esse homem corajoso ficou um pouco surpreso com tamanho entusiasmo. Ele achava que era simples ir à Islândia, pois esse era seu trabalho. Meu tio achava aquilo tudo sublime. O digno capitão aproveitou o entusiasmo para nos cobrar duas vezes mais por nossa passagem de barco. Mas não estávamos tão atentos aos detalhes.

— Estejam a bordo na terça, às sete da manhã — disse o sr. Bjarne depois de ter embolsado uma quantidade respeitável de dólares.

Agradecemos então ao sr. Thomson por seus cuidados e retornamos ao Hotel Fênix.

— Está tudo correndo bem! Está tudo correndo muito bem! — repetia meu tio. — Que bela coincidência termos encontrado esse barco prestes a partir! Agora comamos e visitemos a cidade.

Fomos a Kongens-Nye-Torw, praça irregular onde se encontra um poste com dois pobres canhões apontados que não metem medo em ninguém. Perto dali, no número 5, havia um "restaurante" francês, dirigido por um cozinheiro chamado Vincent. Almoçamos o bastante pela soma módica de quatro marcos cada um.

Depois, aproveitei feito uma criança o passeio pela cidade. Meu tio se deixava guiar. Por sinal, nada viu: nem o insignificante palácio do rei, nem a bela ponte do século XVII que cruzava o canal na frente do museu, nem o imenso cenotáfio de Thorvaldsen, ornado de pinturas murais horríveis e cujo interior tinha obras desse estatuário, nem — em um parque bastante belo — o castelo tipo bomboneira de Rosenborg, nem o admirável edifício renascentista da Bolsa, nem seu campanário, feito de rabos entrelaçados de quatro dragões de bronze, nem os grandes moinhos das muralhas, cujas vastas asas inflavam como velas de uma embarcação ao vento marinho.

Que deliciosos passeios teríamos feito, minha bela virlandesa e eu, na região do porto, onde as duas pontes e as fragatas dormiam tranquilamente sob seu telhado vermelho; ou às margens verdejantes do estreito, por entre essas sombras arborizadas no seio das quais se esconde a cidadela, cujos canhões mostram sua cara escura entre os galhos dos sabugos e dos salgueiros!

Mas, que tristeza! Ela estava longe, minha pobre Graüben, e será que eu podia esperar revê-la um dia?

Embora meu tio não prestasse muita atenção nesses lugares encantadores, ficou muito tocado pela vista de um certo campanário situado na ilha de Amak, que forma a parte sudoeste de Copenhague.

Recebi ordens de direcionar nossos passos para aquele lado; subi a bordo de uma pequena embarcação a vapor que circulava nos canais, e, em poucos instantes, ela acostou no cais de Dock-Yard.

Depois de ter cruzado algumas ruas estreitas onde os galerianos, vestidos com calças metade amarelas e metade cinza, trabalhavam sob as ordens dos contramestres, chegamos na frente de Vor Frelsers Kirk. Essa igreja nada tinha de especial. Mas eis por que seu campanário suficientemente elevado chamara a atenção do professor: a partir da plataforma, uma escadaria externa circulava em torno da sua flecha, e suas espirais se desenrolavam em pleno céu.

— Subamos — disse meu tio.

— Mas e a vertigem? — repliquei.

— Por isso mesmo, precisamos nos habituar.

— Mas...

— Venha, não percamos mais tempo.

Tive de obedecer. Um guarda, postado do outro lado da rua, nos entregou uma chave, e a ascensão começou.

Meu tio me precedia num passo alerta. Eu o segui, não sem terror, pois minha cabeça girava com uma deplorável facilidade. Eu não possuía nem o prumo nem a insensibilidade dos nervos das águias.

Enquanto estávamos presos no parafuso interno, tudo ia bem; mas depois de cento e cinquenta degraus o ar veio bater no meu rosto: havíamos chegado à plataforma do campanário. Ali começava a escadaria aérea, protegida por um corrimão frágil, e cujos degraus, cada vez mais estreitos, pareciam subir ao infinito.

— Jamais conseguirei! — exclamei.

— Você é um homem ou um rato? Suba! — respondeu o professor impiedosamente.

Tive de subir com ajuda das minhas mãos. O ar livre me atordoava; eu sentia o campanário oscilar sob as rajadas de vento; minhas pernas me traíam; acabei escalando de joelhos, depois me arrastei; fechava os olhos; sentia-me zonzo.

Por fim, meu tio me puxou pelo colarinho, cheguei perto da grande esfera do capitel.

— Olhe — disse ele —, e veja bem! Você precisa de *aulas de abismo*!

Abri os olhos.

Avistei as casas achatadas e como se tivessem se amassado numa queda, no meio da neblina e da fumaça. Acima da minha cabeça passavam nuvens descabeladas, que, por uma ilusão de ótica, pareciam imóveis, enquanto o campanário, a esfera dourada e eu éramos carregados numa velocidade estonteante. Ao longe, de um lado se estendia um campo verdejante, do outro brilhava o mar sob um feixe de luz. O Sund se desenrolava até a ponta do Elseneur, com algumas velas brancas, verdadeiras asas de gaivota, e na bruma do leste ondulava a costa da Suécia, levemente desbotada. Essa imensidão toda girava sob meus olhos.

Entretanto, fui obrigado a me levantar, a ficar ereto, a observar. Minha primeira aula de vertigem durou uma hora. Quando finalmente fui autorizado a descer e tocar o paralelepípedo sólido das ruas com os pés, meu corpo todo doía.

— Amanhã começamos de novo — declarou meu professor. De fato, durante cinco dias, refiz esse exercício vertiginoso, e, querendo ou não, melhorei sensivelmente na arte das "altas contemplações".

IX

Chegou o dia da partida. Na véspera, o complacente sr. Thomson havia trazido cartas de recomendação urgentes para o conde Trampe, governador da Islândia, para o sr. Pietursson, o coadjutor do bispo, e para o sr. Finsen, prefeito de Reykjavik. Em troca, meu tio deu-lhe os mais calorosos apertos de mão.

Dia 2, às seis da manhã, nossa preciosa bagagem encontrava-se a bordo do *Valkyrie*. O capitão nos conduziu até cabines bastante exíguas e distribuídas sob uma espécie de cockpit.

— Temos bons ventos? — perguntou meu tio.

— Excelentes — respondeu o capitão Bjarne. — Um vento de sudeste. Zarparemos do Sund de vento em popa.

Em instantes, a escuna, sob sua mezena, seu bergantim, sua gávea e seu papagaio, zarpou e estufou as velas no estreito. Uma hora depois, a capital da Dinamarca parecia se afundar nas ondas distantes, e o *Valkyrie* corria ao longo da costa de Elseneur. Meu nervosismo era tamanho que eu estava pronto a ver a sombra de Hamlet vagando pelo terraço lendário.

"Sublime insensato!", eu pensava. "Você seria bem capaz de aprovar nossa aventura! Talvez nos seguisse ao centro do globo em busca de uma solução para sua dúvida eterna!"

Mas nada apareceu nas antigas muralhas. O castelo, por sinal, é muito mais recente do que o heroico príncipe da Dinamarca. Ele serve hoje de morada suntuosa ao porteiro desse estreito do Sund, onde cada ano passam quinze mil navios com todas as destinações possíveis.

O castelo de Krongborg logo desapareceu na bruma, assim como a torre de Helsinborg, erigida na margem sueca, e a escuna se inclinou levemente sob as brisas do Kattegat.

O *Valkyrie* era um veleiro fino, mas com um navio a vela nunca se sabe. Ele transportava carvão, utensílios de limpeza, cerâmica, roupas de lã e uma carga de trigo a Reykjavik.

Cinco homens de tripulação, todos dinamarqueses, bastavam para manobrá-lo.

— Quanto vai durar a travessia? — perguntou meu tio ao capitão.

— Uns dez dias — respondeu este último. — Isso se não encontrarmos ventos fortes de noroeste quando cruzarmos as ilhas Faroé.

— Mas, diga, não estamos sujeitos a atrasos consideráveis, não é mesmo?

— Não, sr. Lidenbrock. Fique tranquilo, nós chegaremos logo.

Ao anoitecer, a escuna ultrapassou o cabo de Skagen na ponta da Dinamarca, cruzou o Skager-Rak durante a noite, chegou à extremidade da Noruega pelo cabo Lindness e deu no mar do Norte.

Dois dias mais tarde, nos deparamos com a costa da Escócia na altura de Peterhead, e o *Valkyrie* dirigiu-se às ilhas Faroé, passando entre as Orcadas e as Shetland.

Pouco depois, nossa escuna foi açoitada pelas ondas do Atlântico; ela teve de manobrar contra o vento do Norte e não foi sem dificuldade que chegou às Faroé. Dia 8, o capitão reconheceu Mykiness, a mais oriental dessas ilhas, e, a partir de então, seguiu reto até o cabo Portland, situado na costa meridional da Islândia.

A travessia não foi marcada por nenhum incidente memorável. Até que suportei bem os desafios do mar; enquanto meu tio, para seu desgosto e com imensa vergonha, não parou de enjoar.

Portanto, não conseguiu interpelar o capitão Bjarne a respeito do Snæfell, ou dos meios de comunicação, das facilidades de transporte; foi obrigado a deixar essas explicações para a hora do retorno e passou o tempo todo deitado em sua cabine, cujas divisórias estalavam com os vaivéns mais bruscos. É preciso admitir que ele bem merecia esse destino.

Dia 11, ultrapassamos o cabo Portland. O tempo, claro naquele momento, permitiu que avistássemos o Myrdals Yokul, que o domina. O cabo é composto de uma grande colina com declives acentuados, solitária em meio à praia.

O *Valkyrie* guardou uma distância razoável da costa, seguindo para oeste, em meio a muitos cardumes de baleias e tubarões. Logo surgiu um imenso rochedo perfurado, através do qual o mar espumante batia com fúria. As ilhotas de Westman pareciam sair do oceano, como uma semeadura de rochas sobre uma planície líquida. A partir desse momento, a escuna acelerou para contornar, na distância adequada, o cabo Reykjaness, que forma o ângulo ocidental da Islândia.

A maré, muito forte, impedia meu tio de subir ao convés para admirar essa costa recortada pelos ventos do sudoeste.

Quarenta e oito horas depois, saindo de uma tempestade que forçou a escuna a seguir sem vela, avistamos ao leste a baliza da ponta de Skagen, cujos rochedos perigosos se prolongam ao longe sob as ondas. Um piloto islandês veio a bordo, e, três horas depois, o *Valkyrie* ancorava em Reykjavik, na baía de Faxa.

Finalmente, o professor saiu de sua cabine, meio pálido, meio desarrumado, mas ainda entusiasmado e com um olhar de satisfação.

A população da cidade, curiosamente interessada na chegada de uma embarcação na qual cada um tinha alguma coisa a retirar, se amontoava no cais.

Meu tio ansiava por abandonar sua prisão flutuante, para não dizer seu hospital. Mas, antes de deixar o convés da escuna, ele me arrastou até a proa, e ali apontou para a parte setentrional da baía, uma montanha alta com duas pontas, um cone duplo coberto de neves eternas.

— O Snæfell! — exclamou. — O Snæfell!

Então, depois de me recomendar silêncio absoluto com um gesto, desceu na canoa que o aguardava. Eu o segui, e logo depois pisamos no solo na Islândia.

Primeiro, surgiu um homem de boa aparência e vestido com uniforme de general. No entanto, não passava de um simples magistrado, governador da ilha, o sr. barão Trampe em pessoa. O professor logo soube com quem estava lidando. Ele entregou suas cartas de Copenhague ao governador, e teve início uma curta conversa em dinamarquês diante da qual eu permaneci totalmente estrangeiro, e com razão. Mas dessa primeira troca resultou o seguinte: o barão Trampe se colocava inteiramente à disposição do prof. Lidenbrock.

Meu tio foi calorosamente acolhido pelo prefeito, o sr. Finsen, não menos militar do que o governador, a julgar pelo uniforme, mas tão pacífico quanto ele em temperamento e aparência.

Quanto ao coadjutor, o sr. Pietursson, estava atualmente em turnê episcopal na jurisdição do Norte, razão que nos obrigou a renunciar provisoriamente às apresentações. Mas um homem adorável, e cuja ajuda nos foi muito preciosa, era o sr. Fridriksson, professor de ciências naturais na escola de Reykjavik. Esse cientista modesto só falava islandês e latim. Ele veio me oferecer seus serviços na língua de Horácio, e senti que éramos feitos para nos entendermos. De fato, foi o único personagem com o qual pude conversar durante minha estadia na Islândia.

Dos três quartos de sua casa, esse excelente homem colocou dois à nossa disposição, e fomos rapidamente instalados com nossas bagagens, cujo volume surpreendeu um pouco os habitantes de Reykjavik.

— Pois bem, Axel — disse meu tio. — Por hora tudo bem; o mais difícil já passou.

— Como assim, o mais difícil? — indaguei.

— Possivelmente, pois só nos resta descer!

— Se você pensa assim, tem razão. Mas, enfim, depois de descer, será preciso subir outra vez, não é mesmo?

— Ah! Isso não me preocupa nem um pouco! Vamos! Não temos tempo a perder. Vou até a biblioteca. Se ela tiver algum manuscrito de Saknussemm, eu adoraria consultá-lo.

— Então, enquanto isso, eu visitarei a cidade. Você não gostaria de fazer o mesmo?

— Ah! Isso me interessa muito pouco! O que atiça minha curiosidade nesta terra da Islândia não está em cima, mas embaixo.

Saí e deambulei sem rumo.

Perder-me nas duas únicas ruas de Reykjavik não seria tarefa fácil. Isso posto, não fui obrigado a pedir indicações, o que, na língua dos gestos, expõe o sujeito a muitos enganos.

A cidade se espalha sobre um solo bastante pantanoso, entre duas colinas. Uma imensa língua de lavas a cobre de um lado e desce em rampas bem suaves até o mar. Do outro, estende-se a vasta baía de Faxa, bordeada ao norte pelo enorme glaciar do Snæfell, e na qual o *Valkyrie* era o único ancorado no momento. Normalmente, barcos das guardas costeiras inglesa e francesa ficam ali; mas estavam em serviço na costa oriental da ilha.

A mais longa das duas ruas de Reykjavik é paralela à costa. Nela ficam mercadores e os negociantes, em cabanas de madeira feitas de traves vermelhas dispostas horizontalmente. A outra rua, situada mais a oeste, segue até um pequeno lago, entre as casas do bispo e dos outros personagens que não trabalham no comércio.

Acabei percorrendo rapidamente essas ruas tristes e mornas. Às vezes, via um pouco de grama descolorida, como um velho tapete de lã puído, ou ainda um semblante de pomar, cujos raros legumes — batatas, repolhos e alfaces — poderiam ter decorado uma mesa liliputiana. Alguns goiveiros doentes também tentavam tomar um pouco de sol.

Lá pela metade da rua não comercial, encontrei o cemitério público, cercado por um muro de terra, e no qual não faltava espaço. Depois, em poucos passos, cheguei à casa do governador, um casebre se comparado à prefeitura de Hamburgo, mas um palácio perto das cabanas da população islandesa.

Entre o pequeno lago e a cidade se erguia a igreja, ao gosto protestante, construída em pedras calcinadas extraídas diretamente dos vulcões. Em dias de fortes ventos de oeste, o telhado de telhas vermelhas se dispersava, sem dúvida, pelos ares, para grande tristeza dos fiéis.

Em um morro vizinho, avistei a Escola Nacional, onde, como soube mais tarde pelo nosso anfitrião, professava-se o hebraico, o inglês, o francês e o dinamarquês, quatro línguas das quais — para minha mais profunda vergonha — eu não conhecia sequer uma palavra. Teria sido o pior dos quarenta alunos desse pequeno colégio, indigno de dormir com eles nesses minúsculos quartos para dois em que os mais delicados se asfixiariam já na primeira noite.

Em três horas acabei visitando não só a cidade, mas também seus arredores. O aspecto geral era particularmente triste. Sem árvores; sem vegetação, por assim dizer. Em toda parte, as arestas vivas das rochas vulcânicas. As cabanas dos islandeses são feitas de terra e turfa, e os muros, inclinados para dentro, parecem telhados dispostos no chão. Mas esses telhados são pradarias relativamente férteis. Graças ao calor da habitação, a vegetação cresce com bastante perfeição, e é podada cuidadosamente na época da fenação. Do contrário, os animais domésticos acabariam pastando nessas casas verdejantes.

Durante minha excursão, encontrei poucos habitantes. Ao retornar à rua comercial, vi a maior parte da população ocupada em secar, salgar e carregar bacalhau, o principal artigo de exportação. Os homens pareciam robustos, mas pesados, espécies de alemães louros de olhar pensativo, que se sentem um pouco fora da humanidade: pobres exilados relegados a essa terra de gelo, cuja natureza deveria ter feito esquimós, já que os condena a viver nos limites do círculo polar! Em vão, eu tentava flagrar um sorriso no rosto de alguém; eles riam às vezes por um tipo de contração involuntária dos músculos, mas não sorriam nunca.

Sua vestimenta consistia em um grosso casaco de lã preta — conhecida nos países escandinavos sob o nome de *vadmel* —, um chapéu de bordas largas, calças com uma listra vermelha e um pedaço de couro dobrado em guisa de sapato.

As mulheres, de semblante triste e resignado, de tipo bem agradável, mas sem expressão, estavam vestidas com um corpete e uma saia de *vadmel* escuro. As solteiras usavam os cabelos trançados em guirlandas e um pequeno chapéu de tricô marrom; as casadas enrolavam a cabeça com um lenço colorido coberto por uma touca de tecido branco.

Depois de um bom passeio, quando voltei à casa do sr. Fridriksson, meu tio já estava de volta e em companhia do seu anfitrião.

X

O jantar estava pronto e foi devorado com avidez pelo prof. Lidenbrock, cujo estômago fora transformado num abismo profundo pela dieta forçada a bordo. Essa refeição, mais dinamarquesa do que islandesa, nada tinha de especial em si, mas nosso anfitrião, mais islandês do que dinamarquês, lembrou-me os heróis da antiga hospitalidade. Era evidente que estávamos mais à vontade em sua casa do que ele mesmo.

A conversa se desenrolou em língua local, que meu tio misturava com alemão e o sr. Fridriksson com latim, para que eu pudesse entender. Ela girou em torno de questões científicas, como se espera entre cientistas; mas o prof. Lidenbrock manteve-se na mais excessiva reserva, e seus olhos recomendavam-me, a cada frase, um silêncio absoluto no tocante a nossos projetos vindouros.

Primeiro, o sr. Fridriksson interrogou meu tio acerca do resultado de suas pesquisas na biblioteca.

— Sua biblioteca! — exclamou meu tio. — É composta apenas de livros desparelhados em estantes quase desertas.

— Que é isso! — objetou o sr. Fridriksson. — Nós possuímos oito mil volumes, dos quais muitos são preciosos e raros, obras na velha língua escandinava, e novidades que recebemos de Copenhague todos os anos.

— Onde contou esses oito mil volumes? Pelo que vi...

— Ora, sr. Lidenbrock! Eles circulam por toda parte! Cultivamos o gosto pelo estudo na nossa velha ilha de gelo! Não há agricultor, não há pescador que não saiba ler e que não leia. Pensamos que os livros, em vez de mofar atrás de uma grade de ferro longe dos olhares curiosos, destinam-se a serem desgastados sob os olhos dos leitores. Dessa forma, esses volumes passam de mão em mão, folheados, lidos e relidos, e costumam não regressar às estantes antes de um ou dois anos de ausência.

— Enquanto isso — respondeu meu tio com certo desdém —, os estrangeiros...

— Francamente! Os estrangeiros têm suas bibliotecas nos seus países, e, antes de qualquer coisa, nossos camponeses devem se instruir. Repito, o amor pelo estudo está no sangue islandês. Além disso, em 1816, fundamos uma sociedade literária que vai bem: cientistas estrangeiros sentem-se honrados em participar, ela publica livros destinados à educação dos nossos compatriotas e é verdadeiramente útil ao país. Caso queira ser um de nossos membros correspondentes, sr. Lidenbrock, será um grande prazer.

Meu tio, que já era membro de uma centena de sociedades científicas, aceitou com tamanho gosto que emocionou o sr. Fridriksson.

— Agora — retomou —, queira me indicar os livros que esperava encontrar em nossa biblioteca, e talvez eu possa informá-lo a respeito.

Olhei para o meu tio. Ele hesitou em responder. A questão estava diretamente relacionada aos seus projetos. Entretanto, depois de pensar, decidiu falar.

— Sr. Fridriksson — disse —, gostaria de saber se, entre suas obras antigas, havia algo de Arne Saknussemm?

— Arne Saknussemm? — respondeu o professor de Reykjavik. — Quer dizer o estudioso do século XVI, grande naturalista, mas também grande alquimista e grande viajante?

— Precisamente.

— Uma das glórias da literatura e da ciência islandesas?

— Isso mesmo.

— Um homem particularmente ilustre?

— Só posso concordar.

— E cuja audácia igualava o gênio?

— Vejo que o conhece bem.

Meu tio se enchia de alegria ao ouvir falar assim de seu herói. Ele devorava o sr. Fridriksson com o olhar.

— E então? — insistiu. — Suas obras?

— Ah! Suas obras, não as temos.

— Quê?! Na Islândia?

— Não existem na Islândia nem em nenhuma outra parte.

— E por quê?

— Porque Arne Saknussemm foi perseguido por heresia, e em 1573 suas obras foram queimadas em Copenhague pelas mãos do seu algoz.

— Ótimo! Perfeito! — exclamou meu tio, escandalizando o professor de ciências naturais.

— Hein? — reagiu este último.

— Sim! Tudo se explica, tudo se encadeia, tudo se esclarece, e compreendo por que Saknussemm, incluído no índex e forçado a esconder as descobertas de seu gênio, teve de esconder o segredo em um incompreensível criptograma...

— Que segredo? — perguntou ávido o sr. Fridriksson.

— Um segredo que... cujo... — balbuciou meu tio.

— O senhor teria algum documento em particular? — retomou nosso anfitrião.

— Não... Fazia apenas uma suposição.

— Pois bem — respondeu o sr. Fridriksson, que fez a bondade de não insistir ao ver o estado de confusão de seu interlocutor. — Espero — acrescentou — que não deixe nossa ilha sem ter esgotado suas riquezas mineralógicas.

— Claro — respondeu meu tio —, mas cheguei um pouco tarde. Algum cientista já passou por aqui?

— Sim, sr. Lidenbrock: os trabalhos dos srs. Olafsen e Povelsen executados por ordem do rei; os estudos de Troil; a missão científica dos srs. Gaimard e Robert, a bordo da corveta francesa *La Recherche*[9]; e, mais recentemente, as observações dos cientistas embarcados na fragata *Reine-Hortense*, muito contribuíram para o reconhecimento da Islândia. Mas, acredite, ainda há muito o que fazer.

— Acredita mesmo? — perguntou meu tio com naturalidade, tentando moderar o brilho do olhar.

— Sim. Quantas montanhas, glaciares, vulcões por estudar e que são pouco conhecidos! Sem ir mais longe, por exemplo, veja esse monte que se eleva no horizonte. É o Snæfell.

— Ah! — exclamou meu tio. — O Snæfell!

— Sim, um dos vulcões mais curiosos e cuja cratera é raramente visitada.

— Inativo?

— Oh! Extinto há quinhentos anos.

— Pois bem! — respondeu meu tio, que cruzava e descruzava freneticamente as pernas para não pular de alegria. — Tenho vontade de começar meus estudos geológicos por esse Seffel... Fessel... Como é que disse mesmo?

— Snæfell — retomou o excelente sr. Fridriksson.

Essa parte da conversa se desenrolou em latim. Eu havia entendido tudo, e mal conseguia manter a seriedade vendo meu tio conter sua satisfação transbordante. Ele tentava fingir inocência, mas parecia uma careta de velho diabo.

— Sim — disse ele —, suas palavras me convencem! Tentaremos escalar esse Snæfell, e quem sabe até estudar sua cratera!

— Receio — respondeu o sr. Fridriksson — que minhas ocupações não me permitem ausentar-me; ou eu os acompanharia com prazer e tiraria muito proveito.

9 A *La Recherche* foi enviada em 1835 pelo almirante Duperré em busca de traços de uma expedição perdida, a do sr. Blosseville e do *Lilloise*, do qual nunca mais se ouviu falar. [N. do A.]

— Oh! Não! Nada disso — respondeu meu tio com vivacidade. — Não queremos incomodar ninguém, sr. Fridriksson. Agradeço de todo coração. A presença de tamanho cientista teria sido muito útil, mas os deveres de sua profissão...

Gosto de pensar que nosso anfitrião, na inocência de sua alma islandesa, não compreendeu as malícias grosseiras do meu tio.

— Aprovo completamente, sr. Lidenbrock — respondeu —, que comece com esse vulcão. Fará uma ampla coleta de observações curiosas. Mas diga: como pretende chegar à península do Snæfell?

— Pelo mar, cruzando a baía. É a rota mais rápida.

— Talvez; mas é impossível.

— Por quê?

— Porque não temos sequer uma canoa em Reykjavik.

— Diabos!

— Será preciso ir por terra, seguindo a costa. Será um caminho mais longo, mas também mais interessante.

— Muito bem. Vou procurar um guia.

— Tenho justamente um para oferecer.

— Um homem confiável, inteligente?

— Sim, um habitante da península. É um caçador de êider, muito hábil, e que os senhores apreciarão. Ele fala dinamarquês perfeitamente.

— E quando poderia vê-lo?

— Amanhã, se quiser.

— Por que não hoje?

— Porque ele só chega amanhã.

— Até amanhã, então — respondeu meu tio com um suspiro.

Essa conversa importante se concluiu alguns instantes depois com calorosos agradecimentos do professor alemão ao professor islandês. Durante o jantar, meu tio aprendera coisas importantes. Entre outras, a história de Saknussemm, a razão de seu documento misterioso, o fato de que seu anfitrião não o acompanharia em sua expedição, e que já no dia seguinte um guia estaria às suas ordens.

XI

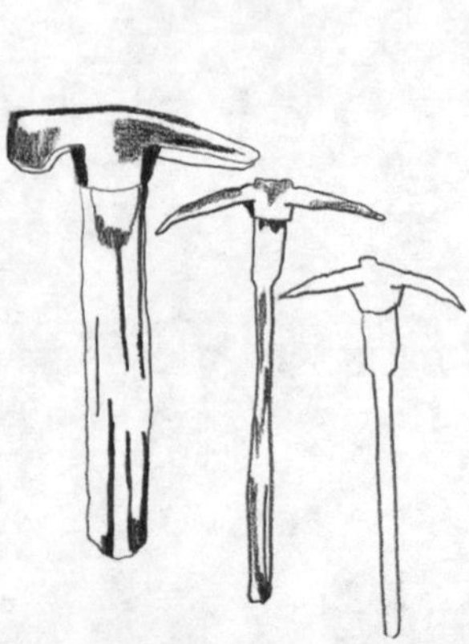

À noite, passeei um pouco pela orla de Reykjavik e voltei cedo para me deitar na cama de tábuas largas, onde caí num sono profundo.

Quando acordei, ouvi meu tio falando sem parar na sala ao lado. Levantei-me imediatamente e corri ao seu encontro.

Ele conversava em dinamarquês com um homem alto, vigorosamente esbelto. Aquele homenzarrão parecia ter uma força pouco comum. Seus olhos, fundos numa cabeça bem grande e bastante ingênua, pareciam inteligentes. Eram de um azul sonhador. Cabelos longos — que teriam sido considerados ruivos até na Inglaterra — caíam sobre seus ombros atléticos. O aborígene tinha movimentos flexíveis, mas mexia pouco os braços, como se ignorasse ou desprezasse a língua dos gestos. Tudo nele evocava um temperamento perfeitamente calmo, mais tranquilo do que indolente. Sentia-se que ele não pedia nada a ninguém, que trabalhava conforme sua conveniência e que, nesse mundo, sua filosofia não corria o risco de ser surpreendida nem perturbada.

Percebi nuanças desse caráter pela forma como o islandês ouvia a verborragia apaixonada de seu interlocutor. Ele mantinha os braços cruzados, imóvel em meio aos múltiplos gestos do meu tio: para negar, sua cabeça girava da esquerda à direita; ela se inclinava para afirmar, e tão pouco que seus longos cabelos mal se mexiam. Era a economia do movimento levada aos limites da avareza.

De fato, ao ver aquele homem, eu nunca teria adivinhado sua profissão de caçador. Um tipo daqueles não metia medo em caça, isso ficava claro, mas como podia alcançá-la?

Tudo se explicou quando o sr. Fridriksson me contou que aquele tranquilo personagem era apenas um "caçador de êider", pássaro cujas plumas constituem a principal riqueza da ilha.

De fato, essas plumas se chamam edredom, e sua coleta requer pouco esforço.

Nos primeiros dias do verão, a fêmea do êider, uma espécie de lindo pato, constrói seu ninho entre os rochedos dos fiordes[10], cuja costa é totalmente recortada. Depois de construído, ela forra o ninho com finas plumas que arranca do próprio ventre. Tão logo o caçador, ou melhor, o negociante, chega, ele recolhe o ninho e a fêmea deve recomeçar seu trabalho. Isso dura enquanto ela tiver plumas. Quando a fêmea tiver arrancado tudo, é a vez do macho de se desplumar. No entanto, como o desplume duro e grosseiro do macho não tem nenhum valor comercial, o caçador não se dá ao trabalho de roubar-lhe o leito da ninhada. O ninho é então concluído; a fêmea põe seus ovos; os filhotes eclodem e, no ano seguinte, a colheita do edredom recomeça.

Ora, posto que o êider não escolhe as rochas escarpadas para construir os ninhos, mas prefere rochas fáceis e horizontais que se perdem no mar, o caçador islandês exercia sua profissão sem grande agitação.

Era um fazendeiro que não precisava semear nem colher, mas apenas recolher.

Esse personagem sério, impassível e silencioso chamava-se Hans Bjelke e era recomendado pelo sr. Fridriksson. Seria nosso guia. Suas maneiras contrastavam singularmente com as do meu tio.

Entretanto, os dois entenderam-se com facilidade. Nem um nem o outro se preocupou com o preço; um disposto a aceitar o que lhe ofereceriam, o outro disposto a dar o que lhe pedissem. Nunca foi tão fácil fechar negócio.

10 Nome que se dá aos golfos estreitos nos países escandinavos. [N. do A.]

Ficou então acordado que Hans se comprometia a nos conduzir à cidade de Stapi, situada na costa meridional da península do Snæfell, ao pé do vulcão. Era preciso contar por volta de vinte e duas milhas terrestres, ou seja, aproximadamente cem quilômetros, viagem a ser feita em dois dias, na opinião do meu tio.

Mas quando ele descobriu que se tratava de milhas dinamarquesas de sete mil e trezentos metros, precisou rever seu cálculo e contar, dada a insuficiência de trilhas, com sete ou oito dias de caminhada.

Quatro cavalos seriam postos à sua disposição, dois para nos carregar, ele e eu, outros dois destinados às nossas bagagens. Hans iria a pé, como costumava fazer. Ele conhecia perfeitamente essa parte da costa, e prometeu ir pelo caminho mais curto.

Seu comprometimento para com meu tio não expirava na chegada a Stapi. O serviço continuaria durante todo o tempo necessário à excursão científica, ao preço de três risdales[11] por semana. No entanto, ficou expressamente acertado que essa soma seria paga ao guia cada sábado à noite, condição *sine qua non* do seu comprometimento.

A partida foi fixada para dia 16 de junho. Meu tio quis entregar ao caçador a caução do acordo, mas este recusou com uma só palavra.

— *Efter* — disse.

— Depois — traduziu o professor, querendo me instruir.

Os dois concluíram o acerto, e Hans retirou-se.

— Um grande homem! — exclamou meu tio. — Mas nem imagina o maravilhoso papel que o futuro lhe reserva.

— Então, ele nos acompanhará até...

11 Moeda corrente na Escandinávia na época. Trata-se de um valor que o próprio narrador considera como simbólico, dada a aventura.

— Sim, Axel, até o centro da Terra.

Ainda faltavam quarenta e oito horas. Para meu pesar, fui obrigado a empregá-las nos preparativos: toda a nossa inteligência foi mobilizada na disposição de cada objeto da maneira mais proveitosa, com os instrumentos de um lado, as armas do outro, as ferramentas nesse pacote e os víveres nesse outro. Quatro grupos ao todo.

Os instrumentos compreendiam:

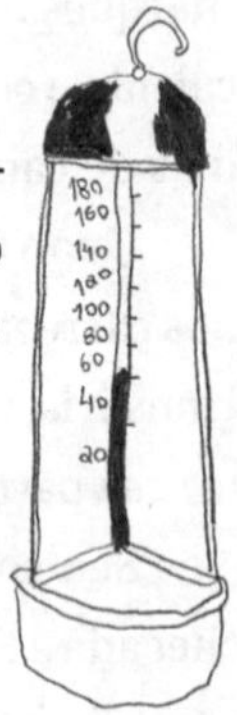

1º) Um termômetro centígrado de Eigel[12], graduado até 180 graus, o que me parecia excessivo ou insuficiente. Excessivo, se o calor ambiente chegasse a tanto, o que significaria que estaríamos fritos. Insuficiente, se fosse preciso medir a temperatura das fontes ou de qualquer outra matéria em fusão.

2º) Um manômetro de ar comprimido, construído para indicar pressões superiores às da atmosfera no nível do mar. De fato, um barômetro normal não teria sido suficiente, dado que a pressão atmosférica devia aumentar proporcionalmente à nossa descida sob a superfície da terra.

3º) Um cronômetro de Boissonnas, o Jovem, de Genebra, perfeitamente regulado no meridiano de Hamburgo.

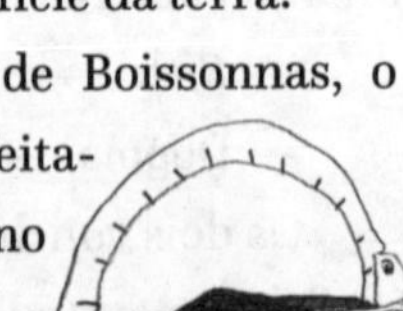

4º) Duas bússolas de inclinação e de declive.

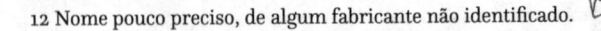

12 Nome pouco preciso, de algum fabricante não identificado.

5º) Uma luneta noturna.

6º) Dois aparelhos de Ruhmkorff[13], que, por meio de corrente elétrica, forneciam uma luz portátil, segura e pouco volumosa.

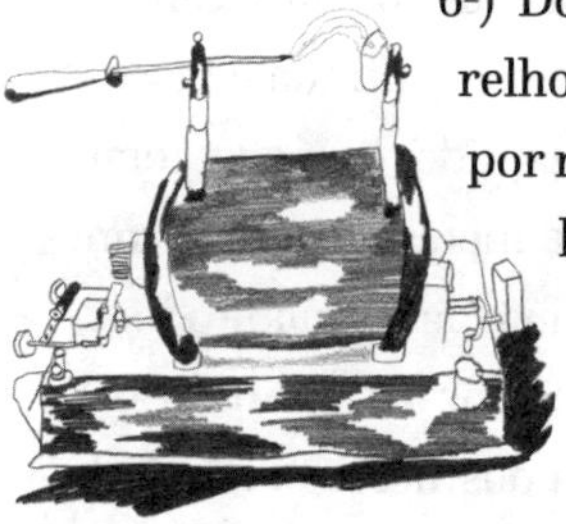

As armas consistiam em duas carabinas da Purdey Moore and Co. e dois revólveres Colt. Por que armas? Suponho que não temíamos nem selvagens nem animais ferozes. Mas meu tio parecia fazer questão de seu arsenal, assim como de seus instrumentos, principalmente uma notável quantidade de algodão-pólvora inalterável em condições de umidade, e cuja força expansiva era muito superior à da pólvora normal.

As ferramentas compreendiam dois martelos geológicos, duas picaretas, uma escada de seda, três bastões com ponta de ferro, um machado, um martelo, uma dúzia de cunhas e cavilhas de ferro e longas cordas com nós. Isso não deixava de representar um pacote grande, já que a escada tinha noventa metros de comprimento.

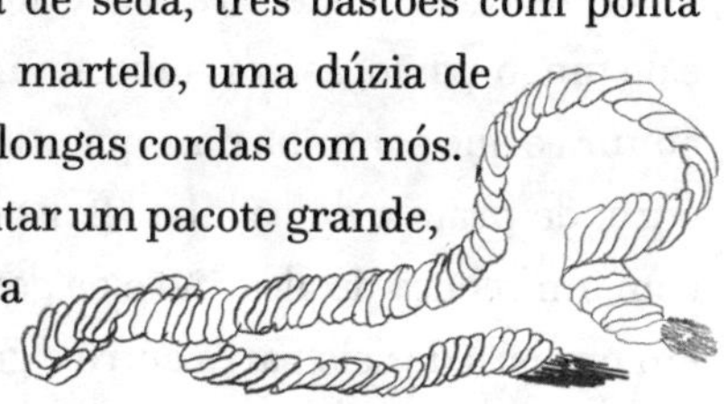

13 O aparelho do sr. Ruhmkorff consiste em uma bateria de Bunsen, ativada por meio de dicromato de potássio inodoro. Uma bobina de indução coloca a eletricidade produzida pela bateria em comunicação com uma lanterna especialmente projetada. Dentro dessa lanterna há uma bobina de vidro na qual se criou um vácuo e na qual permanece apenas um resíduo de dióxido de carbono ou nitrogênio. Quando o dispositivo está funcionando, esse gás se torna luminoso, produzindo uma luz esbranquiçada contínua. A bateria e a bobina são colocadas em uma bolsa de couro que o viajante usa no ombro. A lanterna, do lado de fora, fornece luz suficiente na escuridão profunda e pode ser usada sem medo de explosão em ambientes com os gases mais inflamáveis. Não se apaga, nem mesmo nos rios mais profundos. O sr. Ruhmkorff é um físico erudito e habilidoso. Sua grande descoberta foi a bobina de indução, que permite a produção de eletricidade em alta tensão. Em 1864, ele ganhou o prêmio quinquenal da França de 50 mil francos pela aplicação mais engenhosa da eletricidade. [N. do A.]

Por fim, havia as provisões: o pacote não era grande, mas inspirava confiança, pois eu sabia que continha o equivalente a seis meses de víveres em termos de carne concentrada e biscoitos secos. O gim era o único componente líquido, e a água, totalmente inexistente. Mas tínhamos cantis, e meu tio contava com as fontes para enchê-los. As objeções que pude fazer quanto à sua qualidade, temperatura ou mesmo ausência foram infrutíferas.

Para completar a nomenclatura exata dos nossos artigos de viagem, vale mencionar uma farmácia portátil contendo tesouras cirúrgicas, talas para fraturas, um rolo de fita em fio cru, ataduras e compressas, esparadrapo, paletas para sangramento, todas coisas assustadoras. Além disso, uma série de frascos contendo dextrina, álcool vulnerário, acetato de chumbo líquido, éter, vinagre e amoníaco, todas drogas de emprego pouco tranquilizador. Por último, o combustível necessário aos aparelhos de Ruhmkorff.

Meu tio ficou atento à provisão de tabaco, de pólvora de caça e de fungo-pavio, assim como a um cinto de couro que usava na cintura e que continha uma quantidade suficiente de moedas de ouro, de prata e de cédulas. Bons sapatos, impermeabilizados com um reboco de alcatrão e de goma elástica, encontravam-se em número de seis pares entre o grupo das ferramentas.

— Assim vestidos, calçados e equipados, nada nos impedirá de chegar longe — disse meu tio.

O dia 14 foi inteiramente dedicado à organização desses diferentes objetos. À noite, jantamos na casa do barão Trampe, em companhia do prefeito de Reykjavik e do dr. Hualtalin, o grande médico do país. O sr. Fridriksson não estava entre os convidados; eu soube mais tarde que o governador e ele estavam em desacordo sobre uma questão administrativa e não se falavam. Portanto, não pude entender sequer uma palavra do que foi dito durante esse jantar semioficial. A única coisa que percebi foi que meu tio falou sem parar.

No dia seguinte, 15, os preparativos foram terminados. Nosso anfitrião fez um agrado sensível ao professor ao oferecer-lhe um mapa da Islândia incomparavelmente mais perfeito do que o de Henderson, o mapa do sr. Olaf Nikolas Olsen, reduzido à escala de 1:480.000, publicado pela sociedade literária islandesa, segundo os trabalhos geodésicos do sr. Scheel Frisac e levantamento topográfico do sr. Björn Gunnlaugsson. Era um documento precioso para um mineralogista.

A última noite se desenrolou em conversa íntima com o sr. Fridriksson, pelo qual eu sentia a mais viva simpatia. Depois, a conversa foi seguida de um sono bastante agitado, pelo menos para mim.

Às cinco horas, fui acordado pelo relinchar de quatro cavalos à minha janela.

Me vesti depressa e desci até a rua, onde Hans acabava de carregar nossas bagagens sem esforço, por assim dizer. Entretanto, trabalhava com uma destreza incomum. Meu tio fazia mais barulho do que o necessário, e o guia parecia se preocupar muito pouco com suas recomendações.

Tudo estava pronto às seis horas. Trocamos apertos de mão com o sr. Fridriksson. Meu tio agradeceu em islandês, e com muito carinho, por sua hospitalidade benévola. Quanto a mim, esbocei, no meu melhor latim, alguma saudação cordial. Depois, montamos em nossos cavalos, e o sr. Fridriksson lançou-me, como último adeus, este verso de Virgílio que parecia feito para nós, viajantes incertos da estrada:

Et quacumque viam dederit fortuna sequamur.[14]

14 E qualquer que seja o caminho que nos dê o destino, sigamos.

XII

Quando partimos o tempo estava encoberto, mas firme. Sem perigo de calores cansativos nem chuvas desastrosas. Um tempo para turistas.

O prazer de percorrer a cavalo uma terra desconhecida me tornava afável nesse início de empreitada. Estava totalmente entregue à felicidade do excursionista, feita de desejos e de liberdade. Começava a aproveitar a experiência.

"Além do mais", dizia a mim mesmo, "que risco corro? Viajar para o meio do país mais curioso! Escalar uma montanha notável! No pior dos casos, descer ao fundo de uma cratera extinta! É claro que esse Saknussemm não fez nada além disso. Quanto à existência de uma galeria que chegue ao centro do globo, é pura imaginação! Pura impossibilidade! Então, é preciso aproveitar o que a expedição tem a oferecer, e sem reservas."

Tão logo acabara esse raciocínio, deixamos Reykjavik. Hans caminhava na frente, em um passo rápido, regular, contínuo. Os dois cavalos que carregavam nossas bagagens seguiam-no, sem que fosse necessário guiá-los. Meu tio e eu íamos logo atrás, e sem fazer feio, sobre nossos animais, pequenos, mas vigorosos.

A Islândia é uma dessas grandes ilhas da Europa. Ela mede cento e três mil quilômetros quadrados de superfície, e conta com apenas sessenta mil habitantes. Os geógrafos a dividiram em quatro quartos, e devíamos cruzar quase obliquamente aquele que levava o nome de País do Quarto Sudoeste, *Sudvestr Fiordeùngr*.

Hans, ao deixar Reykjavik, seguira imediatamente a costa. Cruzávamos pastos ralos que se esforçavam para ser verdes, mas o amarelo levava vantagem. Os picos rugosos das massas de traquito se esvaneciam no horizonte das brumas do Leste. Às vezes, algumas placas de neve, concentrando a luz difusa, resplandeciam sobre as encostas de picos distantes. Certos picos, mais corajosamente erguidos, perfuravam as nuvens cinza e reapareciam acima dos vapores moventes, feito obstáculos emergidos em pleno céu.

Muitas vezes essas cadeias de rochas áridas formavam uma ponta na direção do mar e invadiam o pasto, mas sempre sobrava espaço suficiente para passar. Por sinal, nossos cavalos escolhiam instintivamente os lugares propícios, sem nunca diminuir o passo. Meu tio não tinha sequer a consolação de atiçar sua montaria com a voz ou com o chicote. Não tinha oportunidade de perder a paciência. Eu não podia conter um sorriso ao vê-lo tão grande sobre seu pequeno cavalo, e, como suas longas pernas tocavam o chão, ele parecia um centauro de seis pés.

— Bom animal! Bom animal! — dizia. — Você verá, Axel, que não há animal que supere a inteligência do cavalo islandês. Neves, tempestades, trilhas impraticáveis, rochedos, glaciares, nada pode impedi-lo. Ele é corajoso, sóbrio, sólido. Nunca um passo em falso, nunca uma reação. Que apareça um rio qualquer, um fiorde a ser cruzado, e ele se apresentará, você vai ver, sem hesitar a se jogar n'água como um anfíbio e chegar à margem oposta. Mas não forcemos, deixemos que ele aja, e faremos, um carregando o outro, nossos quarenta quilômetros diários.

— Talvez nós — respondi. — Mas e o guia?

— Oh! Ele não me preocupa nem um pouco. Esse tipo de gente caminha sem perceber. Esse aí se mexe tão pouco que nem sequer deve se cansar. E, caso necessário, cederei a ele minha montaria. Serei tomado pelas câimbras se não fizer algum movimento. Os braços vão bem, mas devemos pensar nas pernas.

Entretanto, avançávamos a um passo rápido. A região já estava quase deserta. Uma fazenda aqui, outra ali, um *böer*[15] solitário, de madeira, terra, pedaços de lava, surgia feito um mendigo na beira de um caminho vazio. Essas cabanas em ruínas pareciam implorar pela caridade dos passantes, e, por pouco, não demos esmola. Nesse país faltavam estradas e até mesmo trilhas, e a vegetação, por mais lenta que fosse, apagava rapidamente os passos dos raros viajantes.

No entanto, essa parte da província, situada a dois passos da capital, estava entre as porções habitadas e cultivadas da Islândia. Quais eram então os lugares mais desertos do que esse deserto? Depois de uns dois quilômetros, ainda não havíamos encontrado nem um agricultor à porta do seu chalé, nem um pastor selvagem cuidando de um rebanho menos selvagem do que ele; apenas algumas vacas e ovelhas abandonadas à própria sorte. Como seriam então as regiões convulsionadas, perturbadas pelos fenômenos eruptivos, nascidas de explosões vulcânicas e de comoções subterrâneas? Estávamos destinados a conhecê-las mais tarde; mas, consultando o mapa de Olsen, vi que as evitávamos ao seguir pelas margens. De fato, o grande movimento plutônico concentrava-se sobretudo no interior da ilha: ali, as camadas horizontais de rochas sobrepostas, chamadas *trapps* em língua escandinava, as faixas traquíticas, as erupções de basalto, tufos, de todos os conglomerados vulcânicos, os fluxos de lava e de pórfiro derretido, criaram

15 Casa, do tipo cabana, típica do agricultor islandês. [N. do A.]

um país de horror sobrenatural. Eu mal conseguia imaginar o espetáculo que nos aguardava na península do Snæfell, onde esses acidentes de natureza ardente formam um maravilhoso caos.

Duas horas depois de deixarmos Reykjavik, chegamos ao burgo de Gufunes, chamado Aoalkirkja, ou “igreja principal”. Nada especial, apenas algumas casas. Era um pouco maior do que um vilarejo da Alemanha.

Hans parou durante meia hora, compartilhou conosco nosso almoço frugal, respondeu com sim ou não às perguntas do meu tio sobre a natureza da estrada e, quando questionado acerca de onde pretendia que passássemos a noite, disse simplesmente:

— *Gardär.*

Consultei o mapa para saber o que era *Gardär*. Vi uma aldeia com esse nome à beira do Hvalfjörd, a dezesseis quilômetros de Reykjavik. Mostrei para o meu tio.

— Apenas dezesseis quilômetros! — ele disse. Dezesseis de oitenta e dois! Que bela caminhada.

Quis fazer um comentário ao guia, que, sem responder, recuperou as rédeas dos cavalos e retomou o passo.

Três horas depois, sempre pisando a grama descolorida das pastagens, foi preciso contornar o Kollafkörd, desvio mais fácil e menos longo do que uma travessia do golfo. Pouco tempo depois, entramos em um *pingstaœr*, lugar de jurisdição comunal, chamado Ejulberg, e cujo campanário teria soado ao meio-dia se as igrejas islandesas fossem ricas o bastante para possuir um relógio. Mas eram parecidas demais com seus párocos, que não têm relógios e nem sequer sentem falta deles.

Ali, os cavalos beberam água. Depois, tomando uma estreita faixa entre uma cadeia de colinas e o mar, levaram-nos de uma só vez à *aoalkirkja* de Brantär, e quatro quilômetros depois a Saurböer Annexia, "igreja anexa", situada na margem meridional do Hvalfjörd.

Já eram quatro horas; havíamos percorrido mais de dezesseis quilômetros. O fiorde tinha uma largura de pelo menos dois quilômetros nesse lugar; as ondas rompiam ruidosamente sobre rochedos pontudos; esse golfo se abria entre as muralhas de rochedos, um tipo de escarpa íngreme com altura de mais de novecentos metros e impressionante pelas suas camadas marrons, que separavam os leitos de tufo e uma nuança avermelhada. Por mais inteligentes que fossem nossos cavalos, eu não tinha um bom pressentimento sobre a travessia de um verdadeiro braço de mar no lombo de um quadrúpede.

"Se forem inteligentes", pensei comigo mesmo, "não tentarão passar. Seja como for, tentarei ser inteligente por eles."

Mas meu tio não queria esperar. Ele se precipitou na direção da margem. Seu cavalo farejou o último vaivém das ondas e parou. Meu tio, que tinha um instinto próprio, pressionou-o mais um pouco. O animal balançou a cabeça e recusou de novo. Então seguiram-se xingamentos e chicotadas, com coices do animal, que começou a se soltar do cavaleiro. Por fim, o pequeno cavalo, dobrando os jarretes, retirou-se das pernas do professor e deixou-o plantado sobre duas pedras à margem, feito o Colosso de Rodes[16].

— Ah! Maldito animal! — exclamou o cavaleiro, subitamente transformado em pedestre, e constrangido como um oficial de cavalaria que tivesse sido rebaixado a soldado de infantaria.

— *Färja* — disse o guia, tocando seu ombro.

— Quê?! Uma balsa?

— *Der* — respondeu Hans, mostrando um barco.

— Sim — exclamei —, há uma balsa.

— Por que não disse antes? Pois bem, vamos!

— *Tidvatten* — retomou o guia.

— Que disse?

— Ele está dizendo "maré" — respondeu meu tio, traduzindo a palavra em dinamarquês.

— Talvez devamos esperar a maré?

— *Förbida?* — perguntou meu tio.

— *Ja* — respondeu Hans.

Meu tio bateu o pé, enquanto os cavalos se dirigiam à balsa.

Entendi perfeitamente a necessidade de esperar um certo instante de maré para iniciar a travessia do fiorde, aquele instante em que o mar, chegado à maior altura, fica imóvel. Nesse momento, o fluxo e o refluxo perdem qualquer ação sensível, e a balsa não corre o risco de ser levada pela correnteza, seja ao fundo do golfo, seja ao mar aberto.

16 Uma das Sete Maravilhas do Mundo Antigo, o Colosso de Rodes ficava na entrada do porto da ilha homônima. Essa estátua gigantesca, que representava o deus grego Hélio, foi destruída por um terremoto no século III a.C., e até hoje não sabemos qual era sua exata aparência. Embora hoje considere-se que esse formato era impossível por diversas razões, durante séculos imaginou-se que a estátua representasse o deus em pé sobre a baía, com um pé em cada margem, em uma posição parecida com a que o prof. Lidenbrock teria assumido na cena aqui descrita.

O instante favorável chegou apenas às seis da tarde. Meu tio, eu, o guia, dois passantes e os quatro cavalos havíamos nos acomodado num tipo de balsa plana e bastante frágil. Como estava habituado às balsas a vapor do Elba, achei que os remos dos barqueiros pareciam uma triste geringonça mecânica. Levou mais de uma hora até atravessarmos o fiorde, mas no fim a passagem transcorreu sem acidentes.

Meia hora depois, chegávamos à *aoalkirkya* de Gardär.

XIII

Devia ser de noite, mas, abaixo do paralelo sessenta e cinco, a claridade noturna das regiões polares não surpreendia. Na Islândia, durante os meses de junho e julho, o sol não se põe.

Entretanto, a temperatura havia caído. Eu sentia frio e, acima de tudo, fome. Foi muito bem-vinda a visão do *böer* que se abriu hospitaleiramente para nos receber.

Era a casa de um camponês, mas, em termos de hospitalidade, mais parecia a casa de um rei. Assim que chegamos, o anfitrião nos deu um aperto de mãos e, sem outra cerimônia, fez um sinal para que o seguíssemos.

Seguir de fato, pois teria sido impossível andar a seu lado. Um corredor longo, estreito, escuro, dava para essa habitação construída sobre vigas mal esquadrejadas e permitia o acesso a cada um dos cômodos, em número de quatro: a cozinha, a oficina de tecelagem, a *badstofa* (quarto de dormir da família), e, o melhor de todos, o quarto de visitas. Meu tio, cuja altura não fora levada em consideração quando da construção da casa, bateu três ou quatro vezes a cabeça nos desníveis do teto.

Entramos em nosso quarto, um cômodo amplo, com piso de terra batida e iluminado por uma janela feita de membranas de ovelha pouco transparentes. As camas eram compostas de forragem seca esparramada entre duas molduras de madeira pintadas de vermelho e decoradas com máximas islandesas. Eu não esperava todo esse conforto. Porém, reinava na casa um forte cheiro de peixe seco, de carne macerada e de leite azedo que perturbava meu olfato.

Quando acomodamos nosso equipamento de viagem, a voz do anfitrião ressoou, nos convidando a ir até a cozinha, único cômodo no qual havia uma lareira, mesmo no auge do inverno.

Meu tio obedeceu rapidamente a essa ordem amigável, e eu o segui. A chaminé da cozinha era de um modelo antigo: no meio do cômodo, com uma só pedra para a lareira; no teto, havia um buraco pelo qual escapava a fumaça. A cozinha também servia de sala de jantar.

Ao entrarmos, o anfitrião, como se ainda não tivesse nos visto, saudou-nos com um *saellvertu*, que significa "sejam felizes", e veio nos beijar as bochechas.

Logo depois, sua esposa pronunciou as mesmas palavras, acompanhadas pelo mesmo cerimonial. Depois, o casal, com a mão direita sobre o coração, se inclinou profundamente.

Antes que eu me esqueça, digo que a islandesa era mãe de dezenove crianças, e todas, as grandes e as pequenas, corriam para todos os lados em meio às volutas de fumaça que a lareira dispersava no cômodo. A cada instante eu avistava uma cabecinha loura e um pouco melancólica que saía dessa névoa. Parecia uma guirlanda de anjos mal lavados.

Meu tio e eu acolhemos de bom grado essa "ninhada". Logo havia três ou quatro desses pirralhos nos nossos ombros, outros nos nossos joelhos e o resto entre nossas pernas. Os que sabiam falar repetiam *saellvertu* em todos os tons imagináveis. Os que ainda não falavam gritavam ainda mais alto.

Esse concerto foi interrompido pelo anúncio da refeição. Então entrou o caçador, que acabava de tratar os cavalos, ou seja, os soltara economicamente no pasto. Os pobres animais teriam de se contentar em pastar o musgo dos raros rochedos, alguns sargaços pouco nutritivos, e no dia seguinte não deixariam de retomar seu trabalho.

— *Saellvertu* — disse Hans.

Em seguida, tranquila e automaticamente, sem se demorar mais em um do que em outro, beijou o anfitrião, a anfitriã e as dezenove crianças.

Depois de terminada essa cerimônia, passamos à mesa, em número de vinte e quatro e, por conseguinte, uns em cima dos outros, no verdadeiro sentido da expressão. Os mais favorecidos tinham apenas dois pirralhos sobre o colo.

Entretanto, assim que a sopa chegou, o silêncio se instalou e a taciturnidade natural dos islandeses, até mesmo das crianças, voltou a reinar. O anfitrião serviu uma sopa de líquen nada desagradável, seguida de uma enorme porção de peixe seco que nadava em manteiga rança de mais de vinte anos e, portanto, preferível à manteiga fresca, segundo as ideias gastronômicas da Islândia. Havia também *skyr*, uma espécie de iogurte, acompanhado de biscoito e coberto por um suco de bagas de zimbro. Por fim, para beber, um leite magro misturado com água, chamado *blanda* na região. Se essa refeição era boa ou não, não fui capaz de avaliar. Sentia fome, e, na hora da sobremesa, engoli até a última colherada de um mingau grosso de trigo-sarraceno.

Ao fim da refeição, as crianças desapareceram; os adultos rodearam a lareira na qual se queimava turfa, urze, esterco de vaca e ossos de peixes secos. Depois desse "aquecimento", os diversos grupos voltaram a seus respectivos quartos. A anfitriã ofereceu-se para retirar, como era o costume, nossas meias e nossas calças; mas, diante de uma recusa das mais educadas de nossa parte, ela não insistiu, e pude enfim me enrolar no meu leito de forragem.

No dia seguinte, às cinco horas, nos despedimos do camponês local. Meu tio teve muita dificuldade em convencê-lo a aceitar uma remuneração razoável. Depois, Hans deu o sinal da partida.

A cem passos de Gardär, o terreno começou a mudar de aspecto: o solo se tornou pantanoso e menos favorável à caminhada. À direita, a série de montanhas seguia indefinidamente como um imenso sistema de fortificações naturais, cujas contraescarpas acompanhávamos. Com frequência nos deparávamos com riachos, que era preciso atravessar vadeando, tomando cuidado para não molhar demais a bagagem.

Nós nos embrenhávamos cada vez mais no deserto. Às vezes, entretanto, aparecia uma sombra humana fugidia ao longe. Se os desvios da estrada nos aproximavam inesperadamente de um de seus espectros, eu sentia um nojo repentino à vista de uma cabeça inchada, de pele reluzente, desprovida de cabelos, e de feridas repugnantes traídas pelos rasgos de miseráveis trapos.

A infeliz criatura não vinha oferecer sua mão deformada; pelo contrário, fugia, mas não depressa o suficiente para que Hans não pudesse lançar o habitual *saellvertu*.

— *Spetelsk* — explicou ele.

— Um leproso! — repetiu meu tio.

E o som dessa palavra produzia um efeito repulsivo. A horrível doença da lepra era muito comum na Islândia. Ela não é contagiosa, mas hereditária; por isso, o casamento é proibido a esses miseráveis.

Tais aparições não tinham vocação para alegrar a paisagem, que se tornava profundamente triste; os últimos tufos de ervas morriam sob nossos pés. Não havia uma árvore sequer, apenas alguns buquês de bétulas-anãs que pareciam arbustos. Nenhum animal, a não ser alguns cavalos, daqueles que o próprio dono não pode alimentar e que vagam nas mornas planícies. Às vezes, um falcão pairava nas nuvens cinzentas e levantava voo em direção ao Sul. Deixei-me levar pela melancolia dessa natureza selvagem, e minha memória me transportou de volta ao meu país natal.

Tivemos de cruzar vários pequenos fiordes sem importância e, por fim, um verdadeiro golfo. A maré, estável, nos permitiu passar sem espera e alcançar o vilarejo de Alftanes, situado quatro quilômetros adiante.

À noite, depois de atravessar dois riachos, o Alfa e o Heta, ricos em trutas e lúcios, fomos obrigados a passar a noite num casebre abandonado, digno de ser assombrado por todos os duendes da mitologia escandinava. Com certeza o demônio do frio tinha feito ali sua morada, porque aprontou das suas a noite toda. O dia seguinte não apresentou nenhum incidente particular. Sempre o mesmo solo pantanoso, a mesma uniformidade, a mesma fisionomia triste. À noite, havíamos ultrapassado metade da distância a ser percorrida, e dormimos no anexo da igreja de Krösolbt.

No dia 19 de junho, ao longo de aproximadamente quatro quilômetros, um terreno de lava se estendeu sob nossos pés.

Esse tipo de solo se chama *hraun* no país: a lava enrugada na superfície adquire a forma de cabos, às vezes alongados, às vezes enrolados sobre si mesmos. Um imenso fluxo descia das montanhas vizinhas. Eram vulcões atualmente extintos, mas cujos detritos atestavam a violência passada. Entretanto, algumas colunas de fumaça subiam de um lado e de outro.

Estávamos sem tempo para observar esses fenômenos; precisávamos seguir caminho. Rapidamente, sob as pisadas dos cavalos, o solo pantanoso reapareceu, entrecortado por pequenos lagos. Nesse momento, nos dirigíamos a oeste. Havíamos contornado a grande baía de Faxa, e o duplo pico branco do Snæfell se erguia nas nuvens a menos de vinte quilômetros.

Os cavalos marchavam bem e as dificuldades do solo não os impediam. No que me diz respeito, começava a me sentir muito cansado. Meu tio permanecia firme e ereto como no primeiro dia; eu não podia deixar de admirá-lo, assim como o caçador, que via aquela expedição como um mero passeio.

Às seis da tarde do sábado, 20 de junho, chegamos a Büdir, aldeia localizada à beira-mar, e o guia pediu seu pagamento. Meu tio acertou com ele. Foi a própria família de Hans que nos acolheu, ou seja, seus tios e primos. Fomos bem recebidos e, sem abusar da boa vontade daquela brava gente, eu teria gostado de descansar da viagem junto deles. Mas meu tio, que não precisava descansar, não via as coisas da mesma forma. No dia seguinte, voltamos a montar nossos bons animais.

O solo dava indícios de vizinhança com a montanha, cujas raízes de granito saíam da terra, como se fossem raízes de um velho carvalho. Contornamos a imensa base do vulcão. O professor não tirava os olhos dele; gesticulava, parecia desafiá-lo e dizer:

“Então esse é o gigante que vou domar!”

Por fim, depois de quatro horas de viagem, os cavalos pararam sozinhos à porta do presbitério de Stapi.

XIV

Stapi é uma aldeia formada por umas trinta cabanas, e construída em plena lava sob os raios de sol refletidos pelo vulcão. Estende-se ao fundo de um pequeno fiorde encaixado em uma muralha basáltica das mais estranhas.

Sabe-se que o basalto é uma rocha marrom de origem ígnea. Ela adquire formas regulares cuja distribuição é surpreendente. Aqui, a natureza procedeu geometricamente e trabalhou de maneira humana, como se tivesse usado esquadro, compasso e prumo. Se em todos os outros lugares ela faz arte com suas grandes massas dispersas sem ordem, seus cones simplesmente esboçados, suas pirâmides imperfeitas, com uma estranha sequência de linhas, aqui, querendo dar o exemplo da regularidade e precedendo os arquitetos dos primeiros tempos, ela criou uma ordem rígida, que nem sequer os esplendores da Babilônia ou as maravilhas da Grécia jamais superaram.

Eu já ouvira falar da Calçada dos Gigantes na Irlanda, e da Gruta de Fingal em uma das ilhas Hébridas, mas o espetáculo de uma substrução basáltica nunca se oferecera ao meu olhar antes. No entanto, em Stapi, esse fenômeno mostrava-se em toda a sua beleza. A muralha do fiorde, assim como a costa da península, era composta de uma cadeia de colunas verticais, de uns dez metros de altura. Esses barris retos e de proporção pura sustentavam uma arquivolta feita de colunas horizontais, cuja superposição formava uma semivoluta acima do mar. A intervalos, e sob esse implúvio natural, o olhar surpreendia aberturas ogivais de desenho admirável, por entre as quais as ondas do mar vinham se precipitar, espumando. Alguns trechos de basalto, arrancados pelos furores do oceano, se estendiam sobre o solo como detritos de um templo antigo, ruínas eternamente jovens, sobre as quais os séculos passavam sem as gastar.

Essa era a última etapa da nossa viagem terrestre. Hans nos conduzira até ali com inteligência, e eu me reconfortava imaginando que ele ainda nos acompanharia.

Ao chegarmos à porta do pároco, uma simples cabana baixa, nem mais bela nem mais confortável do que a dos vizinhos, vi um homem que colocava ferradura em um cavalo, com martelo na mão e avental de couro na cintura.

— *Saellvertu* — disse o caçador.

— *God dag* — respondeu o ferreiro, em perfeito dinamarquês.

— *Kyrkoherde* — disse Hans, virando-se para o meu tio.

— O pároco! — repetiu este último. — Parece, Axel, que esse bravo senhor é o pároco.

Nesse meio-tempo, o guia informava o *kyrkoherde* sobre a situação. Este, suspendendo seu trabalho, soltou uma espécie de grito provavelmente utilizado entre cavalos e peões, e imediatamente uma grande megera saiu da cabana. Se por acaso não media um metro e oitenta, faltava pouco.

Eu temi que viesse oferecer aos viajantes o beijo islandês; mas não houve nada, e foi até de má vontade que nos mostrou a casa.

O quarto de visitas pareceu-me o pior do presbitério: estreito, sujo e fedorento, mas tivemos de nos contentar. O pároco não parecia praticar a hospitalidade antiga. Longe disso! Antes do fim do dia, vi que estávamos lidando com um ferreiro, um pescador, um caçador, um carpinteiro, tudo menos um ministro do Senhor. Se bem que era um dia de semana. Talvez ele compensasse aos domingos.

Não quero falar mal desses pobres padres que, no final das contas, são bem miseráveis: recebem um salário ridículo do governo dinamarquês e um quarto do dízimo da paróquia, o que mal chega a sessenta marcos correntes. Daí a necessidade de trabalhar para o sustento; mas caçando, ferrando cavalos, acaba-se adquirindo os hábitos, o tom e os costumes dos caçadores, dos pescadores e outra gente rude. Na mesma noite, percebi que a sobriedade não fazia parte do conjunto de virtudes do nosso anfitrião.

Meu tio logo compreendeu com que tipo de homem lidava: em vez de um cientista valente e digno, deparava-se com um camponês difícil e grosseiro. Então, resolveu começar o quanto antes sua grande expedição e abandonar aquele tratamento pouco hospitaleiro. Ele não se importava com o cansaço e resolveu ir passar alguns dias na montanha.

Os preparativos para a partida foram feitos no dia seguinte à nossa chegada em Stapi. Hans contratou os serviços de três islandeses para substituir os cavalos no transporte das bagagens; mas, quando chegássemos ao fundo da cratera, esses autóctones dariam meia-volta e nos abandonariam à nossa sorte. Essa condição ficou bastante clara.

Nesse momento, meu tio teve de informar o caçador que sua intenção era efetuar o reconhecimento do vulcão até seus limites extremos.

Hans contentou-se em inclinar a cabeça. Ir até lá ou a outro lugar, se embrenhar nas entranhas de sua ilha ou percorrê-la, nada disso fazia diferença para ele. Quanto a mim, até então distraído pelos incidentes da viagem, tinha esquecido um pouco o futuro, mas começava a me sentir ainda mais inquieto. Que fazer? Se fosse para resistir ao prof. Lidenbrock, deveria ter feito isso em Hamburgo, e não ao pé do Snæfell.

Uma ideia, entre tantas, me incomodava muito, ideia assustadora e feita para sacudir nervos mais sensíveis do que os meus.

"Vejamos", dizia a mim mesmo, "vamos escalar o Snæfell. Muito bem. Vamos visitar sua cratera. Muito bem. Outros já foram e nem por isso morreram. Mas não acaba aí. Se surgir uma trilha para descer nas entranhas do solo, se esse infeliz Saknussemm tiver dito a verdade, vamos nos perder em meio às galerias subterrâneas do vulcão. Ora, nada garante que o Snæfell esteja extinto! E se uma erupção estiver a caminho? O fato de que o monstro dorme desde 1229 implica que não possa acordar? E se acordar, o que vai ser de nós?"

Isso exigia reflexão, e eu refletia. Não conseguia dormir sem sonhar com erupções. Ora, a ideia de virar escória[17] era brutal demais para mim.

Por fim, não me contive: decidi expor esses pensamentos ao meu tio da maneira mais eficiente possível, e sob a forma de uma hipótese perfeitamente racional.

Fui ter com ele. Contei meus temores e recuei para deixá-lo explodir à vontade.

— Estava justamente pensando nisso — respondeu simplesmente.

Que significavam essas palavras? Será que ele ouvira a voz da razão? Será que pensava em suspender aquele projeto? Era bom demais para ser verdade.

Após alguns instantes de silêncio, durante os quais não tive coragem de questioná-lo, ele retomou e disse:

— Estava pensando nisso. Desde nossa chegada em Stapi, a grave questão que você acaba de expor começou a me preocupar, pois não devemos ser imprudentes.

— Não — respondi com veemência.

— Há seiscentos anos o Snæfell está mudo, mas pode falar. Ora, as erupções são sempre precedidas de fenômenos perfeitamente conhecidos. Pesquisei junto aos habitantes do país, estudei o solo, e posso dizer, Axel, que não haverá erupção.

17 Tipo de rocha formada a partir do material expelido por vulcões.

Estupefato diante dessa afirmação, não pude replicar.

— Duvida das minhas palavras? — perguntou meu tio. — Pois bem! Siga-me.

Obedeci mecanicamente. Ao sair do presbitério, o professor tomou um caminho direto, por uma abertura da muralha basáltica, distanciando-se do mar. Chegamos rapidamente a campo aberto, se é que se pode chamar assim um amontoado imenso de dejetos vulcânicos. A região parecia esmagada sob uma chuva de pedras enormes, de *trapp*, de basalto, de granito e de todas as rochas piroxênias.

Por todos os lados, fumarolas subiam nos ares; esses vapores brancos, chamados *reykir* em islandês, vinham de fontes termais e indicavam, por sua violência, a atividade vulcânica do solo. Aquilo parecia justificar meus receios. Foi assim que quase não acreditei quando meu tio disse:

— Veja todas essas fumaças, Axel. Pois bem, elas provam que nada temos a temer dos furores do vulcão!

— Como assim? — exclamei.

— Lembre-se bem disto — retomou o professor —: quando uma erupção se aproxima, essas fumarolas redobram sua atividade até desaparecerem completamente durante toda a duração do fenômeno, pois os fluidos elásticos, sem a tensão necessária, escolhem o caminho das crateras em vez de escapar pelas fissuras do globo. Então, se os vapores se mantêm em seu estado habitual, se sua energia não cresce, se acrescentamos a essa observação que o vento e a chuva, não foram substituídos por um ar pesado e calmo, pode-se afirmar que não há erupção a caminho.

— Mas...

— Chega. Quando a ciência acaba de se pronunciar, só resta o silêncio.

Voltei ao presbitério de orelhas caídas. Meu tio me vencera com argumentos científicos. Entretanto, eu ainda tinha uma esperança: que, depois de chegados ao fundo da cratera, seria impossível, sem galeria, descer mais profundamente, e isso apesar de todos os Saknussemm do mundo.

Passei aquela noite em pleno pesadelo no meio de um vulcão, e das profundezas da terra senti que era lançado no espaço planetário sob a forma de rocha eruptiva.

No dia seguinte, 23 de junho, Hans aguardava com seus companheiros carregados de suprimentos, ferramentas e instrumentos. Dois bastões com pontas de ferro, dois fuzis e duas cartucheiras estavam reservados para meu tio e para mim. Hans, um homem precavido, acrescentara à nossa bagagem um odre cheio, que, junto com nossos cantis, nos garantia água por oito dias.

Eram nove da manhã. O pároco e sua alta megera aguardavam diante da porta. Eles certamente desejavam realizar o adeus supremo do anfitrião ao viajante. Mas esse adeus adquiriu o contorno inesperado de uma formidável conta, na qual se cobrava até mesmo o ar da casa pastoral, ar fedorento, com o perdão da expressão. Aquele digno casal nos extorquia como um dono de estalagem suíço, cobrando bem caro por sua hospitalidade fingida.

Meu tio pagou sem pechinchar. Um homem que partia para o centro da Terra não iria se ater a alguns risdales.

Resolvida a questão, Hans deu o sinal da partida, e pouco tempo depois havíamos deixado Stapi para trás.

XV

O Snæfell tem 1.446 metros de altitude. Com o cume em duplo cone, é nele que termina uma banda traquítica que se diferencia do sistema orográfico[18] da ilha. Do nosso ponto de partida, não conseguíamos distinguir seus dois picos surgindo sobre o fundo acinzentado do céu. Eu só enxergava uma enorme calota de neve sobre o rosto do gigante.

Caminhávamos em fila, precedidos pelo caçador, que se embrenhava por trilhas estreitas nas quais duas pessoas não poderiam se cruzar. Toda conversa se tornava, portanto, quase impossível.

Para além da muralha basáltica do fiorde de Stapi, surgiu primeiro um solo de turfa herbácea e fibrosa, resíduo da antiga vegetação dos pântanos da península. A massa desse combustível ainda inexplorado bastaria para aquecer toda a população da Islândia por um século. Essa vasta turfeira podia atingir até vinte metros, se medida do fundo de certos barrancos, e apresentava camadas sucessivas de detritos carbonizados, separados por camadas de pedra-pomes.

Na qualidade de sobrinho do prof. Lidenbrock, e apesar das preocupações, eu observava com interesse as curiosidades mineralógicas distribuídas nesse vasto gabinete de história natural. Ao mesmo tempo, repassava na minha cabeça toda a história geológica da Islândia.

Essa ilha, tão curiosa, saíra com certeza do fundo das águas em uma época relativamente moderna. Talvez continue até a se elevar em um movimento imperceptível. Se esse for o caso, sua origem só pode ser atribuída à ação dos fogos subterrâneos. O que levaria por água abaixo a teoria de Humphry Davy, o documento

18 Dentro da geologia, a orografia é o estudo da estrutura do relevo, especialmente de montes e montanhas.

de Saknussemm, as pretensões de meu tio. Essa hipótese levou-me a examinar atentamente a natureza do solo, e logo percebi a sucessão dos fenômenos que precederam sua formação.

A Islândia, totalmente privada de terreno sedimentar, é composta apenas por tufo vulcânico, ou seja, um aglomerado de pedras e rochas de textura porosa. Antes da existência dos vulcões, era composta por um maciço basáltico, lentamente empurrado acima das águas pelas forças centrais. Os fogos interiores ainda não haviam entrado em erupção.

Porém, mais tarde, uma larga brecha se abriu diagonalmente do sudoeste ao noroeste da ilha, por meio da qual toda essa pasta traquítica se esparramou. O fenômeno se desenrolou então sem violência: o volume era enorme, e as matérias fundidas, rechaçadas pelas entranhas do globo, se estenderam tranquilamente em vastas camadas ou em massas onduladas. Nessa época surgiram os feldspatos, os sienitos e os pórfiros.

Graças a esse derramamento, houve um aumento considerável na espessura da ilha, e, por conseguinte, em sua força de resistência. É fácil imaginar a quantidade de fluidos elásticos que se armazenou no seu seio depois do resfriamento da crosta traquítica, quando já não havia mais nenhuma saída. Em certo momento, a potência mecânica desses gases levantou a pesada casca e cavou chaminés elevadas. Daí o vulcão, formado pelo levantamento da crosta, seguido pela cratera subitamente perfurada no topo do vulcão.

Os fenômenos eruptivos foram seguidos, portanto, de fenômenos vulcânicos. Por entre as aberturas recém-formadas, escaparam primeiro os detritos basálticos, cujos mais maravilhosos espécimes eram oferecidos ao nosso olhar pela planície que atravessávamos naquele momento. Caminhávamos sobre essas rochas pesadas de cor cinza-escuro, cujo resfriamento havia moldado em formato de prismas de base hexagonal. Ao longe, via-se grande quantidade de cones achatados, que haviam sido bocas ignívomas.

Ao término da erupção basáltica, o vulcão — cuja força aumentara graças às crateras extintas — abrira caminho para as lavas e esses tufos de cinzas e de escórias cujas longas correntes esparsas eu avistava nos flancos, feito uma cabeleira opulenta.

Essa foi a sucessão de fenômenos que constituíram a Islândia, todos provenientes da ação dos fogos interiores; era loucura supor que a massa interna não continuasse em estado permanente de incandescência líquida. E era uma loucura ainda maior pretender chegar ao centro do globo!

Eu tentava me tranquilizar quanto ao resultado da nossa empreitada enquanto caminhava na conquista do Snæfell.

O percurso se tornava mais e mais difícil: o solo subia, os estilhaços de pedra caíam, e era preciso muita atenção para evitar quedas perigosas.

Hans avançava com tranquilidade, como se caminhasse por um terreno uniforme. Às vezes desaparecia atrás dos grandes blocos, e nós o perdíamos de vista momentaneamente até que um assobio agudo, saído dos seus lábios, indicava a direção correta. Outras vezes, ele parava, recolhia alguns detritos de rochas e os dispunha de maneira organizada, formando assim balizas destinadas a indicar o caminho de volta. Era uma boa precaução em si, mas inútil diante dos eventos futuros.

Três horas cansativas de caminhada haviam nos levado apenas até a base da montanha. Ali, Hans deu o sinal para pararmos e compartilhamos um almoço frugal. Meu tio comia bocados duplos para ir mais rápido. No entanto, essa pausa para a refeição era também para o repouso, e ele foi obrigado a esperar a vontade do guia, que só deu sinal de partida uma hora depois.

Os três islandeses, tão taciturnos quanto seu camarada caçador, não pronunciaram sequer uma palavra e comeram sobriamente.

Começamos a escalar as encostas do Snæfell. Seu topo nevado, por uma ilusão de ótica nas montanhas, parecia bastante próximo, mas longas horas se passaram antes que pudéssemos chegar até ele! E que cansaço! As pedras, que não eram unidas por nenhum cimento de terra, nenhuma erva, deslizavam sob nossos pés e se perdiam na planície com a rapidez de uma avalanche.

Em alguns lugares, os flancos do monte formavam com o horizonte um ângulo de pelo menos trinta e seis graus; era impossível escalar, e essas ladeiras rochosas só seriam superadas com dificuldade. Nós nos socorríamos mutuamente com ajuda dos nossos bastões.

Devo dizer que meu tio permanecia o mais próximo de mim que conseguia; ele não me perdia de vista, e, em mais de uma ocasião, seu braço me foi um sólido apoio. No que lhe diz respeito, talvez tivesse um sentido inato de equilíbrio, pois nunca oscilava. Os islandeses, apesar de carregados, escalavam com a agilidade da gente de montanha.

Quando eu olhava o cume do Snæfell, parecia-me impossível que pudéssemos alcançá-lo desse lado, caso o ângulo de inclinação das vertentes não se abrandasse. Por sorte, depois de uma hora de cansaço e de esforços, em meio ao vasto tapete de neve que se desenrolava sobre a crosta do vulcão, uma espécie de escada se apresentou inesperadamente, facilitando nossa ascensão. Era formada por uma dessas torrentes de pedras rejeitadas pelas erupções e cujo nome islandês é *stina*. Se essa torrente não tivesse sido impedida em plena queda pela disposição dos flancos da montanha, teria chegado ao mar e formado novas ilhas.

Mas estava ali, e foi muito útil para nós. A inclinação das encostas aumentava, mas esses degraus de pedra permitiam subir facilmente, e tão rápido que, tendo ficado um momento para trás enquanto meus companheiros continuavam subindo, vi-os já reduzidos, pela distância, a uma aparência microscópica.

Às sete da noite, havíamos subido dois mil degraus da escada, e dominávamos uma intumescência da montanha, uma espécie de base sobre a qual se apoiava o cone da cratera propriamente dito.

O mar se estendia cerca de mil metros abaixo de nós. Havíamos ultrapassado o limite das neves eternas, pouco elevadas na Islândia por causa da umidade constante do clima. O frio era violento. O vento soprava com força. Eu estava esgotado. O professor bem viu que minhas pernas recusavam qualquer esforço, e, apesar da sua impaciência, decidiu parar. Fez então um sinal ao caçador, que sacudiu a cabeça dizendo:

— *Ofvanför.*

— Parece que ele quer subir mais — disse meu tio.

Depois, perguntou a Hans o motivo dessa resposta.

— *Mistour* — respondeu o guia.

— *Ja, mistour* — repetiu um dos islandeses num tom bem amedrontado.

— Que significa essa palavra? — perguntei com preocupação.

— Veja! — disse meu tio.

Olhei na direção da planície. Uma imensa coluna de pedra-pomes pulverizada, de areia e de poeira, se erguia em um redemoinho como uma tromba. O vento açoitava o flanco do Snæfell, ao qual estávamos agarrados. Essa cortina opaca estendida diante do sol produzia uma grande sombra que se projetava sobre a montanha. Se aquela tromba se inclinasse, acabaria inevitavelmente nos carregando no seu turbilhão. Esse fenômeno, bastante frequente quando o vento dos glaciares sopra, recebe em islandês o nome de *mistour*.

— *Hastigt, hastigt* — gritou nosso guia.

Mesmo sem compreender dinamarquês, entendi que devíamos seguir Hans o mais rápido possível. Ele começava a virar na altura do cone da cratera, mas em zigue-zague, para facilitar a caminhada. Logo a tromba açoitou a montanha, que tremeu com o choque. As pedras, arrastadas no turbilhão do vento, voaram em chuva, como numa erupção. Estávamos, por sorte, na vertente oposta e abrigados de qualquer perigo. Sem a precaução do guia, nossos corpos teriam caído longe, despedaçados, reduzidos a pó, feito resultado de um meteoro desconhecido.

Entretanto, Hans não julgou prudente passarmos a noite nos flancos do cone. Continuamos nossa ascensão em zigue-zague. Os quatrocentos e cinquenta metros que faltavam nos levaram cinco horas: os desvios, as diagonais e as contramarchas estendiam o caminho por menos doze quilômetros. Eu não aguentava mais; morria de fome e de frio. O ar, rarefeito, era insuficiente para fazer funcionar meus pulmões.

Finalmente, às onze horas da noite, em plena escuridão, alcançamos o topo do Snæfell, e, antes de nos abrigarmos no interior da cratera, tive tempo de avistar o "sol da meia-noite" no seu nível mais baixo, projetando raios pálidos sobre a ilha adormecida aos seus pés.

XVI

O jantar foi rapidamente devorado, e a pequena tropa se organizou para dormir da melhor forma possível. A cama era dura, o abrigo pouco sólido, a situação muito penosa, a mil e quatrocentos metros acima do nível do mar. Entretanto, meu sono foi particularmente calmo durante essa noite, uma das melhores que passei em muito tempo. Nem sequer sonhei.

No dia seguinte, acordamos meio congelados devido a um ar muito frio, e sob belos raios de sol. Saí da cama de granito e fui aproveitar o magnífico espetáculo que se desenrolava diante dos meus olhos.

Eu ocupava o topo de um dos dois picos do Snæfell, o pico sul, cuja vista se estendia pela maior parte da ilha. Um efeito de ótica, comum a todas as grandes alturas, destacava as praias, enquanto as partes centrais da ilha pareciam afundar. Era como se um desses mapas em relevo de Helbesmer[19] se abrisse sob meus pés. Eu via os vales profundos se entrecruzarem em todos os sentidos, os precipícios se cavarem feito poços, os lagos virarem açudes, os rios se transformarem em riachos. À minha direita, encadeavam-se glaciares sem fim e se multiplicavam picos, dentre os quais alguns decorados com leves fumaças. As ondulações dessas montanhas infinitas, cujas camadas de neve pareciam espumar, me faziam lembrar a superfície de um mar agitado. Se eu me virasse para o oeste, via o oceano se desenrolar majestosamente, como a continuação desses picos ondulados. Meu olhar mal distinguia onde terminava a terra e onde começavam as águas.

Eu mergulhava assim nesse prestigioso êxtase que só as altitudes podem oferecer, e dessa vez sem a vertigem, pois me acostumava enfim a essas sublimes contemplações. Meu olhar maravilhado

19 Possível referência a Francis Egerton, conde de Ellesmere (1800–1857), que foi presidente da Sociedade Real de Geografia do Reino Unido.

se banhava no brilho transparente dos raios de sol. Esqueci quem eu era, onde estava, para viver a vida de elfos ou silfos, habitantes imaginários da mitologia escandinava. Eu me inebriava com a volúpia das alturas, sem pensar no abismo em que meu destino logo me mergulharia. Mas fui trazido de volta à realidade com a chegada do professor e de Hans, que se juntaram a mim no topo do pico.

Meu tio, virando-se para o oeste, apontou para um leve vapor, uma névoa, uma aparência de terra que dominava a linha das ondas.

— A Groenlândia — disse.

— A Groenlândia?! — exclamei.

— Sim, não estamos nem a cento e quarenta quilômetros dali e, durante o degelo, os ursos polares chegam até a Islândia, levados pelos blocos de gelo do Norte. Mas pouco importa. Estamos no topo do Snæfell, e eis aqui dois picos: um ao sul e outro ao norte. Hans vai nos dizer como os islandeses chamam este em que estamos agora.

Depois de questionado, o caçador respondeu:

— *Scartaris.*

Meu tio olhou para mim com ar triunfante.

— Para a cratera! — disse.

A cratera do Snæfell representava um cone invertido, cuja parte mais aberta atingia dois quilômetros de diâmetro. Estimei sua profundidade em cerca de seiscentos metros. É fácil imaginar o estado de tal receptáculo quando se enchia de trovões e de chamas. O fundo do funil não devia ter mais de cento e cinquenta metros de circunferência, de modo que suas encostas, bastante suaves, facilitavam o acesso à parte inferior. Involuntariamente, comparei essa cratera a um enorme bacamarte[20], e a comparação me assustou.

20 Tipo de arma de fogo antiga, cujo cano largo em forma de campânula facilita o carregamento da munição.

“Descer em um bacamarte”, pensei, “quando ele pode estar carregado e atirar ao menor choque, é coisa de loucos.”

Mas não era possível recuar. Hans, com um ar de indiferença, assumiu de novo a liderança do grupo. Eu o segui sem dizer uma palavra.

Para facilitar a descida, Hans caminhava formando elipses muito alongadas dentro do cone. Tivemos de caminhar por entre as rochas eruptivas, algumas das quais, sacudidas em suas cavidades, deslizaram, quicando até o fundo do abismo. Essa queda produziu ecos de uma estranha sonoridade.

Algumas partes do cone formavam geleiras internas. Hans só avançava com extrema cautela, sondando o solo com a ponta de ferro do seu bastão para descobrir as fissuras. Em certas passagens duvidosas, tivemos de nos amarrar com uma longa corda, de modo que qualquer pessoa cujo pé falhasse inesperadamente seria apoiada por seus companheiros. Essa solidariedade era prudente, mas não afastava todos os perigos.

Entretanto, e apesar das dificuldades da descida nas encostas que o guia desconhecia, o percurso transcorreu sem acidentes, com exceção da queda de um feixe de cordas que escapou das mãos de um islandês e foi parar direto no fundo do abismo.

Chegamos lá ao meio-dia. Levantei a cabeça e vi a abertura superior do cone, na qual estava emoldurado um pedaço de céu com uma circunferência singularmente pequena, mas quase perfeita. Apenas um ponto se destacava: era o pico do Scartaris, afundando na imensidão do céu.

No fundo da cratera havia três chaminés pelas quais, na época das erupções do Snæfell, a lareira central expelia lava e vapores. Cada uma dessas chaminés tinha trinta metros de diâmetro. Lá estavam, escancaradas sob nossos pés. Não tive coragem de olhar para dentro delas. O prof. Lidenbrock, por sua vez, havia examinado rapidamente sua configuração: ele estava ofegante, corria de uma para outra, gesticulando e proferindo palavras incompreensíveis. Hans e seus companheiros, sentados em pedaços de lava, observavam-no, pensando, é claro, que ele estava louco.

De repente, meu tio soltou um grito. Achei que ele tivesse perdido o equilíbrio e caído num dos três abismos. Mas não. Eu o vi, com os braços estendidos e as pernas afastadas, em frente a uma rocha de granito no centro da cratera, como um enorme pedestal feito para uma estátua de Plutão. Ele estava na pose de um homem atordoado, mas sua estupefação logo se transformou em alegria insana.

— Axel, Axel! — ele gritou. — Venha! Venha!

Corri até ele. Hans e os islandeses nem se mexeram.

— Olhe! — disse o professor.

E, compartilhando seu espanto, ou sua alegria, li na face oeste do bloco, em caracteres rúnicos meio corroídos pelo tempo, o nome mil vezes amaldiçoado:

— Arne Saknussemm! — gritou meu tio. — Você ainda duvida?

Não respondi e voltei para o meu banco de lava, consternado. A evidência acabou comigo.

Não sei quanto tempo fiquei perdido nos meus pensamentos. Tudo o que sei é que, quando olhei de novo, vi meu tio e Hans sozinhos no fundo da cratera. Os islandeses haviam sido dispensados e agora estavam descendo as encostas externas de Snæfell para voltar a Stapi.

Hans dormia tranquilamente ao pé de uma rocha, sobre uma língua de lava, onde havia improvisado uma cama. Meu tio andava em círculos no fundo da cratera, como um animal selvagem preso na armadilha de um caçador. Eu não tinha vontade nem força para me levantar e, seguindo o exemplo do guia, deixei-me levar por um sono doloroso, pensando ouvir barulhos ou sentir tremores na encosta da montanha. Assim transcorreu a primeira noite no fundo da cratera. No dia seguinte, um céu cinza, nublado e pesado se abateu sobre o pico do cone. Eu me dei conta disso menos pela escuridão do abismo do que pela cólera que tomou conta do meu tio.

Logo entendi o motivo, e um resto de esperança voltou a me invadir. Eis a razão.

Das três rotas que se abriam a nós, apenas uma fora seguida por Saknussemm. De acordo com o estudioso islandês, seria possível reconhecê-la pela particularidade indicada no criptograma: a sombra do Scartaris viria acariciar suas bordas durante os últimos dias de junho.

Esse pico agudo poderia, de fato, ser considerado como a haste de um imenso relógio solar, cuja sombra, num determinado dia, marcava o caminho para o centro do globo.

Se não houvesse sol, não haveria sombra e, consequentemente, nenhuma indicação. Era dia 25 de junho. Se o céu permanecesse nublado por seis dias, a observação teria de ser adiada para outro ano. Não vou comentar a raiva impotente do prof. Lidenbrock. O dia passou, e nenhuma sombra se estendeu pelo chão da cratera. Hans não saiu do lugar; devia estar se perguntando o que esperávamos, se é que ele estava se perguntando alguma coisa! Meu tio não me dirigiu a palavra nem uma vez sequer. Seus olhos, invariavelmente voltados para o céu, estavam perdidos em sua tonalidade cinza nebulosa.

Dia 26, nada de novo. Uma chuva misturada com neve caiu durante o dia todo. Hans construiu uma cabana com pedaços de lava. Tive certo prazer em observar milhares de cachoeiras surgirem nas laterais do cone, das quais cada pedra aumentava o murmúrio ensurdecedor.

Meu tio não aguentava mais. Tudo isso teria bastado para irritar o mais paciente dos homens, pois era realmente morrer na praia.

Mas o céu sempre reserva grandes alegrias junto das grandes dores, e reservara ao prof. Lidenbrock uma satisfação à altura de seus aborrecimentos desesperadores.

O dia seguinte ainda estava nublado, mas no domingo, 28 de junho, o antepenúltimo dia do mês, a mudança de lua trouxe uma alteração no tempo. O sol inundou a cratera com seus raios de luz. Cada montículo, cada rocha, cada pedra, cada aspereza participou de seu eflúvio luminoso e no mesmo instante projetou sua sombra no chão. Entre todas, a do Scartaris apareceu como uma borda afiada e começou a girar sutilmente com a estrela radiante. Meu tio girou com ela.

Ao meio-dia, no seu período mais curto, ela tocou suavemente a borda da chaminé central.

— É ali! — gritou o professor. É ali! Para o centro do globo! — acrescentou em dinamarquês. Olhei para Hans.

— *Forüt!* — disse o guia com calma.

— Adiante! — respondeu meu tio.

Eram 13h13.

XVII

A verdadeira viagem acabava de começar. Até então, o cansaço havia superado as dificuldades; agora, estas últimas iriam nascer sob nossos passos.

Eu ainda não havia mergulhado meu olhar naquele poço insondável no qual estávamos prestes a nos embrenhar. Era chegada a hora. Ainda podia aceitar a empreitada ou me recusar a tentá-la. Mas eu tinha vergonha de dar meia-volta diante do caçador. Hans aceitou a aventura com tanta calma, com tanta indiferença e tanto desprendimento diante do perigo, que tive vergonha de parecer menos corajoso do que ele. Sozinho, eu teria começado uma série de grandes argumentos, mas, na presença do guia, fiquei em silêncio. Minha mente foi voando para a minha bela virlandesa, e me aproximei da lareira central.

Como disse, ela tinha trinta metros de diâmetro, ou noventa metros de circunferência. Inclinei-me sobre uma rocha saliente e olhei. Fiquei todo arrepiado. Uma sensação de vazio me tomou. Senti o centro de gravidade mudar dentro de mim e a vertigem subir à minha cabeça como uma embriaguez: nada mais inebriante do que essa atração pelo abismo. Eu estava prestes a cair. Uma mão me segurou. Era Hans. Ficara claro que eu não tivera "aulas de abismo" suficientes no Frelsers Kirk, em Copenhague.

No entanto, mesmo sem ter me aventurado a observar muito o poço, eu já havia me dado conta de como ele era. Suas paredes abruptas tinham várias saliências que facilitariam a descida. Mas, se não faltava escada, faltava corrimão. Uma corda presa à abertura teria sido suficiente para nos sustentar, mas como desamarrá-la quando chegássemos ao fundo?

Meu tio usou um método muito simples para superar essa dificuldade. Ele desenrolou uma corda do calibre de um polegar e com cerca de cento e vinte metros de comprimento. Primeiro deixou metade dela correr, depois enrolou o resto em um bloco de lava saliente e jogou a outra metade pela chaminé. Cada um podia então descer segurando as duas metades da corda, que não deslizariam; depois de descermos sessenta metros, nada mais fácil do que trazê-la de volta soltando uma ponta e puxando a outra. Em seguida, repetiríamos esse exercício *ad infinitum*.

— Agora — disse meu tio depois de terminados esses preparativos —, vamos cuidar da bagagem; ela será dividida em três pacotes, que cada um de nós amarrará nas costas. Estou falando apenas dos objetos frágeis.

O ousado professor obviamente não havia nos incluído nessa categoria.

— Hans — ele continuou —, você vai se encarregar das ferramentas e de parte dos suprimentos. Você, Axel, de um segundo terço dos suprimentos e das armas, e eu me encarrego do restante dos suprimentos e dos instrumentos delicados.

— Mas — respondi — e as roupas, e essa massa de cordas e escadas, quem as levará para baixo?

— Descerão por conta própria.

— Como assim? — perguntei.

— Você verá.

Meu tio gostava de fazer as coisas em grande pompa e sem hesitação. Sob suas ordens, Hans juntou todos os objetos não frágeis em um único pacote, e esse pacote, bem amarrado, foi simplesmente lançado no abismo.

Ouvi o bramido sonoro produzido pelo deslocamento das camadas de ar. Meu tio, inclinado sobre o abismo, acompanhou com um olhar satisfeito a descida de sua bagagem e não se mexeu até a perder de vista.

— Muito bem! — disse. — Nossa vez.

Pergunto a qualquer homem de boa-fé se seria possível ouvir essas palavras sem tremer!

O professor amarrou nas costas o pacote com os instrumentos, Hans pegou o das ferramentas e eu, o das armas. A descida começou na seguinte ordem: Hans, meu tio e eu. Ela se desenrolou no mais absoluto silêncio, perturbado apenas pela queda de detritos de rocha que se precipitavam no abismo.

Fui deixando-me deslizar, por assim dizer, segurando freneticamente a corda dupla com uma das mãos e com a outra me apoiando no meu bastão. Eu estava dominado por um único pensamento: tinha medo de ficar sem um ponto de apoio. A corda parecia frágil demais para suportar o peso de três pessoas. Usei-a o mínimo possível, fazendo milagres de equilíbrio nas saliências de lava sobre as quais meus pés tentavam se apoiar como se fossem mãos.

Quando um desses degraus escorregadios balançava sob os pés de Hans, ele dizia com sua voz calma:

— *Gif akt!*

— Cuidado! — repetia meu tio.

Meia hora depois, chegamos à superfície de uma rocha que estava profundamente embutida na parede da chaminé.

Hans puxou a corda por uma das pontas, e a outra se elevou no ar. Depois de passar pela rocha superior, ela caiu de novo, raspando os pedaços de pedra e lava, numa espécie de chuva, ou melhor, de granizo muito perigoso.

Inclinando-me sobre nosso estreito platô, notei que o fundo do buraco continuava invisível.

A manobra com a corda recomeçou e, meia hora depois, chegamos a uma nova profundidade de sessenta metros.

Não sei se o geólogo mais furioso teria tentado estudar a natureza do terreno ao redor durante essa descida. No que me diz respeito, não me preocupei muito com isso. Saber se eram pliocênicos, miocênicos, eocênicos, cretáceos, jurássicos, triássicos, permianos, carboníferos, devonianos, silurianos ou primitivos era a menor das minhas preocupações. Mas o professor, sem dúvida, fez suas observações ou anotações, porque, em uma das paradas, disse:

— Quanto mais avanço, mais confiante fico. A disposição desses solos vulcânicos prova que a teoria de Davy está absolutamente correta. Estamos bem no meio do solo primordial, o solo no qual se produziu a reação química em que os metais se inflamaram em contato com o ar e a água. Rejeito totalmente a ideia de aquecimento central. De qualquer maneira, vamos poder comprovar.

Sempre a mesma conclusão. Deve ser compreensível que nem tenha tentado discutir. Meu silêncio foi interpretado como consentimento, e a descida recomeçou.

Depois de três horas, eu ainda não conseguia enxergar o fundo da chaminé. Quando levantei a cabeça, pude ver que sua abertura estava se estreitando de modo considerável. Suas paredes, devido à leve inclinação, tendiam a se aproximar. Estava ficando cada vez mais escuro.

No entanto, continuávamos descendo. Parecia que as pedras que se desprendiam das paredes estavam sendo engolidas com uma repercussão mais surda e que logo encontrariam o fundo do abismo.

Como tive o cuidado de anotar com exatidão nossas manobras com a corda, pude calcular exatamente a profundidade atingida e o tempo decorrido.

Havíamos repetido catorze vezes essa manobra, que durava meia hora. Portanto, foram sete horas, mais catorze quartos de hora de descanso, ou três horas e meia. Dez horas e meia ao todo. Tínhamos saído à uma da tarde, portanto já deviam ser onze horas.

Quanto à profundidade que havíamos atingido, essas catorze manobras de uma corda de sessenta metros davam oitocentos e quarenta metros.

Naquele momento, a voz de Hans ressoou:

— *Halt!* — disse.

Parei bem no momento em que estava prestes a bater com os pés na cabeça de meu tio.

— Chegamos — disse meu tio.

— Aonde? — perguntei, deslizando ao seu lado.

— No fundo da chaminé perpendicular.

— Então não há outra saída?

— Sim, uma espécie de corredor que posso entrever, que vai para a direita. Veremos amanhã. Vamos comer primeiro, depois descobriremos.

A escuridão ainda não era total. Abrimos o saco de provisões, comemos e cada um de nós se deitou o melhor que pôde em uma cama de pedras e detritos de lava.

E quando, deitado de costas, abri os olhos, vi um ponto brilhante no final desse tubo de novecentos metros, que se transformara em um telescópio gigantesco.

Era uma estrela sem qualquer cintilação e que, de acordo com meus cálculos, devia ser a Beta da Ursa Menor.

Logo em seguida, caí em um sono profundo.

XVIII

Às oito da manhã, fomos acordados por um raio de luz do dia. As mil facetas da lava nas paredes o captaram quando ele passou e o espalharam como uma chuva de faíscas.

O brilho era forte o suficiente para que pudéssemos distinguir os objetos ao redor.

— Bem, Axel, o que você acha? — perguntou meu tio, esfregando as mãos. — Você já passou uma noite mais tranquila do que essa na nossa casa da Königstrasse? Sem barulho de carroças, nada de gritos de comerciantes nem de barqueiros!

— Sem dúvida, estamos bem tranquilos no fundo deste poço, mas há algo de assustador nessa calmaria.

— Ora, ora! — retrucou meu tio. — Se você já está com medo agora, como será mais tarde, sendo que ainda não penetramos um pouquinho sequer nas entranhas da Terra?

— O que quer dizer com isso?

— Quero dizer que chegamos apenas ao solo da ilha! Esse longo tubo vertical, que termina na cratera do Snæfell, morre mais ou menos no nível do mar.

— Tem certeza?

— Certeza absoluta. Consulte o barômetro.

De fato, o mercúrio, depois de subir gradualmente no instrumento à medida que descíamos, havia parado em setenta e três centímetros.

— Como pode ver — continuou o professor —, ainda temos apenas a pressão de uma atmosfera, e não vejo a hora de o manômetro substituir esse barômetro.[21]

De fato, esse instrumento se tornaria inútil assim que o peso do ar excedesse a pressão calculada no nível do oceano.

21 Ambos os instrumentos são usados nesse caso para medir a pressão atmosférica, mas a referência inicial do manômetro é o nível do mar, que seria ultrapassado conforme os personagens descessem na cratera.

— Mas — repliquei — não é de se temer que essa pressão sempre crescente nos seja insuportável?

— Não. Desceremos devagar, e nossos pulmões se acostumarão a respirar uma atmosfera mais comprimida. Os aeronautas acabam ficando sem ar à medida que sobem para as camadas superiores, e talvez nós tenhamos ar demais. Mas eu prefiro assim. Não percamos tempo. Onde está o pacote que nos precedeu no interior da montanha?

Então me lembrei de que havíamos procurado por ele em vão na noite anterior. Meu tio perguntou a Hans, que, depois de olhar atentamente com seus olhos de caçador, respondeu:

— *Der huppe!*

— Lá em cima.

De fato, o pacote estava pendurado em uma saliência de rocha uns trinta metros acima de nossa cabeça. O ágil islandês no mesmo instante escalou como um gato e, em poucos minutos, o pacote chegou até nós.

— Agora — disse meu tio — hora do café da manhã. Mas vamos comer como pessoas que têm um longo caminho pela frente.

O biscoito e a carne-seca foram regados a alguns goles de água misturada com gim.

Quando a refeição terminou, meu tio tirou do bolso um caderno de anotações, pegou seus vários instrumentos e registrou os seguintes dados:

> *Segunda-feira, 1º de julho.*
> *Cronômetro: 8h17min.*
> *Barômetro: 29 p. 7 l.*
> *Termômetro: 6º.*
> *Direção: L-S-L.*

Essa última observação aplicava-se à galeria escura e foi indicada pela bússola.

— Agora, Axel — exclamou o professor com uma voz entusiasmada —, vamos afundar de verdade nas entranhas do globo. O momento exato do início da nossa viagem acabou de chegar.

Isso posto, meu tio pegou com uma das mãos o aparelho de Ruhmkorff pendurado no pescoço e, com a outra, conectou a corrente elétrica com a serpentina da lanterna. Uma luz bastante viva dissipou as trevas da galeria.

Hans segurava o segundo aparelho, que também foi posto em atividade. Essa engenhosa aplicação da eletricidade nos permitia caminhar bastante, criando uma luz diurna artificial, até mesmo em meio aos gases mais inflamáveis.

— Vamos! — disse meu tio.

Cada um pegou seu pacote. Hans se encarregou de empurrar o feixe de cordas e roupas à sua frente e, comigo em terceiro lugar, entramos na galeria.

Quando eu estava prestes a penetrar o corredor escuro, levantei a cabeça e vislumbrei pela última vez, através do campo do imenso tubo, aquele céu islandês que eu nunca mais veria.

Durante a última erupção, em 1229, a lava tinha passado por aquele túnel. Ela revestia o interior com uma camada espessa e brilhante, refletindo cem vezes mais a luz elétrica.

Toda a dificuldade do percurso consistia em não escorregar muito rápido sobre uma rampa de aproximadamente quarenta e cinco graus de inclinação. Por sorte, algumas erosões e algumas bolhas faziam ofício de degraus, e só precisamos descê-los, deixando nossa bagagem, presa por uma longa corda, escorregar.

Mas o que eram degraus sob nossos pés formava estalactites sobre as outras paredes. A lava, porosa em alguns lugares, mostrava pequenas bolhas arredondadas: cristais de quartzo opacos — adornados com gotas límpidas de vidro e pendurados na abóbada como lustres — pareciam se iluminar quando passávamos. Era como se os gênios do abismo estivessem iluminando seu palácio para receber os convidados da Terra.

— É magnífico! — exclamei sem querer. — Que visão, tio! Está admirando esses tons de lava que vão do marrom-avermelhado ao amarelo-brilhante em gradações imperceptíveis? E esses cristais que parecem balões luminosos?

— Ah! Você está chegando lá, Axel! — respondeu meu tio. — Ah! Acha isso esplêndido, meu rapaz? Espero que veja muito mais. Vamos caminhar! Vamos caminhar!

Ele teria sido mais preciso se tivesse dito "vamos deslizar", porque nos deixamos levar sem nos cansar pelas encostas inclinadas. Era o *facilis descensus Averni* de Virgílio.[22] A bússola, que eu consultava com frequência, indicava a direção sudeste com um rigor imperturbável. Aquela camada de lava não se desviava nem para um lado nem para o outro. Era inflexível como uma linha reta.

Entretanto, o calor não aumentava consideravelmente. Isso provou que as teorias de Davy estavam corretas, e mais de uma vez fiquei surpreso ao consultar o termômetro. Duas horas depois da partida, ele ainda marcava apenas dez graus, ou seja, um aumento de quatro graus. Isso me levou a acreditar que nossa descida era mais horizontal do que vertical. Quanto a saber exatamente a profundidade que havíamos atingido, nada poderia ser mais fácil. O professor media exatamente os ângulos de desvio e a inclinação da rota, mas guardava para si os resultados de suas observações.

22 Referência à *Eneida*, épico latino escrito por Virgílio no século I a.C. Nesse poema, a citação inaugura uma reflexão acerca da dificuldade de voltar atrás, de refazer os mesmos passos. A frase exata é: *facilis descensos Averno.*

Naquela noite, por volta das oito horas, ele deu o sinal para pararmos. Hans se sentou imediatamente. As lanternas estavam penduradas em uma saliência de lava. Estávamos em uma espécie de caverna onde não faltava ar. Pelo contrário: algumas brisas chegavam até nós. O que as produzia? A que agitação atmosférica poderíamos atribuir sua origem? Essa era uma pergunta que não tentei responder àquela altura, pois a fome e o cansaço me impediam de raciocinar. Uma descida de sete horas consecutivas exige muita energia. Eu estava exausto. Por isso, fiquei contente ao ouvir a palavra "pare". Hans espalhou algumas provisões em um bloco de lava, e todos comeram com apetite. Entretanto, uma coisa me preocupava: nosso suprimento de água estava pela metade. Meu tio planejava reabastecê-lo nas fontes subterrâneas, mas até agora não encontráramos

absolutamente nenhuma água. Não pude deixar de chamar a atenção dele para esse fato.

— Essa falta de fontes o surpreende? — perguntou.

— Sem dúvida! E até me preocupa! Temos água suficiente só para cinco dias.

— Não se preocupe, Axel, estou lhe dizendo que encontraremos água, e mais do que precisamos.

— Quando?

— Quando sairmos desse envelope de lava. Como você espera que as fontes fluam através dessas paredes?

— Mas talvez esse fluxo se estenda a grandes profundidades. Parece-me que ainda não fomos muito longe verticalmente.

— Por que acha isso?

— Porque, se estivéssemos bem dentro da crosta terrestre, o calor seria mais forte.

— Isso segundo seu sistema — respondeu meu tio. — O que diz o termômetro?

— Registra quinze graus, o que representa um aumento de apenas nove graus desde que partimos.

— Pois bem. Conclua.

— Eis minha conclusão. De acordo com as observações mais precisas, o aumento da temperatura no interior do globo é de 1 grau a cada 33 metros. Mas certas condições locais podem alterar esse número. Em Yakoust, na Sibéria, por exemplo, foi observado que o aumento de 1 grau ocorre a cada 10 metros. Essa diferença depende obviamente da condutividade das rochas. Eu também acrescentaria que, nas proximidades de um vulcão extinto, e através do gnaisse[23], observou-se que o

23 Tipo de rocha metamórfica, formada a temperaturas e pressões elevadas, a partir de outros minerais.

aumento da temperatura foi de apenas 1 grau a cada 8 metros. Portanto, vamos considerar essa última hipótese, que é a mais favorável, e calcular.

— Calcule, meu rapaz.

— Isso é o de menos — eu disse, organizando os números no meu caderno. — Nove vezes 8 metros dá uma profundidade de 72 metros.

— Nada poderia ser mais exato.

— E então?

— E então que, de acordo com minhas observações, estamos a 3 mil metros abaixo do nível do mar.

— Isso é possível?

— Sim, ou os números não são mais os números!

Os cálculos do professor estavam corretos. Já havíamos ultrapassado em quase 2 mil metros as maiores profundidades alcançadas pelo homem, como as minas de Kitzbühel, no Tirol, e as de Kuttenberg, na Boêmia.

A temperatura, que deveria ser de 81 graus nesse lugar, mal chegava a 15. Isso dava o que pensar.

XIX

No dia seguinte, terça-feira, 30 de junho,[24] às seis horas da manhã, retomamos nossa descida. Ainda estávamos seguindo a galeria de lava, uma verdadeira rampa natural, tão suave quanto as rampas que ainda substituem as escadas em casas antigas. E assim foi até as 12h17, quando alcançamos Hans, que tinha acabado de parar.

— Ah! — exclamou meu tio. — Chegamos ao fim da chaminé.

Dei uma olhada ao redor. Estávamos no meio de um cruzamento, do fim do qual partiam duas trilhas, ambas escuras e estreitas. Qual delas deveríamos escolher? A situação era difícil.

No entanto, meu tio não queria parecer hesitante nem na minha frente nem na do guia; ele apontou para o túnel leste, e logo nós três estávamos lá dentro.

Além disso, uma hesitação diante daquele caminho duplo teria se prolongado indefinidamente, porque nenhuma pista poderia determinar uma escolha ou outra; tínhamos de entregar isso totalmente ao acaso.

A inclinação dessa nova galeria era pouco perceptível, e sua rampa, muito irregular. Às vezes, uma sucessão de arcos se desdobrava diante de nossos pés como os contrafortes de uma catedral gótica. Os artistas da Idade Média poderiam ter estudado ali todas as formas dessa arquitetura religiosa baseada em ogivas. Um quilômetro adiante, nossa cabeça se curvou sob os arcos baixos do estilo românico, e grandes pilares fincados no maciço se curvavam na base das abóbadas. Em alguns trechos, essa organização dava lugar a substruções baixas que pareciam a obra de castores, e então nos arrastávamos por calhas estreitas.

24 No capítulo anterior, foi marcado que a véspera seria dia 1º de julho. Esta e outras incoerências em datas constam do original de Verne, mas não prejudicam a narrativa, e portanto foram mantidas aqui.

O calor continuava suportável. Sem querer, eu imaginava sua intensidade quando a lava expelida pelo Snæfell subira por aquela trilha, que hoje era tão tranquila. Imaginei as torrentes de fogo se rompendo nos cantos da galeria e o acúmulo de vapores superaquecidos naquele espaço tão estreito!

"Vamos torcer", pensei, "para que o velho vulcão não se recupere em uma fantasia tardia!"

Não comuniquei essas reflexões ao tio Lidenbrock; ele não as teria entendido. Seu único pensamento era seguir em frente. Ele andava, escorregava e até caía com uma convicção que, no final das contas, era admirável.

Às seis horas da tarde, depois de uma caminhada não muito cansativa, tínhamos percorrido oito quilômetros ao sul, mas apenas um quilômetro de profundidade.

Meu tio deu o sinal para descansarmos. Comemos sem falar muito e adormecemos sem pensar demais.

Nossos preparativos para a noite eram muito simples: um cobertor de viagem, no qual nos enrolamos, constituía toda a nossa roupa de cama. Não precisávamos temer o frio ou qualquer visitante indesejável. Os viajantes que mergulham nos desertos da África, nas florestas do Novo Mundo, são obrigados a vigiar uns aos outros durante as horas de sono. Mas ali havia solidão absoluta e segurança total. Selvagens ou bestas ferozes, nenhuma dessas raças malignas era digna de temor.

Acordamos na manhã seguinte revigorados e prontos para partir. Retomamos a trilha. Estávamos seguindo um caminho de lava, como no dia anterior. Era impossível reconhecer a natureza do terreno que ele atravessava. Em vez de afundar nas entranhas do globo, o túnel tendia a se tornar absolutamente horizontal. Cheguei até a pensar que ele estava subindo em direção à superfície da Terra. Isso se tornou tão óbvio por volta das dez horas da manhã e, por consequência, tão cansativo, que fui forçado a diminuir o passo.

— O que foi, Axel? — indagou o professor, impaciente.

— É que não aguento mais — respondi.

— Como assim? Após três horas de passeio numa trilha tão fácil!

— Não digo que não seja fácil, mas é realmente cansativa.

— O que é isso! Só estamos descendo!

— Sinto informar que estamos subindo!

— Subindo? — disse meu tio, dando de ombros.

— Parece que sim. Na última meia hora, as encostas mudaram e, se continuarmos assim, com certeza voltaremos à Islândia.

O professor balançou a cabeça como um homem que não quer ser convencido. Tentei retomar a conversa. Ele não me respondeu e deu o sinal da partida. Pude perceber que seu silêncio não passava de mau humor concentrado.

No entanto, eu havia assumido meu fardo com coragem e rapidamente segui Hans, precedido por meu tio. Eu não queria ficar para trás.

Minha maior preocupação era não perder de vista meus companheiros. Estremeci só de me imaginar perdido profundezas daquele labirinto.

Por outro lado, a subida se tornava mais difícil, e eu me consolava com o pensamento de que ela estava me aproximando da superfície da Terra. Era uma esperança. Cada passo a confirmava, e eu estava ansioso para ver minha pequena Graüben outra vez.

Ao meio-dia, houve uma mudança na aparência das paredes da galeria. Percebi isso quando a luz elétrica que se refletia nas paredes diminuiu. O revestimento de lava fora substituído por rocha sólida. O maciço era composto de camadas inclinadas, muitas vezes dispostas na vertical.

Estávamos em pleno período de transição, o período siluriano[25]!

— É óbvio! — exclamei. — Os sedimentos das águas formaram esses xistos, calcários e arenitos no segundo período da Terra! Estamos deixando para trás o maciço de granito! Parecemos pessoas de Hamburgo, que pegam a estrada de Hanover para ir a Lübeck.

Deveria ter guardado minhas observações para mim mesmo, mas meu temperamento de geólogo prevaleceu sobre a cautela, e o tio Lidenbrock ouviu minhas exclamações.

— O que você encontrou? — indagou ele.

— Olhe só! — respondi, mostrando-lhe a sucessão variada de arenitos, calcários e os primeiros sinais de terrenos de ardósia.

— O que tem?

— Alcançamos o período em que surgiram as primeiras plantas e animais!

— Ah! Você acha?

— Ora, olhe, examine, observe!

Forcei o professor a apontar sua lanterna para as paredes da galeria. Eu esperava alguma exclamação da parte dele, mas meu tio não disse uma palavra e continuou seu caminho.

Será que ele havia me entendido ou não? Será que ele não queria admitir, por amor-próprio de tio e de cientista, que cometera um erro ao escolher o túnel leste, ou será que ele queria fazer o reconhecimento daquela passagem até o fim? Era óbvio que havíamos deixado a rota da lava e que aquele caminho não poderia levar ao coração do Snæfell.

25 Assim nomeado porque a terra desse período é muito difundida na Inglaterra, nas áreas antes habitadas pela tribo celta dos siluares. [N. do A.]

Por outro lado, eu me perguntava se não estava dando importância demais àquela mudança de terreno. Será que eu não estava me enganando? Será que estávamos realmente passando por camadas de rocha sobrepostas de maciço de granito?

"Se eu estiver certo", pensei, "devo encontrar algum resquício de uma planta primitiva, e teremos de encarar os fatos. Vamos dar uma olhada."

Mal dera cem passos e me deparei com provas incontestáveis. Talvez estivesse certo, porque na era siluriana os mares continham mais de mil e quinhentas espécies vegetais ou animais. Meus pés, acostumados ao solo duro da lava, de repente pisaram em uma poeira feita de restos de plantas e conchas. Os vestígios de plantas marinhas como o fucus e o licopódio eram claramente visíveis nas paredes. O prof. Lidenbrock não poderia se enganar, mas ele fechou os olhos, imagino, e continuou seu caminho em um ritmo constante.

Era uma teimosia que ultrapassava todos os limites. Eu não conseguia mais suportar. Peguei uma concha perfeitamente preservada que havia pertencido a um animal mais ou menos parecido com o atual tatu-bola; depois virei para meu tio e disse:

— Olhe só!

— Pois bem — respondeu ele tranquilamente. — É a concha de um crustáceo da ordem desaparecida dos trilobitas. Só isso.

— Mas você não conclui que...?

— O mesmo que você concluiu? Sim. Perfeitamente. Abandonamos a camada de granito e a trilha de lava. Talvez eu tenha me enganado, mas só terei certeza quando chegar ao fim da galeria.

— Você faz bem em agir dessa forma, tio, e eu aprovaria se não tivéssemos de temer um perigo cada vez mais ameaçador.

— E qual seria?

— A falta de água.

— Pois bem! Racionaremos a água, Axel.

XX

De fato, foi preciso racionar. Nossas provisões não durariam mais do que três dias. Foi o que percebi na hora do jantar. E havia pouca esperança de encontrar nascentes naquelas terras de transição.

Durante o dia seguinte, a galeria desenrolou seus arcos intermináveis diante dos nossos pés. Continuamos quase sem conversar. O mutismo de Hans nos contagiou.

A estrada não subia, pelo menos não de forma perceptível. Às vezes, até parecia inclinada. Mas essa tendência, que não era muito acentuada, não tranquilizava o professor, porque a natureza das camadas não estava mudando, e o período de transição se tornava mais pronunciado.

A luz elétrica fazia com que o xisto, o calcário e o antigo arenito vermelho nas paredes cintilassem de forma esplêndida. Era como se estivéssemos em uma trincheira aberta no meio de Devonshire, região que deu seu nome a esse tipo de terreno. As paredes eram revestidas de magníficos espécimes de mármore: alguns cinza-ágata com veios brancos caprichosamente pronunciados, outros encarnados ou amarelos com manchas vermelhas; mais adiante, amostras que iam do cereja-escuro a cores mais sóbrias, nas quais o calcário se destacava em tons vivos.

A maioria desses mármores oferecia traços de animais primitivos. Desde o dia anterior, a criação havia evoluído visivelmente. Em vez de trilobitas rudimentares, pude ver detritos de uma ordem mais perfeita, incluindo peixes ganoides e os famosos Sarcopterygii, nos quais o olhar aguçado do paleontólogo descobriu as primeiras formas do réptil. Os mares devonianos eram habitados por um grande número de animais dessa espécie, que se depositavam aos milhares nas rochas recém-formadas.

Ficou claro que estávamos voltando atrás na escada da vida animal, cujo topo é ocupado pelo homem. Mas o prof. Lidenbrock não parecia preocupado.

Ele esperava, de duas coisas, uma: ou que um poço vertical se abrisse sob seus pés e lhe permitisse retomar a descida, ou que um obstáculo o impedisse de continuar naquela rota. Mas a noite chegou sem que essa esperança se concretizasse.

Na sexta-feira, depois de uma noite em que comecei a sentir os tormentos da sede, nossa pequena tropa mergulhou outra vez nos desvios da galeria.

Após dez horas de caminhada, notei que a reverberação de nossas lanternas nas paredes diminuía consideravelmente. O mármore, o xisto, o calcário e o arenito das paredes estavam cedendo espaço a um revestimento escuro e sem brilho. Em um ponto no qual o túnel ficava muito estreito, encostei-me na parede do lado esquerdo.

Quando retirei minha mão, ela estava completamente preta. Olhei mais de perto. Estávamos bem no meio de uma jazida de carvão.

— Uma mina de carvão! — exclamei.

— Uma mina sem mineiros — respondeu meu tio.

— Ah! Quem sabe?

— Eu sei — respondeu o professor, lacônico. — E tenho certeza de que essa galeria cortada por tais camadas de carvão não foi feita por mãos humanas. Mas pouco interessa se foi ou não obra da natureza. Está na hora do jantar. Vamos comer.

Hans preparou um pouco de comida. Eu mal comi, e bebi as poucas gotas de água que compunham minha ração. O cantil do guia, pela metade, era tudo que restava para matar a sede de três homens.

Após a refeição, meus dois companheiros se deitaram sobre seus cobertores e encontraram no sono um remédio para o cansaço. Quanto a mim, não conseguia dormir e contava as horas até o amanhecer.

No sábado, às seis horas, partimos de novo. Vinte minutos depois, chegamos a uma vasta escavação. Então admiti que a mão do homem não poderia ter cavado aquela jazida de carvão; as abóbadas teriam sido escoradas nesse caso, mas, na verdade, só se mantinham unidas por um milagre de equilíbrio.

Aquele lugar que era como uma caverna tinha 30 metros de largura e 15 metros de altura. O solo fora violentamente empurrado para o lado por um abalo subterrâneo. O maciço terrestre, cedendo a um impulso poderoso, havia se deslocado, deixando aquele grande vazio onde, pela primeira vez, os habitantes da Terra penetravam.

Toda a história do período do carvão estava escrita naquelas paredes escuras, e um geólogo poderia facilmente acompanhar suas várias fases. As camadas de carvão eram separadas por estratos de arenito ou argila compactos, como se tivessem sido esmagados pelas camadas superiores.

Nessa era do mundo, que precedeu o período secundário, a Terra era coberta por uma imensa vegetação devido à ação dupla do calor tropical e da umidade persistente. Uma atmosfera de vapor cobria o globo por todos os lados, ainda bloqueando os raios solares.

Daí a conclusão de que as altas temperaturas não emanavam desse novo foco de calor. Talvez nem mesmo o astro-rei estivesse pronto para desempenhar seu papel deslumbrante. Os "climas" ainda não existiam, e um calor tórrido se espalhava por toda a superfície do globo, tanto no equador como nos polos. De onde vinha? Do interior do globo.

Apesar das teorias do prof. Lidenbrock, um fogo violento ardia nas entranhas do esferoide. Sua ação podia ser sentida até as últimas camadas da crosta terrestre: as plantas, então privadas dos eflúvios benéficos do sol, não floriam nem exalavam perfumes, mas suas raízes extraíam vida forte do solo ardente dos primeiros dias.

Havia poucas árvores: apenas plantas herbáceas, imensos gramados, samambaias, licopódios, sigilárias e asterophyllites, famílias raras cujas espécies podiam ser contadas aos milhares.

E é justamente a essa vegetação exuberante que o carvão deve sua origem. A crosta ainda elástica do globo obedecia aos movimentos da massa líquida que cobria. Daí as fissuras e os inúmeros afundamentos. As plantas, arrastadas pelas águas, formaram gradualmente pilhas consideráveis.

Em seguida, a ação da química natural interveio. No fundo do mar, as massas vegetais se tornaram primeiro turfa; depois, graças à influência dos gases e sob o fogo da fermentação, sofreram uma mineralização completa.

Foi assim que essas imensas camadas de carvão se formaram e, no entanto, o consumo excessivo está fadado a esgotá-las em menos de três séculos, se os povos industriais não forem cuidadosos.

Essas reflexões surgiram quando considerei a riqueza do carvão acumulada naquela parte do maciço terrestre. Provavelmente, elas nunca serão descobertas. A exploração de minas tão remotas exigiria sacrifícios importantes demais. Além disso, qual é o sentido, se o carvão ainda está espalhado pela superfície da Terra em um grande número de regiões? Aquelas camadas permaneceriam intactas, como eu as vi, até que chegasse a última hora do mundo.

No entanto, continuamos caminhando, e somente eu, entre meus companheiros, esqueci a extensão do percurso para me perder em considerações geológicas. A temperatura permaneceu mais ou menos a mesma daquela observada durante nossa passagem pela lava e pelo xisto. Apenas meu olfato foi afetado por um odor muito pronunciado de gás metano. Reconheci imediatamente a presença, na galeria, de uma quantidade significativa desse fluido perigoso, mais conhecido entre os mineiros como grisu e cuja explosão tantas vezes causou desastres terríveis.

Felizmente, estávamos iluminados pelo engenhoso aparelho de Ruhmkorff. Se, por acaso, explorássemos descuidadamente aquela galeria com a tocha na mão, uma terrível explosão teria acabado com a viagem, eliminando os viajantes.

A excursão na mina de carvão durou até o anoitecer. Meu tio mal conseguia conter a impaciência causada pela natureza horizontal do caminho. A escuridão profunda, sempre vinte passos diante de nós, tornava impossível estimar o comprimento da galeria, e eu começava a pensar que era interminável, quando, de repente, às seis horas, uma parede se apresentou inesperadamente diante de nós. À direita, à esquerda, em cima, embaixo, não havia como passar. Tínhamos chegado ao final de um beco sem saída.

— Melhor assim! — exclamou meu tio. — Pelo menos sei onde estou. Não estamos na estrada de Saknussemm, e não há mais nada a fazer a não ser voltar. Vamos descansar uma noite e, em três dias, chegaremos ao ponto em que as duas galerias se bifurcam.

— Claro — eu disse. — Isso se tivermos força!

— E por que não teríamos?

— Porque amanhã não teremos água.

— E faltará coragem também? — inquiriu o professor, olhando para mim com severidade.

Não ousei responder.

XXI

Partimos cedo na manhã seguinte. Precisávamos nos apressar. Estávamos a cinco dias de caminhada do cruzamento.

Não vou me deter nos sofrimentos do nosso retorno. Meu tio suportou tudo com a raiva de um homem que não sente ser o melhor; Hans com a resignação de sua natureza pacífica; eu, confesso, reclamando e me desesperando. Era difícil aceitar tamanha má sorte.

Como eu havia previsto, houve uma completa falta de água no fim do primeiro dia de caminhada. Nosso suprimento de líquidos reduziu-se ao gim, mas essa bebida infernal queimava minha garganta e eu não suportava nem mesmo vê-la. O calor estava sufocante. O cansaço me paralisava. Mais de uma vez, quase caí duro. Então paramos; meu tio ou o islandês me consolaram como puderam. Mas eu via que meu tio já tinha dificuldades para lidar com o cansaço extremo e com as torturas causadas pela falta de água.

Finalmente, na terça-feira, dia 8 de julho, arrastando-nos sobre as mãos e os joelhos, chegamos meio mortos à junção das duas galerias. Fiquei ali, como uma massa inerte, deitado no chão de lava. Eram dez da manhã.

Hans e meu tio, encostados na parede, tentavam beliscar alguns pedaços de biscoito. Longos gemidos escapavam dos meus lábios inchados. Caí em um sono profundo.

Depois de um tempo, meu tio veio até mim e me pegou no colo:

— Pobre criança! — murmurou com um verdadeiro tom de piedade. Fiquei comovido com essas palavras, pois não estava acostumado com a ternura vinda do feroz professor. Segurei suas mãos trêmulas nas minhas. Ele se abandonou, olhando para mim. Seus olhos estavam úmidos.

Então, eu o vi pegar o cantil pendurado ao seu lado. Para minha grande surpresa, ele o levou aos meus lábios:

— Beba! — disse.

Será que eu tinha ouvido bem? Meu tio estava louco? Olhei para ele atordoado, como se não quisesse entender.

— Beba — repetiu.

E, levantando o cantil, ele o esvaziou completamente entre meus lábios. Oh! Prazer infinito! Um gole de água, um só, umedeceu minha boca ardente, mas foi o suficiente para trazer de volta a vida que escapava do meu corpo. Agradeci ao meu tio, juntando as mãos.

— Isso — disse ele. — Um gole d'água! O último! Está me ouvindo? O último! Eu o tinha guardado preciosamente no fundo do meu cantil. Vinte vezes, cem vezes, tive de resistir ao meu desejo avassalador de bebê-lo! Mas não, Axel, eu o estava guardando para você.

— Meu tio! — murmurei, com os olhos marejados de lágrimas.

— Sim, meu menino, eu sabia que, quando você chegasse a este cruzamento, cairia meio morto, e guardei minhas últimas gotas d'água para reanimá-lo.

— Obrigado! Obrigado! — exclamei.

Embora mal tivesse saciado minha sede, havia recuperado as forças. Os músculos da minha garganta, que estavam contraídos até então, relaxaram, e a inflamação dos meus lábios diminuiu. Eu conseguia falar.

— Vejamos — eu disse. — Só há uma coisa a fazer agora: ficamos sem água e precisamos voltar atrás.

Enquanto eu falava, meu tio não olhava para mim. Baixou a cabeça, e seus olhos evitaram os meus.

— Precisamos voltar! — gritei. — E pegar a trilha de volta para o Snæfell! Que Deus nos dê forças para subir até o topo da cratera!

— Voltar! — exclamou meu tio, como se estivesse respondendo a si mesmo e não a mim.

— Sim, voltar, e sem demora.

Houve um longo momento de silêncio.

— Quer dizer, Axel — continuou o professor em um tom estranho —, que essas poucas gotas de água não lhe devolveram a coragem e a energia?

— Coragem?!

— Eu o vejo abatido como antes, e ainda proferindo palavras de desespero!

Com que homem eu estava lidando, e que planos sua mente audaciosa ainda elaborava?

— Como assim? Você não quer...?

— Desistir desta expedição quando tudo indica que ela será bem-sucedida?! Nunca!

— Então devemos nos resignar a morrer?

— Não, Axel, não! Pode ir. Não desejo sua morte! Hans irá com você. Deixe-me em paz!

— Abandoná-lo!

— Disse para me deixar em paz! Comecei esta viagem e irei até o fim, ou não voltarei. Vá embora, Axel, vá embora!

Meu tio falou com extrema convicção. Sua voz, suave por um instante, tornou-se dura e ameaçadora novamente. Ele lutava, com energia negativa, contra o impossível! Eu não queria abandoná-lo no fundo daquele abismo, mas, por outro lado, o instinto de autopreservação me impelia a fugir dele.

O guia acompanhou essa cena com a indiferença habitual. Até parecia entender o que estava acontecendo entre seus dois companheiros; nossos gestos eram suficientes para indicar as diferentes direções para as quais cada um de nós estava tentando levar o outro. No entanto, Hans parecia ter pouco interesse na questão que colocava sua existência em jogo, pronto para partir se o sinal fosse dado, pronto para ficar ao menor desejo de seu mestre.

Se pelo menos eu pudesse ser ouvido por ele! Minhas palavras, meus gemidos, meu tom deveriam convencer aquela natureza fria. Eu poderia fazê-lo entender e sentir os perigos dos quais o guia parecia não suspeitar. Juntos, poderíamos convencer o professor teimoso. Se necessário, poderíamos forçá-lo a voltar para as alturas do Snæfell!

Aproximei-me de Hans. Coloquei minha mão sobre a sua. Ele não se mexeu. Apontei o caminho para a cratera. Ele permaneceu imóvel. Meu rosto sem fôlego refletia meu sofrimento. O islandês balançou a cabeça com gentileza e apontou calmamente para meu tio:

— *Master* — disse.

— O mestre! — exclamei. — Seu louco! Não, ele não é o mestre de sua vida! Você deve fugir! Você deve arrastá-lo junto! Está me ouvindo? Está me entendendo?

Agarrei Hans pelo braço. Queria forçá-lo a se levantar. Tentava forçá-lo. Meu tio interveio.

— Calma, Axel — disse. — Você não vai obter nada desse servidor impassível. Portanto, ouça o que tenho a dizer.

Cruzei os braços e encarei meu tio.

— A falta d'água — retomou — é a única coisa que impede meus planos. Nessa galeria leste, composta de lava, xisto e carvão, não encontramos sequer uma única molécula líquida. Talvez sejamos mais bem-sucedidos se seguirmos pelo túnel oeste.

Balancei a cabeça com ar de profunda descrença.

— Ouça-me até o fim — continuou o professor, forçando a voz. — Enquanto você estava deitado aqui, imóvel, fui verificar a configuração dessa galeria. Ela vai direto para as entranhas do globo e, em poucas horas, nos levará ao maciço de granito. Lá, deveremos encontrar fontes abundantes. A natureza da rocha determina isso, e o instinto concorda com a lógica para apoiar minha convicção. Portanto, ouça o que proponho. Quando Colombo pediu à sua tripulação três dias para encontrar novas terras, ela, doente e assustada, acatou seu pedido, e ele descobriu o novo mundo. Eu, o Colombo destas regiões subterrâneas, só lhe peço mais um dia. Se, nesse período, eu não encontrar a água de que precisamos, juro que voltaremos à superfície da Terra.

Apesar da irritação, fiquei comovido com essas palavras e com o esforço que dizer esse tipo coisa significava para o meu tio.

— Muito bem! — exclamei. — Que seja feita sua vontade, e que Deus recompense sua energia sobre-humana. Você só tem mais algumas horas para desafiar o destino. Vamos lá!

XXII

Dessa vez, a descida recomeçou pela nova galeria. Hans foi na frente, como de costume. Não tínhamos dado nem cem passos quando o professor, iluminando as paredes com sua lanterna, exclamou:

— Vejam os terrenos primitivos! Estamos no caminho certo! Continuemos! Continuemos!

Quando a Terra esfriou gradualmente nos primórdios do mundo, a redução de seu volume produziu deslocamentos, rupturas, recuos e rachaduras na crosta. O corredor atual era uma fissura desse tipo, através da qual o granito em erupção havia fluído. Seus milhares de desvios formavam um labirinto inextricável através do solo primordial. À medida que descíamos, a sucessão de camadas que compunham o terreno original se tornava mais clara. A ciência geológica considera esse terreno primitivo como a base da crosta mineral, e determinou que ele é composto por três camadas diferentes: xistos, gnaisses e micaxisto, que repousam sobre essa rocha inabalável chamada granito.

Nunca antes os mineralogistas haviam reunido circunstâncias tão maravilhosas para estudar a natureza *in situ*[26]. O que a sonda, máquina brutal e pouco inteligente, não conseguiu trazer da textura interna para a superfície do globo, nós estudaríamos com nossos olhos e tocaríamos com nossas mãos.

Veios metálicos de cobre e manganês, com alguns traços de platina e ouro, serpenteavam pela camada de xisto, colorida em belos tons de verde. Pensei em todas as riquezas enterradas nas entranhas da Terra, das quais a humanidade gananciosa jamais poderá desfrutar! Os tumultos dos primeiros dias enterraram esses tesouros tão profundamente que nem

26 Expressão latina que significa “no próprio local”.

picaretas nem martelos geológicos serão capazes de arrancá-los de seu túmulo.

Depois dos xistos vieram gnaisses estratiformes — identificáveis pela regularidade e o paralelismo de suas lâminas —, e depois micaxistos, distribuídos em grandes lâminas e visíveis a olho nu pelas cintilações da mica branca.

A luz dos dispositivos, refletida nas pequenas facetas da massa rochosa, cruzava seus jatos de fogo em todos os ângulos, e eu me imaginava viajando por um diamante oco, no qual os raios explodiam em mil reflexos.

Por volta das seis horas, esse festival de luz começou a diminuir consideravelmente, quase cessando: as paredes assumiram uma tonalidade cristalizada, mas escura; a mica se misturou mais intimamente com o feldspato e o quartzo para formar a rocha por excelência, a pedra mais dura de todas, aquela que sustenta, sem ser esmagada, os quatro níveis de terreno do globo. Estávamos emparedados em uma imensa prisão de granito.

Eram oito da noite. Ainda não havia água. Eu sofria demais. Meu tio andava na frente. Ele não queria parar. Mantinha seus ouvidos atentos ao murmúrio de alguma fonte. Mas nada!

Minhas pernas se recusavam a me carregar. Resisti à tortura para não forçar meu tio a parar. Isso teria sido um golpe de desespero para ele, pois o dia estava chegando ao fim, o último dia ao qual tinha direito.

Por fim, minhas forças me abandonaram. Caí e gritei:

— Socorro! Estou morrendo!

Meu tio voltou, me observou, cruzando os braços, e então estas palavras abafadas saíram dos seus lábios:

— Está tudo acabado!

Vi um último gesto assustador de raiva e fechei os olhos.

Quando os abri novamente, vi meus dois companheiros imóveis e enrolados nos seus cobertores. Eles estavam dormindo? No que me dizia respeito, eu não conseguia nem sequer pregar o olho. Estava sofrendo demais, em especial com a ideia de que não conseguiria remediar meu mal. As últimas palavras do meu tio ainda ressoavam em meus ouvidos.

"Está tudo acabado!" De fato, em um estado tão abatido, não fazia sentido sequer pensar em voltar à superfície do globo.

Havia sete quilômetros de crosta terrestre acima de nós! Tive a sensação de carregar nos ombros o peso de tudo isso. Eu me senti esmagado e me exauri em esforços violentos para me virar na minha cama de granito.

Algumas horas se passaram. Um silêncio profundo reinava ao redor, silêncio de morte. Nada podia ser ouvido através das paredes, a mais fina das quais tinha vinte quilômetros de espessura.

No entanto, em meio ao meu torpor, pensei ter ouvido um barulho. Estava escurecendo no túnel. Olhei com mais atenção e me pareceu ver o islandês desaparecendo, com a lanterna na mão.

Por que ele estava indo embora? Hans ia nos abandonar? Meu tio estava dormindo. Eu queria gritar, mas minha voz não conseguia passar por entre meus lábios ressecados. A escuridão tinha se aprofundado e os últimos sons haviam acabado de desaparecer.

"Hans está nos abandonando!", exclamei. "Hans! Hans!", gritei para mim mesmo. As palavras não foram muito longe. No entanto, após o primeiro momento de terror, senti vergonha de desconfiar de um homem cuja conduta nada tivera de suspeita até então. Sua saída não poderia ser uma fuga. Em vez de subir a galeria, ele estava descendo. As más intenções o teriam levado para cima, não para baixo. Esse raciocínio me acalmou um pouco, e adotei outra lógica: somente um motivo sério poderia ter perturbado o descanso de Hans, aquele homem pacífico. Ele estava saindo para explorar? Será que tinha ouvido algum sussurro durante a noite silenciosa que não chegara até mim?

XXIII

Durante uma hora, imaginei em meu cérebro delirante todos os motivos que poderiam ter levado o pacato caçador a agir. As ideias mais absurdas se emaranhavam em minha cabeça. Achei que ia ficar louco!

Mas, finalmente, escutei um som de passos nas profundezas do abismo. Hans estava subindo. Uma luz incerta começou a deslizar pelas paredes e depois emergiu pela abertura do corredor. Hans surgiu.

Ele se aproximou do meu tio, pôs a mão em seu ombro e gentilmente o acordou. Meu tio se levantou.

— O que foi? — perguntou.

— *Vatten* — respondeu o caçador.

Parece que, sob a inspiração de uma dor violenta, todo mundo se torna um poliglota. Eu não sabia uma palavra de dinamarquês, mas instintivamente entendi as palavras do nosso guia.

— Água! Água! — gritei, batendo palmas e gesticulando como um louco.

— Água! — repetia meu tio.

— *Hvar?* — perguntou ao islandês.

— *Nedat* — respondeu Hans.

Onde? Lá embaixo! Eu entendia tudo. Agarrei as mãos do caçador e as apertei, enquanto ele me olhava com calma.

Foi rápido que nos preparamos para a partida, e logo estávamos caminhando por um corredor que descia sessenta centímetros a cada dois metros.

Uma hora depois, havíamos subido mil metros e descido outros seiscentos.

Naquele momento, ouvi nitidamente um som incomum percorrendo as laterais da muralha de granito, uma espécie de rugido abafado, como um trovão distante. Durante a primeira meia hora de caminhada, como não encontrei a fonte anunciada, me senti invadido pelo medo. Mas então meu tio me contou a origem dos ruídos que ouvíamos.

— Hans não estava enganado — disse ele. — O que você está ouvindo é o rugido de uma torrente.

— Uma torrente? — perguntei.

— Sem sombra de dúvida. Um rio subterrâneo está correndo ao nosso redor!

Nós nos apressamos, entusiasmados pela esperança. Eu não sentia mais cansaço. O som do murmúrio da água já estava me refrescando e aumentava cada vez mais. A torrente, depois de um longo período acima da nossa cabeça, começava a correr pela parede esquerda, rugindo e saltando. Eu passava regularmente a mão sobre a rocha, na esperança de encontrar vestígios de infiltração ou umidade. Tudo em vão.

Meia hora se passou. Mais dois quilômetros percorridos. Então, ficou claro que o caçador, durante sua ausência, não explorara muito além. Guiado por um instinto próprio aos habitantes das montanhas e aos hidroscópicos, ele "sentiu" a torrente através da rocha, mas certamente não tinha visto o precioso líquido; não saciara sua sede.

Logo era possível constatar que, se continuássemos caminhando, nos afastaríamos ainda mais da correnteza, cujo murmúrio diminuía aos poucos.

Voltamos para trás. Hans parou exatamente no ponto em que a correnteza parecia estar mais próxima.

Eu me sentei perto da muralha, enquanto as águas corriam a dois metros de mim com extrema violência. Mas uma parede de granito ainda nos separava.

Sem pensar, sem me perguntar se havia alguma maneira de obter aquela água, cedi a um primeiro momento de desespero. Hans olhou para mim e pensei ter visto um sorriso em seus lábios. Ele se levantou e pegou a lanterna. Segui-o em direção à muralha. Observei-o. Ele encostou a orelha na pedra seca e se moveu lentamente, ouvindo com muita atenção. Entendi que ele estava procurando o ponto exato onde o ruído da torrente era mais forte. Ele o encontrou na parede lateral à esquerda, um metro acima do chão.

Que emoção! Não me atrevi a adivinhar o que o caçador estava tentando fazer! Mas tive de compreendê-lo e aplaudi-lo, e abraçá-lo, quando o vi pegar sua picareta para atacar a rocha.

— Estamos salvos! — exclamei.

— Sim! — repetiu meu tio em frenesi. — Hans está certo! Ah! O corajoso caçador! Nós não teríamos pensado nisso!

Claro que não! Por mais simples que seja, nunca teríamos tido aquela ideia. Não há nada mais perigoso do que usar uma picareta nessa estrutura da Terra. E se um deslizamento nos esmagasse? E se a torrente, irrompendo pela rocha, nos afogasse? Não havia nada de fantasioso nesses perigos, mas, naquela hora, o medo de deslizamentos de terra ou de inundações não poderia nos deter. Nossa sede era tão intensa que, para saciá-la, teríamos cavado até o leito do oceano.

Hans começou a fazer esse trabalho, algo que nem meu tio nem eu teríamos conseguido. A impaciência tomaria conta de nossas mãos e a rocha teria se despedaçado sob nossos golpes apressados. O guia, pelo contrário, calmo e moderado, trabalhou gradualmente a rocha com uma série de pequenos golpes repetidos, cavando uma abertura de quinze centímetros de largura. Eu ouvia o som da torrente cada vez mais alto e achei que já conseguia sentir a água curativa jorrando em meus lábios.

Em pouco tempo, a picareta havia se afundado meio metro na parede de granito. O trabalho estava sendo feito havia mais de uma hora. Eu não conseguia parar quieto de tanta impaciência! Meu tio queria fazer de tudo. Eu me esforcei para impedi-lo, e ele já estava pegando outra picareta quando, de repente, ouvimos um assobio. Um jato de água jorrou da rocha e se chocou contra a parede oposta.

Hans, meio zonzo com o impacto, não conseguiu conter um grito de dor. Entendi isso quando, ao mergulhar minhas mãos no jato líquido, também soltei uma exclamação violenta. A fonte estava fervendo.

— Água a cem graus! — exclamei.

— Tudo bem, ela vai esfriar — respondeu meu tio.

O corredor se encheu de vapores, enquanto um riacho se formava e se perdia nas sinuosidades subterrâneas. Pouco depois, tomamos nosso primeiro gole.

Ah! Que prazer! Que volúpia incomparável! Que água era aquela? De onde vinha? Não importava. Era água e, embora estivesse quente, trouxe de volta ao meu coração a vida que estivera pronta a me abandonar. Bebi sem parar, sem nem mesmo sentir o gosto.

Foi somente depois de um minuto de deleite que exclamei:

— Mas esta água é ferruginosa!

— Excelente para o estômago — respondeu meu tio —, e altamente mineralizada! É uma viagem tão boa quanto Spa ou Tœplitz[27]!

— Ah! Que delícia!

— Quem diria, água retirada a oito quilômetros sob a terra! Ela tem um gosto de tinta que não é nada desagradável. Que belo recurso esse Hans nos forneceu! Por isso, sugiro que batizemos esse riacho salutar com o nome dele.

— Muito bem! — exclamei.

E o nome "Hans-bach" foi imediatamente adotado.

Hans estava muito orgulhoso. Depois de se refrescar moderadamente, ele se sentou em um canto com sua calma habitual.

— Agora — eu disse —, não podemos desperdiçar essa água.

— Por quê? — respondeu meu tio. Suspeito que a fonte seja inesgotável.

27 Termas famosas por suas águas. Spa na Suíça, e Tœplitz na Alemanha. As curas termais são uma prática recente no momento em que Verne escreve.

— Pouco importa! Vamos encher o odre e os cantis e depois tentaremos tampar a abertura.

Meu conselho foi seguido. Hans usou lascas de granito e estopa para tentar tapar o buraco na parede. Não foi fácil. A pressão era muito grande e nossos esforços foram em vão. Queimávamos as mãos sem conseguir completar a tarefa.

— É óbvio — eu disse — que as camadas superiores desse curso d'água estão localizadas em uma grande altura, a julgar pela força do jato.

— Pode ser — replicou meu tio. — Há mil atmosferas de pressão aí, se essa coluna de água tiver dez mil metros de altura. Mas eu tenho uma ideia.

— Qual?

— Por que teimar em tampar essa abertura?

— Ora, porque...

Encontrar outra razão teria dado trabalho.

— Quando nossos cantis estiverem vazios, temos certeza de que conseguiremos reabastecê-los?

— Claro que não!

— Então, deixemos a água fluir! Ela descerá naturalmente e guiará aqueles que ela refrescará ao longo do caminho!

— Que bem pensado! — exclamei. — E com esse riacho como nosso companheiro, não há razão para não termos sucesso em nossos planos.

— Ah! Você está chegando lá, meu rapaz — disse o professor, rindo.

— Já cheguei!

— Um momento! Vamos começar descansando algumas horas.

Eu realmente havia esquecido que já era de noite. O cronômetro se encarregou de me avisar. Logo depois de termos comido bem e matado a sede, cada um de nós caiu em um sono profundo.

XXIV

No dia seguinte, já havíamos esquecido nossas dores passadas. No início, fiquei surpreso por não sentir mais sede e me perguntava por quê. O riacho que corria aos meus pés respondia à pergunta.

Almoçamos e bebemos a excelente água ferruginosa. Eu me senti rejuvenescido e determinado a ir longe. Por que um homem convicto como meu tio não teria sucesso, se contava com um guia diligente como Hans e um sobrinho "determinado" como eu? Esses eram os pensamentos positivos que surgiam na minha mente! Se alguém tivesse sugerido escalar de volta ao topo do Snæfell, eu teria recusado com indignação.

Mas, felizmente, continuávamos descendo.

— Vamos lá! — exclamei, despertando os velhos ecos do globo com meus gritos entusiasmados.

A caminhada recomeçou às oito horas da manhã de quinta-feira. O corredor de granito se contorcia e virava, com curvas inesperadas, e lembrava o imbróglio de um labirinto, mas, no geral, sua direção principal era sempre sudeste. Meu tio consultou sua bússola com muito cuidado, para avaliar o caminho percorrido.

A galeria era quase horizontal, com não mais do que dois por cento de inclinação. O riacho fluía sem pressa, murmurando sob nossos pés. Comparei-o a uma divindade familiar que nos guiava pela terra e acariciei com a mão a cálida náiade[28] cujas canções acompanhavam nossos passos. Meu bom humor adquiria contornos mitológicos.

Quanto ao meu tio, ele reclamava da natureza horizontal da estrada, logo ele, "o homem das verticais". O caminho se estendia

28 Na mitologia grega, náiades são ninfas que habitam água doce, como rios e fontes.

indefinidamente e, em vez de deslizar ao longo do raio da Terra, como ele dizia, passava pela hipotenusa. Mas não tínhamos escolha e, contanto que avançássemos em direção ao centro, por pouco que fosse, não poderíamos nos queixar. Além disso, de tempos em tempos, as encostas caíam; a náiade começava a degringolar, rugindo, e nós descíamos mais fundo com ela.

Em suma, naquele dia e no seguinte, fizemos muito progresso horizontal e relativamente pouco progresso vertical.

Na noite de sexta-feira, 10 de julho, de acordo com a estimativa, deveríamos estar cento e vinte quilômetros a sudeste de Reykjavik e a dez quilômetros de profundidade.

Um poço bastante assustador se abriu sob nossos pés. Meu tio não pôde deixar de bater palmas ao calcular a inclinação de suas encostas.

— Isso vai nos levar muito longe! — exclamou. — E com facilidade, pois as saliências na rocha formam uma verdadeira escada!

Hans organizou as cordas de modo a evitar qualquer acidente, e a descida começou. Não me atrevo a chamá-la de perigosa, pois já estava familiarizado com aquele tipo de exercício.

O poço era uma fenda estreita no maciço, dessas que chamamos de "falha". Obviamente, fora criada pela contração da estrutura da Terra à medida que esfriava. Se no passado já servira de passagem para a matéria eruptiva expelida pelo Snæfell, eu não conseguia entender como não havia nenhum rastro ali. Estávamos descendo por uma espécie de parafuso giratório que parecia feito por mãos humanas.

A cada quinze minutos, tínhamos de descansar e recuperar a elasticidade das panturrilhas. Para isso, nos sentávamos na borda com as pernas penduradas, conversávamos enquanto comíamos e matávamos a sede no riacho.

Não é preciso dizer que, nessa falha, o Hans-bach havia se transformado em uma cachoeira, que, apesar do pouco volume, era mais do que suficiente para saciar nossa sede. Em outras partes, com declives menos pronunciados, o riacho retomava seu curso tranquilo. No momento, ele me lembrava meu digno tio com sua impaciência e raiva, enquanto nas encostas mais suaves era a calma do caçador islandês.

Nos dias 6 e 7 de julho, seguimos as espirais dessa falha, penetrando mais oito quilômetros na crosta terrestre e chegando a quase vinte quilômetros abaixo do nível do mar. Mas no dia 8, por volta do meio-dia, a falha adquiriu uma inclinação muito mais suave em direção ao sudeste, cerca de quarenta e cinco graus.

O caminho então se tornou fácil e perfeitamente monótono. Dificilmente aconteceria algo novo. A jornada não tinha qualquer chance de ser alterada por incidentes na paisagem.

Finalmente, na quarta-feira, dia 15, estávamos a vinte e oito quilômetros de profundidade e a cerca de duzentos quilômetros do Snæfell. Embora estivéssemos um pouco cansados, nossa saúde continuava boa e nossa farmácia de viagem ainda estava intacta.

Meu tio registrava a cada hora as leituras da bússola, do cronômetro, do manômetro e do termômetro, as mesmas leituras que ele publicaria no relato científico da viagem. Assim, podia imaginar facilmente nossa posição. Quando ele me disse que estávamos a uma distância horizontal de duzentos quilômetros, não pude conter uma exclamação.

— Qual é o problema? — perguntou.

— Nada, só estou pensando.

— Em quê, meu rapaz?

— É que, se seus cálculos estiverem corretos, não estamos mais sob a Islândia.

— É mesmo?

— É fácil ter certeza.

Tirei as medidas com meu compasso a partir do mapa.

— Não me enganei — falei. — Passamos pelo cabo Portland, e esses duzentos quilômetros a sudeste nos situam em mar aberto.

— Em mar aberto — respondeu meu tio esfregando as mãos.

— Então — gritei —, o oceano está sobre nossa cabeça!

— Ora! Axel, nada de mais natural! Não há minas de carvão em Newcastle que se estendem bem abaixo das ondas?

O professor pode ter achado que aquela era uma situação muito simples, mas a ideia de caminhar sob a massa de água me preocupava. E, no entanto, se as planícies e as montanhas da Islândia estavam sobre nossa cabeça ou se eram as ondas do Atlântico, não fazia muita diferença, desde que a estrutura de granito fosse sólida. No mais, me acostumei com a ideia, pois o corredor, às vezes reto, às vezes sinuoso, caprichoso tanto em suas inclinações como em seus desvios, mas sempre em direção ao sudeste e sempre mais profundo, rapidamente nos levou a profundezas ainda maiores.

Quatro dias depois, na noite de sábado, 18 de julho, chegamos a uma espécie de caverna razoavelmente grande; meu tio deu a Hans seus três risdales semanais, e ficou decidido que o dia seguinte seria um dia de descanso.

XXV

Então acordei no domingo de manhã sem a preocupação habitual com uma partida imediata. E, embora eu estivesse nas profundezas do abismo, a situação era agradável. Além disso, estávamos acostumados a essa existência troglodita. Eu quase não pensava no sol, nas estrelas, na lua, nas árvores, nas casas, nas cidades, em todas essas superfluidades terrestres que os seres sublunares tornaram uma necessidade para si mesmos. Como fósseis, ignoramos essas maravilhas inúteis.

A caverna formava um vasto cômodo. O fiel riacho fluía suavemente sobre seu solo granítico. A uma distância tão grande de sua fonte, a água estava apenas em temperatura ambiente e podia ser bebida sem dificuldade.

Depois do almoço, o professor quis passar algumas horas colocando em ordem suas anotações diárias.

— Antes de mais nada — disse ele —, vou fazer alguns cálculos para ter uma ideia exata de onde estamos. Quando voltarmos, quero poder desenhar um mapa da nossa viagem, uma espécie de corte vertical do globo, que dará o perfil da expedição.

— Será muito curioso, tio, mas suas observações serão suficientemente precisas?

— Sim! Anotei com cuidado os ângulos e as inclinações. Tenho certeza de que não vou me enganar. Vejamos onde estamos. Pegue a bússola e observe a direção que ela indica.

Olhei para o instrumento e, depois de um exame cuidadoso, respondi:

— Leste-quarto-sul-leste.[29]

— Ótimo! — disse o professor, anotando a observação e fazendo alguns cálculos rápidos. — Concluí que percorremos trezentos e quarenta quilômetros desde nosso ponto de partida.

29 Trata-se de uma denominação geográfica da época, que indica o ponto do horizonte situado entre o leste e o sudeste: o primeiro quarto da rosa dos ventos entre o leste e o sul. É mais uma frase de efeito verniana, na qual se emprega um vocabulário cujo objetivo é dar sensação de cientificidade.

— Quer dizer que estamos viajando sob o Atlântico?

— Isso mesmo.

— E, neste exato momento, uma tempestade pode estar ocorrendo lá, e os navios podem estar sendo jogados sobre nossa cabeça pelas ondas e furacões?

— É possível.

— E as baleias batem nas paredes da nossa prisão com suas caudas?

— Não se preocupe, Axel, elas não conseguirão sacudi-la. Mas voltemos aos nossos cálculos. Estamos no Sudeste, a trezentos e quarenta quilômetros da base do Snæfell, e, de acordo com minhas anotações anteriores, estimo que atingimos a profundidade de sessenta e quatro quilômetros.

— Sessenta e quatro quilômetros! — exclamei.

— Acho que sim.

— Mas esse é o limite extremo atribuído pela ciência à espessura da crosta terrestre.

— Não digo o contrário.

— E aqui, de acordo com a lei do aumento da temperatura, deveria fazer um calor de mil e quinhentos graus.

— Deveria, meu rapaz.

— E todo esse granito não poderia se manter em estado sólido e deveria estar em plena fusão.

— Como você pode ver, esse não é o caso, e os fatos, como sempre, desmentem as teorias.

— Tenho de concordar, mas isso me surpreende.

— O que indica o termômetro?

— Indica 27,6 graus.

— Faltam 1.474,4 graus para que os cientistas tenham razão. Portanto, o aumento proporcional da temperatura é um erro. Portanto, Humphry Davy não estava errado. Portanto, eu não estava errado em ouvi-lo. Qual é sua resposta?

— Nenhuma.

Na verdade, eu teria muito a dizer. Eu não aceitava a teoria de Davy de forma alguma e ainda acreditava no calor central, embora não sentisse seus efeitos. Na verdade, eu preferia acreditar que aquela chaminé de um vulcão extinto, coberta pelas lavas com um revestimento refratário, não permitia que a temperatura se propagasse por suas paredes.

Mas, sem me deter para procurar novos argumentos, eu me limitei a aceitar a situação tal como era.

— Tio — eu disse —, acho que todos os seus cálculos estão corretos, mas permita-me tirar uma conclusão rigorosa.

— Adiante, meu rapaz, à vontade.

— No ponto em que estamos, na latitude da Islândia, o raio da Terra é de cerca de 6.332 quilômetros?

— E mais um terço.

— Digamos 6.400 quilômetros, para arredondar. De uma viagem de 6.400 quilômetros, fizemos apenas 48?

— Exatamente.

— E isso ao custo de 340 quilômetros diagonais?

— Isso mesmo.

— Em cerca de vinte dias?

— Vinte dias.

— Ora, 64 quilômetros são um centésimo do raio da Terra. Se continuarmos assim, levaremos 2 mil dias, ou seja, quase 5,5 anos para chegar lá embaixo!

O professor não respondeu.

— Sem mencionar que, se uma vertical de 64 quilômetros é compensada por uma horizontal de 320, são 32 mil quilômetros a sudeste, e há muito já teremos saído por um ponto da circunferência antes de chegarmos ao centro!

— Para o inferno com seus cálculos! — respondeu meu tio num acesso de raiva. — Para o inferno com suas hipóteses!

Em que elas se baseiam? Quem pode dizer que esse corredor não leva diretamente ao nosso objetivo? Além disso, tenho um precedente. O que estou fazendo aqui, outra pessoa já fez, e se ele teve êxito, eu também terei.

— Espero que sim, mas, no final das contas, posso me permitir...

— Axel, cada vez que quiser delirar desse jeito, é melhor exercer o direito de ficar calado.

Pude ver que o terrível professor estava ameaçando reaparecer disfarçado de meu tio, e tomei isso como um aviso.

— Agora — continuou ele —, consulte o manômetro. O que ele mostra?

— Uma pressão considerável.

— Muito bem! Você pode ver que, descendo lentamente, acostumando-nos pouco a pouco à densidade dessa atmosfera, não estamos sofrendo nada.

— De forma alguma, exceto por algumas dores de ouvido.

— Isso não é nada, e você se livrará desse desconforto deixando o ar externo em rápida comunicação com o ar dos seus pulmões.

— Perfeitamente — respondi, decidido a não aborrecer mais meu tio. — Chega a haver um prazer real em se sentir imerso nessa atmosfera mais densa. Você já notou a intensidade com que o som se propaga aqui?

— Acho que sim. Uma pessoa surda poderia ouvir perfeitamente bem.

— Mas essa densidade certamente aumentará, não é mesmo?

— Sim, de acordo com uma lei bastante indeterminada. É verdade que a intensidade da gravidade diminuirá à medida que descermos. Você sabe que é na própria superfície da Terra que sua ação é sentida com mais intensidade e que no centro do globo os objetos não pesam mais.

— Eu sei disso. Mas diga, esse ar não acabará adquirindo a densidade da água?

— Possivelmente, sob uma pressão de setecentos e dez atmosferas.

— E abaixo disso?

— Mais abaixo, a densidade aumentará ainda mais.

— Como vamos descer, então?

— Bem, encheremos nossos bolsos de pedrinhas.

— Decididamente, meu tio, você tem resposta para tudo.

Não ousei ir mais longe no campo das hipóteses, porque eu teria me deparado com alguma impossibilidade que provocaria o professor.

Era óbvio, porém, que o ar, sob uma pressão que poderia chegar a milhares de atmosferas, acabaria passando para o estado sólido e, então, supondo que nossos corpos resistissem, teríamos de parar, apesar de todo o raciocínio do mundo.

Mas eu não apresentei esse argumento. Meu tio teria retrucado com seu eterno Saknussemm, um precedente sem valor, porque, tomando a viagem do cientista islandês como um fato, havia uma coisa simples a responder:

"No século XVI, nem o barômetro nem o manômetro haviam sido inventados. Como então Saknussemm poderia ter determinado sua chegada ao centro do globo?"

Mas guardei essa objeção para mim e esperei o desenrolar dos acontecimentos. O resto do dia foi gasto em cálculos e conversas. Eu sempre concordava com o prof. Lidenbrock e invejava a perfeita indiferença de Hans, que, sem olhar tanto para os efeitos e causas, seguia cegamente o destino para onde este o levasse.

XXVI

É verdade que as coisas estavam indo bem até o momento e que teria sido má-fé reclamar. Se a dificuldade "média" não aumentasse, não deixaríamos de atingir nossa meta. E que glória, então! Cheguei a um ponto em que começava a pensar como Lidenbrock. É sério! Será que era culpa do ambiente estranho em que eu estava vivendo? Talvez.

Durante alguns dias, encostas mais íngremes, algumas delas até assustadoramente verticais, nos levaram às profundezas do maciço interno. Certos dias, podíamos avançar entre seis e oito quilômetros em direção ao centro. Eram descidas perigosas, durante as quais a habilidade e o maravilhoso sangue-frio de Hans foram muito úteis. Esse impassível islandês se dedicou com incompreensível despreocupação e, graças a ele, conseguimos sair de mais de um aperto ao qual não teríamos sobrevivido sozinhos.

Seu silêncio aumentava a cada dia e acho até que nos contagiava. Os objetos externos têm um efeito real no cérebro. Se você se fechar entre quatro paredes, acabará perdendo a capacidade de associar ideias e palavras. Quantos prisioneiros se tornaram imbecis, se não loucos, devido à falta de exercício de suas faculdades de raciocínio!

Durante as duas semanas que se seguiram à nossa última conversa, não ocorrera nenhum incidente digno de registro. Lembro-me apenas de um fato extremamente grave. Teria sido difícil esquecer qualquer detalhe.

Em 7 de agosto, nossas descidas sucessivas nos levaram a uma profundidade de 120 quilômetros, o que significa que havia 120 quilômetros de rochas, oceano, continentes e cidades acima da nossa cabeça. Devíamos estar, então, a 800 quilômetros da Islândia.

Naquele dia, o túnel seguia um declive suave.

Eu caminhava na frente. Meu tio carregava uma de duas bobinas de Ruhmkorff, e eu, a outra. Eu examinava as camadas de granito. De repente, ao me virar, percebi que estava sozinho.

"Bem", pensei, "ou andei rápido demais, ou Hans e meu tio pararam no caminho. Vamos, tenho de voltar até eles. Felizmente, o caminho não é muito íngreme."

Dei meia-volta. Caminhei por quinze minutos, olhando ao redor, e não vi ninguém. Chamei. Ninguém respondeu. Minha voz se perdeu nos ecos cavernosos que ela despertou de repente.

Comecei a ficar preocupado. Um calafrio percorreu meu corpo.

— Calma! — disse em voz alta. — Tenho certeza de que encontrarei meus companheiros. Não há dois caminhos! Ora, eu estava na frente, então basta voltar para trás.

Subi por mais meia hora. Escutei em busca de algum chamado que, naquela atmosfera densa, poderia vir de longe. Um silêncio extraordinário reinava na imensa galeria.

Parei. Não conseguia acreditar em tamanho isolamento. Eu aceitava ter me desviado, mas não me perdido. Quando se desvia, é possível voltar.

"Vejamos", repeti, "já que há apenas uma estrada, já que eles a estão seguindo, devo conseguir encontrá-los. Tudo o que tenho a fazer é subir novamente. A menos que, não me vendo e esquecendo que eu estava à frente, eles tenham pensado em voltar. Bem, mesmo nesse caso, se eu me apressar, vou encontrá-los. É óbvio!"

Repeti essas últimas palavras como quem não está convencido. Além disso, levei muito tempo para associar essas ideias simples e juntá-las na forma de um raciocínio.

Fui tomado por uma dúvida: eu estava realmente na frente? Sim, era claro. Hans vinha logo atrás de mim e antes do meu tio. Ele até parara por alguns instantes para amarrar melhor sua bagagem nos ombros. Eu lembrava bem desse detalhe, foi nesse exato momento que eu devo ter caminhado à frente.

"Além disso", pensei, "tenho uma maneira segura de não me perder, um fio para me guiar por esse labirinto que não pode se romper, meu fiel riacho. Tudo o que tenho a fazer é seguir seu curso e, inevitavelmente, encontrarei rastros dos meus companheiros."

Esse raciocínio me reanimou, e resolvi partir de novo sem perder tempo.

Como abençoei o bom senso do meu tio por ter impedido que o caçador tampasse o buraco na parede de granito! Assim, aquela fonte benéfica, que havia matado nossa sede no caminho, iria me guiar pelas sinuosidades da crosta terrestre.

Antes de voltar a subir, decidi que me faria bem se passasse um pouco de água no rosto. Então me abaixei para mergulhar a testa na água do Hans-bach. E qual não foi meu espanto!

Eu estava pisando em granito seco e áspero! O riacho não mais corria sob meus pés!

XXVII

É difícil descrever meu desespero. Nenhuma palavra humana poderia expressar meus sentimentos. Eu estava enterrado vivo, com a perspectiva de morrer torturado pela fome e pela sede.

Passei mecanicamente minhas mãos febris pelo chão. A rocha parecia tão seca!

Mas como eu havia abandonado o curso do riacho? Porque era evidente que ele não estava mais lá! Então entendi o motivo daquele estranho silêncio, quando escutara pela última vez em busca de chamados dos meus companheiros. Quando dei meu primeiro passo na estrada imprudente, não notei a ausência do riacho. É óbvio que, naquele momento, uma bifurcação na galeria se abrira diante de mim, enquanto o Hans-bach, obedecendo aos caprichos de outra encosta, partira com meus companheiros em direção a profundezas desconhecidas!

Como voltar? Não havia rastros. Meus pés não deixavam nenhuma marca no granito. Eu estava quebrando a cabeça para tentar encontrar a solução para esse problema insolúvel. Minha situação se resumia a uma única palavra: perdido!

Sim! Perdido em uma profundeza que parecia incomensurável! Aqueles cento e vinte quilômetros de crosta terrestre eram como um peso terrível sobre meus ombros. Eu estava arrasado.

Tentei trazer meus pensamentos de volta para as coisas da terra. Mal consegui. Hamburgo, a casa na Königstrasse, minha pobre Graüben, aquele mundo todo embaixo do qual eu havia me perdido passaram rapidamente por minha memória assustada. Em uma alucinação vívida, voltei a ver os incidentes da viagem, a travessia, a Islândia, o sr. Fridriksson, o Snæfell! Eu disse a mim mesmo que se, na minha situação, eu ainda tivesse um pingo de esperança, isso seria um sinal de loucura, e que era melhor me desesperar!

De fato, que força humana poderia me trazer de volta à superfície do globo e deslocar os enormes blocos que pairavam sobre minha cabeça? Quem poderia me pôr no caminho de volta e me reunir com meus companheiros?

— Oh, meu tio! — gritei de desespero. Essa foi a única palavra de reprovação que veio aos meus lábios, pois compreendi o que o infeliz devia estar sofrendo em busca de mim. Quando me vi sem qualquer ajuda humana, incapaz de fazer qualquer coisa para me salvar, pensei na ajuda do céu. As lembranças da minha infância, da minha mãe, que eu conheci apenas na época dos beijos infantis, voltaram com força. Recorri à oração, qualquer que fosse o pequeno direito que eu tivesse de ser ouvido pelo Deus a quem eu me dirigia tão tarde na vida, e implorei com fervor.

Esse retorno à Providência restaurou um pouco da minha calma, e pude concentrar todas as forças da minha inteligência na situação presente.

Eu tinha comida suficiente para três dias e meu cantil estava cheio. Não poderia ficar sozinho por mais tempo que isso. Mas deveria subir ou descer?

Subir, é claro! Sempre subir!

Eu tinha de chegar de novo ao ponto em que havia abandonado as águas, naquela bifurcação funesta. Uma vez que eu tivesse o riacho sob os pés, sempre poderia voltar ao topo de Snæfell.

Como não pensara nisso antes? Era óbvio que se tratava de uma chance de salvação. Então, a maior urgência era encontrar o caminho de volta para o Hans-bach.

Levantei-me e, apoiando-me no meu bastão, subi a galeria. A ladeira era bastante íngreme. Caminhei com esperança e sem dificuldade, como um homem que não tem a escolha do caminho a seguir.

Durante meia hora, nenhum obstáculo deteve meus passos. Tentei reconhecer minha rota pelo formato do túnel, pela saliência de certas rochas, pela disposição das fendas, mas nenhum sinal específico chamou minha atenção, e logo percebi que aquela galeria não poderia me levar de volta à bifurcação. Era um beco sem saída. Deparei-me com uma parede impenetrável e desabei sobre a rocha.

Não sei descrever o terror e o desespero que tomaram conta de mim naquele momento. Fiquei inerte. Minha última esperança havia se despedaçado contra aquela parede de granito.

Perdido naquele labirinto cujas sinuosidades se cruzavam em todas as direções, eu não tinha mais como tentar uma fuga impossível. É claro que eu teria a morte mais terrível! E estranhamente me ocorreu que, se meu corpo fossilizado fosse encontrado de novo, sua descoberta a cento e vinte quilômetros de profundidade nas entranhas da Terra levantaria algumas questões científicas interessantes!

Eu queria falar em voz alta, mas apenas sons roucos passavam entre meus lábios ressecados. Eu estava ofegante.

Em meio a essa angústia, um novo terror tomou conta da minha mente. Minha lanterna havia caído e quebrado e eu não tinha como consertá-la. Sua luz estava se apagando e eu sentiria falta dela!

Observei a luz se esvair na bobina do dispositivo. Uma procissão de sombras em movimento se projetava sobre as paredes escuras, e eu não ousava mais baixar a pálpebra, temendo perder até mesmo o menor átomo daquela luz fugaz! A cada instante, parecia que ela se esvairia e que o breu me invadiria.

Por fim, um último lampejo de luz cintilou na lanterna. Eu o segui e o absorvi com o olhar, concentrei toda a força dos meus olhos nele, absorvendo a última sensação de luz que eles experimentariam, e continuei mergulhado na imensa escuridão.

Que grito terrível escapou de mim! Na Terra, em meio às noites mais profundas, a luz nunca cede totalmente seus direitos! Ela é difusa, sutil, mas, por menor que seja, a retina do olho acaba captando um pouco! Ali, nada. A escuridão absoluta me deixou cego em todos os sentidos da palavra.

Foi então que perdi a cabeça. Eu me levantei com os braços estendidos, tateando dolorosamente. Comecei a fugir, apressando o passo ao acaso naquele labirinto inextricável, sempre descendo, correndo pela crosta terrestre, como um habitante das falhas subterrâneas, chamando, gritando, uivando, logo me machucando nas bordas das rochas, caindo e me levantando novamente ensanguentado, tentando beber o sangue que inundava meu rosto... E imaginando que alguma parede inesperada ofereceria um obstáculo que acabaria quebrando minha cabeça!

Aonde essa corrida louca me levou? Nunca saberei. Depois de várias horas, sem dúvida exausto, caí como uma massa inerte contra a parede e perdi todo o sentido da existência!

XXVIII

Quando voltei à vida, meu rosto estava molhado, mas de lágrimas. Não sei dizer quanto tempo durou esse estado de insensibilidade. Não tinha mais consciência do tempo que passava. Nunca houve uma solidão como a minha, nunca houve um abandono tão completo!

Depois da queda, eu havia perdido muito sangue. Eu me senti inundado! Oh, como lamentei não ter morrido e "que isso ainda fosse possível"! Eu não queria mais pensar. Bani todos os pensamentos e, dominado pela dor, rolei para perto da parede oposta.

Sentia que ia desmaiar novamente, e então sofreria a aniquilação suprema, quando um ruído violento chegou aos meus ouvidos. Parecia o estrondo prolongado de um trovão, e ouvi as ondas sonoras desaparecerem pouco a pouco nas profundezas distantes do abismo.

De onde vinha aquele ruído? De algum fenômeno, sem dúvida, que ocorria no coração da terra! A explosão de um gás ou a queda de algum poderoso pilar do globo!

Fiquei alerta. Queria saber se o ruído se repetiria. Passaram-se quinze minutos. O silêncio reinava na galeria. Eu não conseguia mais nem ouvir meu coração batendo.

De repente, meu ouvido, encostado na parede por acaso, pensou ter ouvido palavras vagas, fugidias e distantes. Estremeci.

"É uma alucinação!", pensei.

Mas não. Ao prestar mais atenção, ouvi um murmúrio de vozes, mas minha fraqueza não me permitia entender o que diziam. No entanto, alguém estava falando. Disso eu tinha certeza.

Por um momento, temi que fosse um eco das minhas próprias palavras. Talvez eu tivesse gritado sem perceber. Fechei os lábios com força e encostei o ouvido na parede novamente.

Sim! Alguém conversava! Alguém conversava!

Mesmo quando me afastei alguns metros da parede, pude ouvir com clareza. Consegui captar algumas palavras incertas, estranhas e incompreensíveis. Elas chegaram até mim como se tivessem sido ditas em voz baixa, sussurradas, por assim dizer. A palavra *forlorad* foi repetida várias vezes, dolorosamente.

O que significava? Quem a pronunciava? Meu tio ou Hans, é claro. E, se eu podia ouvi-los, eles poderiam me ouvir.

— Socorro! — gritei com todas as forças. — Socorro!

Fiquei ouvindo, espiando as sombras em busca de uma resposta, um grito, um suspiro. Não ouvi nada. Alguns minutos se passaram. Um mundo inteiro de ideias fervilhava na minha mente. Achei que minha voz enfraquecida não conseguiria alcançar meus companheiros.

"E são mesmo eles", repeti para mim mesmo. "Que outros homens estariam enterrados a cento e vinte quilômetros de profundidade?"

Voltei a prestar atenção. Passando a orelha ao longo da parede, encontrei um ponto matemático em que as vozes pareciam atingir sua intensidade máxima. A palavra *forlorad* chegou ao meu ouvido novamente, seguida pelo estrondo do trovão que me tirou do meu torpor.

"Não!", eu disse. Não. Não era através do maciço que ouvia essas vozes. A parede era feita de granito e não permitiria que mesmo o estrondo mais alto a penetrasse! Aquele barulho vinha da própria galeria! Devia haver um efeito acústico muito especial ali!

Escutei novamente, e agora sim! Agora sim! Ouvi meu nome nitidamente ser pronunciado!

Era meu tio que falava! Ele se dirigia ao guia, e *forlorad* era uma palavra dinamarquesa!

Foi então que entendi tudo. Para que me ouvissem, eu precisava falar ao longo daquela parede, que conduziria minha voz como um fio conduz eletricidade.

Mas não tinha tempo a perder. Se meus companheiros se afastassem um pouco, o fenômeno acústico seria destruído. Então, me aproximei da parede e pronunciei essas palavras da forma mais clara que pude:

— Meu tio Lidenbrock!

Esperei na maior ansiedade. O som não é extremamente rápido. A densidade das camadas de ar nem sequer aumenta sua velocidade; apenas aumenta sua intensidade. Passaram-se alguns segundos, que pareceram séculos, e, por fim, estas palavras chegaram aos meus ouvidos:

— Axel, Axel! É você?

....

— Sim! Sim! — respondi.

....

— Meu filho, onde você está?

....

— Perdido, na mais profunda escuridão!

....

— Mas e sua lanterna?

....

— Apagou-se.

....

— E o riacho?

....

— Desapareceu.

....

— Axel, meu pobre Axel, crie coragem!

....

— Espere um minuto, estou exausto! Não tenho mais forças para responder. Apenas fale comigo!

....

— Coragem — repetiu meu tio. — Não fale, apenas escute. Procuramos por você subindo e descendo a galeria. Era impossível encontrá-lo. Oh, eu chorei por você, meu filho! Finalmente, supondo que ainda estivesse no curso do Hans-bach, voltamos para baixo disparando nossos rifles. Agora, se nossas vozes podem se unir, não passa de um efeito acústico! Nossas mãos não podem se tocar! Mas não se desespere, Axel! Já é muito podermos nos ouvir!

....

Nesse meio-tempo, fiquei pensando. Uma certa esperança, ainda remota, voltou ao meu coração. Antes de mais nada, havia uma coisa que eu precisava saber. Então, encostei os lábios na parede e chamei:

— Meu tio?

....

— Meu filho? — respondeu após alguns instantes.

....

— Primeiro, precisamos saber qual é a distância entre nós.

....

— Isso é fácil.

....

— Você tem o cronômetro?

....

— Sim.

....

— Bem, pegue-o. Diga meu nome e anote exatamente o segundo em que falar. Eu o repetirei assim que o ouvir, e você também registrará o momento exato em que minha resposta chegar.

....

— Pois bem. A metade do tempo entre minha pergunta e sua resposta indicará o tempo que minha voz leva para chegar até você.

....

— É isso, meu tio.

....

— Pronto?

....

— Sim.

....

— Bem, preste atenção, vou dizer seu nome.

....

Colei a orelha na parede e, assim que ouvi a palavra "Axel", respondi imediatamente "Axel". Depois esperei.

....

— Quarenta segundos, disse meu tio. Quarenta segundos se passaram entre as duas palavras, portanto o som leva 20 segundos para te alcançar. Agora, a 340 metros e 29 centímetros por segundo, isso dá 6.805,80 metros.

....

— Mais de seis quilômetros! — murmurei.

....

— Ei! Você vai superar isso, Axel!

....

— Mas devo subir ou descer?

....

— Descer, e veja por quê. Chegamos a um vasto espaço, no qual desemboca um grande número de galerias. Aquela que você seguiu não pode deixar de trazê-lo até aqui, pois parece que todas essas rachaduras, essas fraturas do globo, irradiam-se ao redor da imensa caverna que ocupamos. Por isso, levante-se e siga seu caminho. Caminhe, arraste-se se for preciso, deslize pelas encostas íngremes, e você encontrará nossos braços para recebê-lo no final do caminho. Vamos, meu filho, avante!

....

Essas palavras me reanimaram.

— Adeus, tio! — gritei. — Estou indo embora. Nossas vozes não poderão mais se comunicar entre si depois que eu deixar este lugar! Então, adeus!

....

— Até mais, Axel! Até mais!

....

Essas foram as últimas palavras que ouvi.

A surpreendente conversa através da massa da Terra, trocada a uma distância de mais de seis quilômetros, terminou com essas palavras de esperança. Fiz uma oração de gratidão a Deus, pois ele havia me conduzido por aquelas imensidões escuras até talvez o único ponto em que as vozes dos meus companheiros poderiam me alcançar.

Esse efeito acústico surpreendente é facilmente explicado por simples leis físicas: ele provinha do formato do corredor e da condutividade da rocha. Há muitos exemplos dessa propagação de sons que não são perceptíveis em espaços intermediários. Lembrei-me de que em muitos lugares esse fenômeno foi observado; entre outros, na galeria interna da cúpula da catedral Saint

Paul em Londres e, principalmente, no meio daquelas curiosas cavernas na Sicília, as pedreiras perto de Siracusa, a mais maravilhosa das quais é conhecida como a Orelha de Dionísio.

Rememorei essas lembranças e tive certeza de que, como a voz do meu tio estava chegando até mim, não havia obstáculos entre nós. Seguindo o caminho do som, eu deveria logicamente chegar como o som chegara. Isso se minhas forças não me abandonassem.

Então me levantei. Eu me arrastava em vez de andar. A ladeira era bastante íngreme. Eu me deixei deslizar.

Rapidamente, a velocidade da minha descida aumentou em proporções assustadoras e ameaçou se transformar em queda. Eu não tinha mais forças para parar.

De repente, o chão sob meus pés cedeu. Senti que rolava, saltava sobre as asperezas de uma galeria vertical, um verdadeiro poço. Minha cabeça bateu em uma pedra afiada e perdi a consciência.

XXIX

Quando acordei, estava numa semiescuridão, deitado sobre cobertores grossos. Meu tio montava guarda, observando meu rosto em busca de qualquer sinal de vida. Ao meu primeiro suspiro, ele pegou minha mão; quando abri os olhos, ele deu um grito de alegria.

— Ele está vivo! Está vivo! — gritou.

— Estou — respondi com uma voz fraca.

— Meu filho — disse meu tio, apertando-me contra o peito —, você está salvo!

Fiquei profundamente tocado pelo tom com que essas palavras foram pronunciadas e, mais ainda, pelo cuidado que as acompanhou. Mas foi preciso uma provação grande demais para provocar tal tipo manifestação do professor.

Naquele momento, Hans chegou. Ele viu minha mão na mão do meu tio; e ouso dizer que seus olhos expressavam um grande contentamento.

— *God dag* — disse.

— Bom dia, Hans, bom dia — murmurei. — E agora, tio, diga-me onde estamos neste exato momento.

— Amanhã, Axel, amanhã. Hoje você ainda está muito fraco. Enrolei sua cabeça em compressas que não devem ser movidas. Durma, meu rapaz, e amanhã você saberá tudo.

— Mas, pelo menos — eu disse —, que horas são e que dia é hoje?

— São onze horas da noite, domingo, 9 de agosto, e você não tem permissão para me interrogar novamente até o dia 10 deste mês.

Na verdade, eu estava fraco demais e meus olhos se fecharam involuntariamente. Eu precisava de uma noite de descanso, então me entreguei ao sono com a consciência de que meu isolamento havia durado quatro longos dias.

No dia seguinte, quando acordei, olhei ao meu redor. Meu catre, composto por todos os cobertores de viagem, ficava em uma caverna encantadora, enfeitada com estalagmites magníficas e um piso coberto de areia fina, onde reinava uma semiescuridão. Não havia tochas nem lanternas acesas, mas uma luz inexplicável vinha de fora por uma abertura estreita na caverna. Eu também ouvia um murmúrio vago e indefinido, semelhante ao gemido das ondas quebrando em uma praia e, às vezes, o assobio de uma brisa.

Eu me perguntava se estava realmente acordado, se ainda estava sonhando, se meu cérebro, machucado na queda, não percebia ruídos puramente imaginários. Entretanto, nem os olhos nem os ouvidos poderiam estar tão enganados.

"É um raio de luz solar", pensei, "passando por aquela fenda nas rochas! É o murmúrio das ondas! É o assobio da brisa! Estou enganado ou voltamos à superfície da Terra? Meu tio desistiu da expedição ou a encerrou com êxito?"

Eu me perguntava essas questões insolúveis quando o professor entrou.

— Bom dia, Axel! — disse ele alegremente. — Aposto que está se sentindo bem!

— Muito bem — respondi, sentando-me nas cobertas.

— Deve estar mesmo, porque você dormiu tranquilamente. Hans e eu nos revezamos para cuidar de você e vimos que sua recuperação estava progredindo bem.

— De fato, sinto-me revigorado, e a prova disso é que vou honrar o almoço que você vai me servir!

— Você vai comer, meu filho! A febre já passou. Hans esfregou suas feridas com não sei qual pomada islandesa secreta, e elas cicatrizaram maravilhosamente. Nosso caçador é um grande homem!

Enquanto falava, meu tio preparou um pouco de comida, que eu devorei depressa, apesar de suas recomendações. Nesse meio-tempo, fiz muitas perguntas, às quais ele respondeu rapidamente.

Soube então que minha queda providencial havia me levado ao final de uma galeria quase perpendicular. Como eu havia chegado no meio de uma torrente de pedras, a menor das quais poderia me esmagar, concluía-se que parte do maciço havia deslizado comigo. Esse veículo assustador me levara direto para os braços do meu tio, onde caí ensanguentado e inerte.

— Realmente — disse ele —, é de admirar que você não tenha morrido mil vezes. Mas, pelo amor de Deus, não vamos nos separar novamente, pois talvez nunca mais nos vejamos!

— Não nos separemos nunca mais!

Então a viagem ainda não havia terminado? Abri bem os olhos com surpresa, o que no mesmo instante provocou a seguinte pergunta:

— O que há de errado, Axel?

— Tenho um pedido para você. Você diz que estou são e salvo?

— Acho que sim.

— Todos os meus membros estão intactos?

— Com certeza.

— E minha cabeça?

— Sua cabeça, com exceção de alguns hematomas, está perfeitamente no lugar: sobre os ombros.

— Pois receio que meu cérebro tenha sido perturbado.

— Perturbado?

— Sim. Não voltamos à superfície do globo?

— Claro que não!

— Então devo estar louco, pois consigo ver a luz do dia, ouvir o som do vento soprando e as ondas do mar quebrando!

— Ah! Só isso?

— Você vai me explicar? ...?

— Não vou explicar nada, porque é inexplicável; mas você verá e entenderá que a ciência geológica ainda não disse sua última palavra.

— Vamos sair daqui! — exclamei, levantando-me bruscamente.

— Não, Axel, não! O ar fresco pode lhe fazer mal.

— Ar fresco?

— Sim, o vento está muito forte. Não quero que você se exponha assim.

— Mas garanto que estou perfeitamente bem.

— Um pouco de paciência, meu rapaz. Uma recaída nos deixaria em apuros, e não podemos perder tempo, pois a travessia pode ser longa.

— A travessia?

— Sim, descanse de novo hoje e zarparemos amanhã.

— Zarpar?

Essa última palavra me causou um sobressalto.

"O quê? Zarpar? Será que temos um rio, um lago, um mar à nossa disposição? Encontramos algum navio ancorado em algum porto interior?"

Minha curiosidade foi atiçada ao máximo. Meu tio tentou me conter, em vão. Quando viu que a impaciência me faria mais mal do que a satisfação de meus desejos, ele cedeu.

Eu me vesti rapidamente. Como precaução extra, enrolei-me em um dos cobertores antes de sair da caverna.

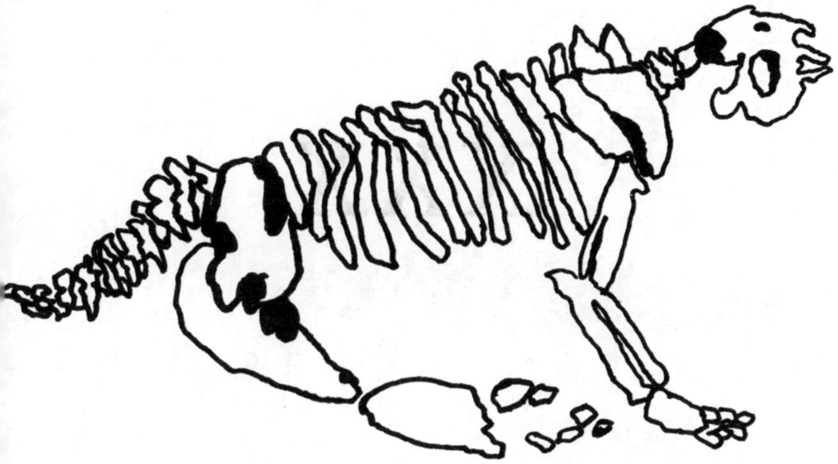

XXX

Num primeiro momento, não vi nada. Meus olhos, desacostumados à luz, fecharam-se de repente. Quando consegui abri-los de novo, me senti mais atônito do que maravilhado.

— O mar! — gritei.

— Sim! — respondeu meu tio. — O mar de Lidenbrock, e gosto de pensar que nenhum marinheiro jamais disputará comigo a honra de tê-lo descoberto e o direito de dar-lhe meu nome!

Um vasto lençol de água, o início de um lago ou de um oceano, se estendia além do horizonte. A linha costeira, amplamente recortada, oferecia às últimas tremulações das ondas uma areia fina e dourada, pontilhada com aquelas minúsculas conchas nas quais viviam os primeiros seres da criação. As ondas quebravam com um murmúrio de som que é peculiar aos ambientes fechados e imensos. Uma brisa suave soprou uma leve espuma, e um pouco de névoa úmida cobriu meu rosto. Nessa costa levemente inclinada, a cerca de duzentos metros da borda das ondas, vinham morrer os contrafortes de enormes rochas, que se erguiam e se abriam a uma altura incomensurável. Algumas delas rasgavam a linha da costa com suas bordas afiadas, formando cabos e promontórios roídos pelos dentes das ondas. Mais adiante, o olhar acompanhava sua massa, claramente desenhada, contra o horizonte enevoado.

Era um oceano de verdade, com os contornos extravagantes das costas terrestres, mas deserto e assustadoramente selvagem.

Se meus olhos podiam passear até longe por aquele mar, era porque uma luz "especial" iluminava cada detalhe. Não era a luz do sol com seus raios brilhantes e esplêndidos, nem o brilho pálido e vago do astro das noites, que não passa de um reflexo sem calor. Não. A intensidade daquela luz, sua difusão trêmula, sua brancura clara e seca, o leve aumento da temperatura e do brilho — realmente maior do que o da lua —, indicavam claramente uma origem elétrica: era como uma aurora boreal, um fenômeno cósmico contínuo, que preenchia aquela caverna capaz de conter um oceano.

A abóbada suspensa acima de minha cabeça, o céu, em outras palavras, parecia feito de grandes nuvens, vapores móveis e mutáveis que, por um efeito da condensação, se transformavam, por vezes, em chuvas torrenciais. Eu achava que, sob uma pressão atmosférica tão forte, a evaporação da água não poderia ocorrer e, no entanto, por alguma razão física que eu não entendia, havia grandes nuvens espalhadas pelo ar. Mas "o tempo estava bom". As folhas elétricas produziam jogos de luz surpreendentes nas nuvens mais altas. Sombras nítidas se projetavam em suas volutas inferiores e, muitas vezes, entre duas camadas desarticuladas, um raio se aproximava de nós com uma intensidade incrível. Mas, no fim das contas, não era o sol, porque a luz não produzia calor. O efeito era triste e melancólico. Em vez de um firmamento com estrelas brilhantes, senti, acima das nuvens, uma abóbada de granito me esmagando com todo o seu peso, e esse espaço, por mais imenso que fosse, não teria sido suficiente para a trajetória do mais ambicioso dos satélites.

Foi então que me lembrei da teoria de um capitão inglês que comparava a Terra a uma vasta esfera oca, dentro da qual o ar permanecia luminoso devido à pressão, enquanto dois astros, Plutão e Prosérpina[30], traçavam suas órbitas misteriosas. Seria verdade?

30 Na mitologia romana, trata-se do mito que explica a origem da oposição entre o inverno e o verão. Prosérpina, raptada por Plutão, vive metade do ano no mundo subterrâneo na companhia do marido (período que corresponde ao inverno) e a outra metade na superfície na companhia da mãe, Ceres (período que corresponde ao verão).

Estávamos realmente presos em uma enorme escavação. Era impossível avaliar sua largura — pois a margem se estendia até onde a vista alcançava — e seu comprimento — pois o olhar logo era bloqueado por uma linha de horizonte meio indefinida. Quanto à sua altura, ela deve ter superado vários quilômetros. O olhar não conseguia identificar o limite superior por causa dos contrafortes de granito, mas havia uma espécie de nuvem suspensa na atmosfera, cuja altura parecia ter uns três mil e seiscentos metros, uma altitude superior à dos vapores terrestres, sem dúvida devido à considerável densidade do ar.

A palavra "caverna", obviamente, não faz jus à minha ideia desse imenso ambiente. Mas as palavras da linguagem humana não são suficientes para aqueles que se aventuram nos abismos do globo.

Além disso, eu não sabia qual era a explicação geológica para a existência de tal escavação. Será que teria sido produzida pelo resfriamento do globo terrestre? Eu conhecia algumas cavernas famosas pelos relatos de viajantes, mas nenhuma delas tinha aquelas dimensões.

Se a caverna de Guacharo, na Colômbia, visitada pelo sr. Humboldt, não revelou o segredo de sua profundidade ao cientista que a reconheceu em um espaço de 7,6 mil metros, ela provavelmente não se estendia muito além. A imensa Mammoth Cave, no Kentucky, tinha, de fato, proporções gigantescas, já que sua abóbada chega a 150 metros de altura acima de um lago insondável, e os viajantes a percorrem por mais de 40 quilômetros sem chegar ao fim. Mas o que eram essas cavidades se comparadas à que eu estava admirando naquele momento, com seu céu de vapores, sua radiação elétrica e um vasto mar encerrado em suas laterais? Minha imaginação se sentia impotente diante de tamanha imensidão.

Contemplei todas aquelas maravilhas em silêncio. Não tinha palavras para expressar minhas sensações. Achei que estava testemunhando, em algum planeta distante, Urano ou Netuno, fenômenos que minha natureza "terrestre" desconhecia. Novas sensações exigiam novas palavras, e minha imaginação não conseguia criá-las. Eu olhava, pensava, admirava com espanto misturado a certa dose de medo.

Esse espetáculo inesperado trouxe de volta ao meu rosto as cores da saúde. Meu "tratamento" era à base de espanto, nova terapia que parecia me curar. Além disso, a vivacidade do ar muito denso me reanimou, fornecendo mais oxigênio aos meus pulmões.

É fácil imaginar que, após quarenta e sete dias de prisão em uma galeria estreita, eu sentia um prazer infinito por respirar aquela brisa carregada de vapores salinos úmidos.

Portanto, não me arrependi de ter deixado minha caverna escura. Meu tio, já acostumado com tais maravilhas, não se surpreendia mais.

— Você está com vontade de dar uma volta? — perguntou.

— Sim, é claro — respondi. — E nada me daria mais prazer.

— Pois bem, segure meu braço, Axel, e vamos seguir os meandros da costa.

Aceitei com entusiasmo e começamos a caminhar ao longo desse novo oceano. À esquerda, rochas íngremes subiam umas sobre as outras, formando um monte titânico de efeito fantástico. Inúmeras cachoeiras desciam por suas laterais em lençóis claros e retumbantes. Alguns vapores leves, saltando de uma rocha para outra, marcavam o local das fontes termais, e os riachos corriam suaves em direção à bacia comum, buscando nas encostas a oportunidade de murmurar mais agradavelmente.

Entre esses córregos, reconheci nosso fiel companheiro de viagem, o Hans-bach, que vinha tranquilamente morrer no mar, como se nunca tivesse feito outra coisa desde o início do mundo.

— Sentiremos sua falta de agora em diante — falei num suspiro.

— Que nada! — respondeu o professor. — Ele ou qualquer outro, pouco importa.

Achei a resposta um pouco ingrata.

Mas, naquele momento, minha atenção foi atraída por uma visão inesperada. A quinhentos passos de distância, na curva de um promontório elevado, uma floresta alta, densa e espessa apareceu diante de nossos olhos. Era composta por árvores de tamanho médio, podadas em guarda-chuvas regulares com contornos claros e geométricos. As correntes da atmosfera não pareciam ter nenhum efeito sobre sua folhagem e, em meio aos ventos, elas permaneciam imóveis como uma massa de cedros petrificados.

Apertei o passo. Não conseguia nomear aquelas espécies incomuns. Não estavam entre as duzentas mil espécies de plantas conhecidas até então. Será que tinham um lugar especial na flora da vegetação lacustre? Não. Quando chegamos à sombra delas, minha surpresa se transformou em admiração.

Eu estava de fato na presença de produtos da terra, mas de proporções gigantescas. Meu tio imediatamente os designou pelo nome.

— É apenas uma floresta de cogumelos — disse.

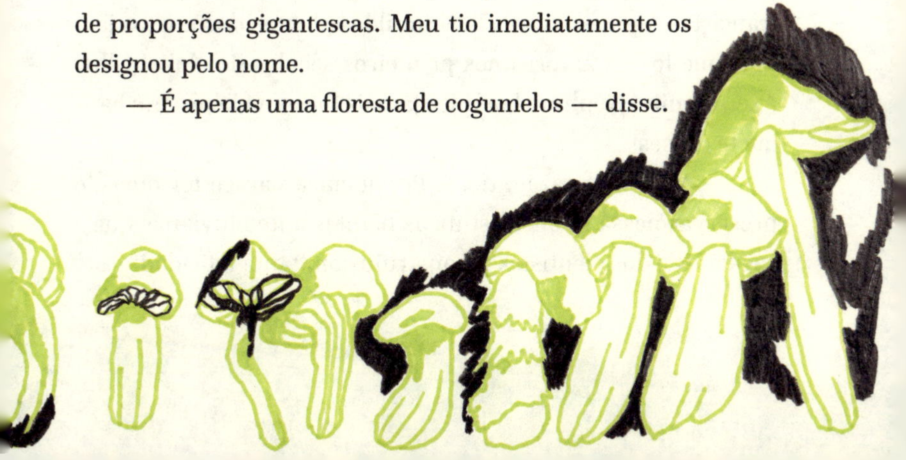

E não se enganara. Basta observar o desenvolvimento das plantas típicas dos ambientes quentes e úmidos. Eu sabia que, de acordo com Bulliard, o *Lycoperdon giganteum* atinge uma circunferência de 2,5 a 3 metros; mas eu estava diante de cogumelos brancos, de aproximadamente 10 metros de altura, com um chapéu do mesmo diâmetro. Havia milhares deles. A luz não conseguia penetrar sua sombra espessa, e a escuridão total reinava sob as cúpulas, justapostas como os telhados redondos de uma cidade africana.

No entanto, eu quis ir além. Um frio mortal descia daquelas abóbadas carnudas. Durante meia hora, vagamos por essa escuridão úmida, e foi com uma verdadeira sensação de bem-estar que regressei às margens do mar.

Mas a vegetação daquela região subterrânea não se limitava aos cogumelos. Mais adiante, um grande número de outras árvores com folhagem descolorida crescia em grupos. Era fácil reconhecê-las; eram os humildes arbustos da terra, com dimensões fenomenais: licopódios de trinta metros de altura, sigilariáceas gigantes, samambaias tão altas quanto os abetos das altas latitudes, lepidodendros com caules cilíndricos bifurcados, terminando em folhas longas e com pelos ásperos como plantas suculentas monstruosas.

— Incrível, magnífico, esplêndido! — exclamou meu tio. — Essa é toda a flora da segunda época do mundo, a época da transição. Aqui estão aquelas humildes plantas dos nossos jardins que foram árvores nos primeiros séculos do globo! Olhe, Axel, admire! Nenhum botânico jamais foi convidado a um banquete desses!

— Você tem razão, tio. A Providência parece ter querido preservar nessa imensa estufa as plantas antediluvianas que a sagacidade dos cientistas reconstruiu com tanta felicidade.

— Você acertou, meu rapaz, ao dizer que é uma estufa, mas diria ainda melhor acrescentando que talvez seja um zoológico.

— Um zoológico?!

— Talvez, sim. Veja a poeira em nossos pés, os ossos espalhados pelo chão.

— Ossos! — exclamei. — Sim, os ossos de animais antediluvianos!

Debrucei-me sobre detritos milenares feitos de uma substância mineral indestrutível[31]. Não hesitei em dar um nome àqueles ossos gigantescos que pareciam troncos de árvores secos.

— Aqui está a mandíbula inferior do mastodonte — eu disse. — Aqui estão os molares do dinotério; ali está um fêmur que só pode ter pertencido ao maior desses animais, o megatério. Sim, isso é de fato um zoológico, porque esses ossos certamente não foram transportados para cá por um cataclismo. Os animais aos quais eles pertencem viviam nas margens desse mar subterrâneo, à sombra dessas plantas arborescentes. Aqui, por exemplo, posso ver esqueletos inteiros. No entanto...

— No entanto? — perguntou meu tio.

— Não entendo a presença de tais quadrúpedes nesta caverna de granito.

— Por quê?

— Porque a vida animal só existiu na Terra em períodos secundários, quando o terreno sedimentar foi formado por depósitos aluviais e substituiu as rochas incandescentes dos tempos primitivos.

— Pois bem! Axel, há uma resposta muito simples para a sua objeção: este terreno é sedimentar.

— Como assim?! A uma profundidade tão grande abaixo da superfície da Terra!?

31 Fosfato de cal. [N. do A.]

— Sem dúvida, e esse fato pode ser explicado geologicamente. Em um determinado momento, a Terra não era nada mais do que uma crosta elástica, sujeita a movimentos alternados para cima e para baixo em virtude das leis da atração. É provável que o solo tenha cedido e que parte do terreno sedimentar tenha sido arrastado para o fundo dos abismos que acabavam de se abrir.

— Deve ser isso. Mas se os animais antediluvianos viviam nessas regiões subterrâneas, quem pode dizer que um desses monstros não continua vagando no meio dessas florestas escuras, ou atrás dessas rochas escarpadas?

Diante dessa ideia, olhei em volta, não sem medo, para os vários pontos no horizonte, mas nenhum ser vivo apareceu nas margens desertas.

Eu estava um pouco cansado. Então, fui me sentar na ponta de um promontório, ao pé do qual as ondas quebravam com força. De lá, pude ver toda a baía formada por uma reentrância na costa. Ao fundo, um pequeno porto estava escondido entre as rochas piramidais. Suas águas calmas dormiam, protegidas pelo vento. Um brigue e duas ou três escunas poderiam ter ancorado ali sem problemas. Eu quase esperava ver algum navio içando as velas e partindo para o mar aberto com a brisa do Sul.

Mas essa ilusão se dissipou rapidamente. Éramos de fato as únicas criaturas vivas naquele mundo subterrâneo. Durante certas calmarias do vento, um silêncio mais profundo do que os silêncios do deserto, descia sobre as rochas áridas e pesava sobre a superfície do oceano. Eu tentava perfurar as névoas distantes, rasgar a cortina lançada sobre o horizonte misterioso. Quantas perguntas pressionavam meus lábios! Onde aquele mar terminava? Aonde levava? Será que algum dia poderíamos fazer o reconhecimento das margens opostas?

No que lhe dizia respeito, meu tio não tinha a menor dúvida. Quanto a mim, eu ansiava e temia ao mesmo tempo.

Depois de uma hora contemplando essa visão maravilhosa, voltamos para a caverna ao longo da costa, e foi sob a influência dos pensamentos mais estranhos que caí em um sono profundo.

XXXI

No dia seguinte, acordei completamente curado. Achei que um banho me faria muito bem, então mergulhei por alguns minutos nas águas daquele Mediterrâneo — pois estava claro que ele merecia esse nome.

Voltei para o almoço com muito apetite. Hans preparara nossa singela refeição. Como dispunha de água e fogo, conseguiu variar um pouco nosso cardápio. Para a sobremesa, ele nos serviu algumas xícaras de café, e nunca essa deliciosa bebida me pareceu tão agradável.

— Agora — disse meu tio —, é hora da maré. Não podemos perder a oportunidade de estudar esse fenômeno.

— Como assim, a maré?! — exclamei.

— É o que parece.

— A influência da Lua e do Sol é sentida aqui?

— Por que não seria? Todos os corpos não estão sujeitos à atração universal? Essa massa de água não pode escapar à lei geral. Portanto, e apesar da pressão atmosférica na superfície, você a verá subir como se fosse o Atlântico.

Nesse momento, estávamos pisando na areia da praia, e as ondas chegavam gradualmente à costa.

— Esse é o início da cheia! — exclamei.

— Sim, Axel, e você pode ver pelas marcas de espuma que o mar está subindo cerca de três metros.

— Isso é maravilhoso!

— Não; é natural.

— Não importa o que você diga, tio, tudo parece extraordinário para mim, e mal posso acreditar no que vejo. Quem poderia imaginar um oceano de verdade na crosta terrestre, com fluxo e refluxo, brisas e tempestades?

— Mas por que não? Há alguma razão física que se oponha a isso?

— Acho que não, com a condição de que abandonemos a teoria do sistema de aquecimento central.

— Então, até agora a teoria de Davy procede?

— Obviamente, e a partir daí nada contradiz a existência de mares ou outras regiões dentro do globo.

— Sem dúvida, mas desabitadas.

— Então, por que essas águas não dariam abrigo a alguns peixes de uma espécie desconhecida?

— De qualquer forma, não vimos nenhum até agora.

— Bem, podemos fabricar algumas linhas e ver se o anzol será tão bem-sucedido aqui quanto nos oceanos sublunares.

— Vamos tentar, Axel, porque precisamos desvendar todos os segredos destas novas regiões.

— Mas onde estamos, tio? Porque ainda não lhe fiz essa pergunta, à qual seus instrumentos devem ter encontrado resposta.

— Horizontalmente, a mil e quatrocentos quilômetros da Islândia.

— Tudo isso?

— Tenho certeza de que minha margem de erro é inferior a um quilômetro.

— E a bússola ainda aponta para o sudeste?

— Sim, com declive ocidental de dezenove graus e quarenta e dois minutos, exatamente como na superfície, com certeza. Quanto à sua inclinação, há um fato curioso que observei com o maior cuidado.

— E qual seria?

— É que a agulha, em vez de apontar em direção ao polo, como acontece no hemisfério boreal, faz o contrário.

— Isso significa que o ponto de atração magnética está entre a superfície do globo e onde estamos agora?

— Exatamente, e é provável que, se chegássemos às regiões polares, em direção ao septuagésimo grau onde James Ross descobriu o polo magnético,[32] veríamos a agulha subir verticalmente. Portanto, esse misterioso centro de atração não está localizado em grande profundidade.

— Com certeza! E esse é um fato do qual a ciência não suspeitava.

— A ciência, meu rapaz, é feita de erros, mas erros que são bons de se cometer, porque eles gradualmente levam à verdade.

— E a que profundidade estamos?

— A cento e quarenta quilômetros.

— Então — eu disse, olhando para o mapa —, a parte montanhosa da Escócia está acima de nós, e lá os Grampians[33] elevam seus picos cobertos de neve a uma altura extraordinária.

— Sim — riu o professor. — Mesmo que seja um pouco pesada de carregar, a abóbada é sólida; o grande arquiteto do universo a construiu com bons materiais, e nenhum homem poderia ter dado a ela uma extensão tão grande! O que são os arcos das pontes e das catedrais comparados a esta nave com um raio de doze quilômetros, sob a qual um oceano e suas tempestades podem se desenvolver à vontade?

— Ah, eu não tenho medo de que o céu caia! Mas agora, tio, quais são seus planos? Não pretende voltar à superfície do globo?

— Voltar? Era só o que faltava! Pelo contrário! Vou continuar viagem, já que tudo correu tão bem até agora.

— No entanto, não vejo como podemos penetrar nessa planície líquida.

32 O oficial da Marinha inglesa James Clark Ross (1800–1862) descobriu, em 1831, o polo Norte magnético, a 70° 51' N, 96° 46' O.
33 Cadeia montanhosa da região chamada Highlands.

— Ah, não pretendo mergulhar de cabeça! Mas se os oceanos são, a rigor, apenas lagos, já que estão cercados por terra, mais uma razão para que este mar interior esteja delimitado pelo maciço de granito.

— Não há dúvida quanto a isso.

— Pois bem! Tenho certeza de que encontrarei novas saídas nas margens opostas.

— Na sua opinião, qual é o comprimento deste oceano?

— Entre 120 e 160 quilômetros.

— Ah! — falei, imaginando que essa estimativa poderia muito bem ser imprecisa.

— Portanto, não temos tempo a perder, e amanhã zarpamos.

Involuntariamente, procurei o navio que nos levaria.

— Ah! — disse eu. — Vamos embarcar. Muito bem! E em que navio vamos embarcar?

— Não será em um navio, meu rapaz, mas em uma boa e sólida jangada.

— Uma jangada! — gritei. — Uma jangada é tão impossível de construir quanto um navio, e não estou vendo...

— Você não está vendo, Axel, mas se prestasse atenção, poderia ouvir!

— Ouvir?

— Sim, algumas marteladas que lhe diriam que Hans já está trabalhando.

— Ele está construindo uma jangada?

— Sim.

— Como assim? Ele derrubou árvores com seu machado?

— Ah, as árvores foram todas derrubadas. Venha vê-lo trabalhar.

Depois de quinze minutos de caminhada, do outro lado do promontório que formava o pequeno porto natural, vi Hans trabalhando. Mais alguns passos e eu estava ao seu lado. Para a minha surpresa, uma jangada quase pronta jazia na areia: estava feita de vigas de uma madeira singular, e um grande número de tábuas, curvas e pares de todo tipo, literalmente se amontoava no chão. Era o suficiente para construir uma marina inteira.

— Tio — indaguei —, que tipo de madeira é esse?

— É pinho, abeto, bétula, todas as espécies de coníferas do Norte, mineralizadas pelas águas do mar.

— Como é possível?

— Trata-se de "linhite" ou madeira fossilizada.

— Mas então, como qualquer linhite, deve ser dura como pedra e não poderá flutuar.

— Às vezes isso acontece. Algumas dessas madeiras se tornaram antracitos[34] de verdade; mas outras, como estas, passaram apenas pelo início da transformação em fósseis. Dê uma olhada — acrescentou meu tio, jogando no mar uma dessas preciosas peças de destroços.

O pedaço de madeira, depois de desaparecer, voltou à superfície das ondas e balançou com suas ondulações.

— Consegui convencê-lo? — perguntou meu tio.

— Estou especialmente convencido de que é inacreditável!

Na noite seguinte, graças à habilidade do guia, a jangada estava terminada: tinha três metros de comprimento por um metro e meio de largura; as vigas de linhite, unidas por cordas fortes, proporcionavam uma superfície sólida e, depois de lançada, essa embarcação improvisada flutuou calmamente nas águas do mar de Lidenbrock.

34 Variedade de carvão mineral fóssil, muito preto e compacto, rico em carbono.

XXXII

No dia 13 de agosto, acordamos bem cedo para inaugurar um novo modo de locomoção que era rápido e não muito cansativo.

A jangada foi montada com um mastro feito de duas varas, uma verga feita de uma terceira vara e uma vela improvisada com nossos cobertores. Não faltavam cordas. O todo era sólido.

Às seis horas, o professor deu o sinal para o embarque. A comida, a bagagem, os instrumentos, as armas e uma quantidade considerável de água fresca coletada das rochas estavam no lugar.

Hans havia instalado um leme para dirigir sua embarcação flutuante. Ele assumiu o comando. Desamarrei a corda que nos prendia à costa. A vela foi içada e rapidamente fomos para o mar.

Quando deixamos o pequeno porto, meu tio, que era afeiçoado a uma boa nomenclatura geográfica, quis lhe dar um nome, e sugeriu o meu.

— Nossa! — eu disse. — Tenho outra proposta.

— E qual seria?

— O nome de Graüben. Porto-Graüben ficará ótimo no mapa.

— Que seja Porto-Graüben.

E foi assim que a memória da minha querida virlandesa ficou ligada à nossa expedição de aventura.

Soprava uma brisa de nordeste. Avançamos extremamente rápido graças a um vento favorável que nos empurrava. As camadas muito densas da atmosfera tinham um impulso considerável e agiam sobre a vela como um poderoso ventilador.

Uma hora depois, meu tio conseguiu estimar nossa velocidade com bastante precisão.

— Se continuarmos assim — ele disse —, faremos pelo menos cento e vinte quilômetros em vinte e quatro horas, e em pouco tempo avistaremos a margem oposta.

Não respondi e fui para o meu lugar na frente da jangada. A costa norte já se afastava no horizonte. Os dois braços da costa se abriram, como que para facilitar nossa partida. Um mar imenso se estendia diante dos meus olhos. Grandes nuvens projetavam rapidamente suas sombras acinzentadas sobre a superfície e pareciam pesar sobre a água morna. Os raios prateados da luz elétrica, refletidos aqui e ali por alguma gota, produziam pontos luminosos nos redemoinhos formados pela embarcação. Logo perdemos toda a visão da terra, todos os pontos de referência desapareceram e, se não fosse pelo rastro espumoso da jangada, eu acharia que ela permanecia perfeitamente imóvel.

Por volta do meio-dia, imensas algas marinhas começaram a boiar na superfície das ondas. Eu conhecia o poder vegetativo dessas plantas, que se arrastam a uma profundidade de mais de três mil e quinhentos metros no fundo dos mares, reproduzem-se sob pressões de quatrocentas atmosferas e com frequência formam bancos grandes o suficiente para impedir a passagem de navios. Porém, acredito que nunca houve algas tão gigantescas quanto as do mar de Lidenbrock.

Nossa jangada contornava algas de aproximadamente mil metros de comprimento, cobras imensas que cresciam a perder de vista. Eu me divertia seguindo suas ilimitadas fitas com o olhar, sempre acreditando identificar suas extremidades, e por horas inteiras minha paciência foi testada, assim como meu espanto.

Que força natural poderia produzir tais plantas, e qual deve ter sido o aspecto da Terra nos primeiros séculos de sua formação, quando, sob a ação do calor e da umidade, o reino vegetal se desenvolveu sozinho em sua superfície!

A noite chegou e, como eu havia notado no dia anterior, não houve diminuição do estado luminoso do ar. Era um fenômeno constante, com o qual se podia contar.

Depois do jantar, estendi-me ao pé do mastro e logo adormeci em um devaneio indolente.

Hans, imóvel no leme, deixou correr a jangada, que, além disso, empurrada pelo vento, nem precisava ser dirigida.

Desde nossa partida de Porto-Graüben, o prof. Lidenbrock me pediu para manter um "diário de bordo", anotando as menores observações, registrando fenômenos interessantes, a direção do vento, a velocidade alcançada, a distância percorrida, em suma, todos os incidentes daquela estranha navegação.

Portanto, limito-me aqui a reproduzir essas anotações diárias, escritas como se tivessem sido ditadas pelos acontecimentos, a fim de fazer um relato mais preciso de nossa travessia.

Sexta-feira, 14 de agosto — Brisa irregular de noroeste. A jangada desliza rapidamente e em linha reta. A costa fica a cento e vinte quilômetros a sota-vento. Nada no horizonte. A intensidade da luz não varia. O tempo está bom, o que significa que as nuvens estão muito altas, não muito espessas e banhadas por uma atmosfera branca, feito prata derretida.

Termômetro: + 32 °C.

Ao meio-dia, Hans prepara um anzol na ponta de uma corda. Ele o isca com um pequeno pedaço de carne e o joga no mar. Durante duas horas, não pesca nada. Então essas águas são desabitadas? Não. Sentimos um tremor. Hans puxa sua linha e traz um peixe que se debate vigorosamente.

— Um peixe! — exclama meu tio.

— É um esturjão! — exclamo. — Um pequeno esturjão!

O professor dá uma boa olhada no animal e discorda de mim. Esse peixe tem uma cabeça achatada e arredondada, e a parte anterior do corpo é coberta por placas ósseas; sua boca não tem dentes; nadadeiras peitorais bastante desenvolvidas estão presas ao corpo sem cauda. Esse animal pertence, de fato, a uma ordem na qual os naturalistas classificaram o esturjão, mas difere em alguns aspectos essenciais.

Meu tio não estava enganado, porque depois de um breve exame diz:

— Esse peixe pertence a uma família que foi extinta há séculos e da qual só se encontram vestígios fósseis no terreno devoniano.

— Nossa! — exclamo. — Poderíamos ter pegado vivo um desses habitantes dos mares primitivos?

— Isso mesmo — responde o professor, continuando suas observações. — E você pode ver que esses peixes fósseis não têm nenhuma semelhança com as espécies atuais. Agora, segurar uma dessas criaturas com vida é um verdadeiro prazer para o naturalista.

— Mas a que família pertence?

— À ordem dos Ganoides, família Cephalaspidea, gênero...

— E então?

— Gênero Pterichthys, poderia até jurar! Mas este tem uma peculiaridade que, dizem, é comum em peixes subterrâneos.

— Qual?

— É cego.

— Cego!

— Ele não só é cego, como também não tem o órgão da visão.

Dou uma olhada. Nada poderia ser mais verdadeiro. Mas poderia ser um caso especial. Então, a linha recebe nova isca e é lançada de volta ao mar. Esse oceano está, sem dúvida, cheio de peixes, pois em duas horas pegamos grande quantidade de Pterichthys, bem como peixes pertencentes a outra uma família que também está extinta, a Dipteridus, mas cujo gênero meu tio não consegue reconhecer. Nenhum deles tem órgão da visão. Essa pesca inesperada é uma adição bem-vinda às nossas provisões.

Portanto, parece constante que esse mar contém apenas espécies fósseis, com peixes e répteis mais perfeitos quanto mais antiga é sua criação.

Quem sabe encontraremos alguns desses sáurios[35] que a ciência conseguiu refazer a partir de um pedaço de osso ou cartilagem?

Pego a luneta e examino o mar. Está deserto. Talvez ainda estejamos muito perto da costa.

Olho para cima. Por que alguns desses pássaros reconstruídos pelo imortal Cuvier não batem asas nessas pesadas camadas atmosféricas? Os peixes seriam alimento suficiente. Observo o espaço, mas o ar é tão desabitado quanto as praias.

No entanto, minha imaginação me leva para as maravilhosas hipóteses da paleontologia. Sonho acordado. Parece que estou vendo na superfície da água aqueles enormes Paleochersis, aquelas tartarugas antediluvianas que parecem ilhas flutuantes. Nas margens escuras passam os grandes mamíferos dos primeiros tempos, o Leptotherium encontrado nas cavernas do Brasil, o Mericotherium das regiões geladas da Sibéria. Mais adiante, o paquiderme Lophiodon, essa anta gigantesca, esconde-se atrás das rochas, pronto para lutar por sua presa com o Anoplotherium, um estranho animal que é um pouco rinoceronte, um

35 Classificação tradicional que reunia répteis e aves.

pouco cavalo, um pouco hipopótamo e um pouco camelo, como se o Criador, com muita pressa nos primórdios do mundo, tivesse combinado vários animais em um só. O mastodonte gigante gira sua tromba e esmaga as rochas da costa sob suas presas, enquanto o megatério, encurvado sobre suas enormes patas, cava a terra fazendo ecoar o som do granito com seus rugidos. Mais acima, o Protopithecus, o primeiro macaco a viver na superfície do globo, escala os árduos picos. Ainda mais alto, o pterodáctilo alado desliza como um grande morcego no ar comprimido. Por fim, nas camadas finais, imensos pássaros, mais poderosos do que o casuar e maiores do que o avestruz, abrem suas vastas asas e tocam a cabeça contra a parede da abóbada de granito.

Todo esse mundo fossilizado renasce na minha imaginação. Volto às épocas bíblicas da criação, muito antes do nascimento do homem, quando a Terra incompleta ainda não era suficiente para ele. Meu sonho então antecipa o surgimento de seres animados. Os mamíferos desaparecem, depois os pássaros, os répteis da era secundária e, por fim, os peixes, crustáceos, moluscos e articulados.

Os zoófitos do período de transição, por sua vez, regressam ao nada. Toda a vida na Terra está resumida em mim, e meu coração bate sozinho neste mundo despovoado. Não há mais estações; não há mais climas; o próprio calor do globo está constantemente aumentando e neutralizando o da estrela radiante. A vegetação é exagerada. Passo como uma sombra por entre as samambaias, pisando com meu passo incerto na marga iridescente e no arenito matizado do solo; encosto nos troncos das imensas coníferas; deito-me à sombra dos esfenófilos, das asterofilitas, dos licopódios de trinta metros de altura.

Os séculos passam como dias! Refaço a série de transformações terrestres. As plantas desaparecem; as rochas graníticas perdem sua dureza; o estado líquido substitui o estado sólido sob a ação de um calor mais intenso; as águas correm sobre a superfície do globo; elas borbulham, se volatilizam; os vapores envolvem a Terra, que pouco a pouco não forma mais do que uma massa gasosa, tornada branco-avermelhada, tão grande e tão brilhante quanto o sol!

No centro dessa nebulosa, um milhão quatrocentas mil vezes maior do que o globo que um dia ela formará, sou atraído para os espaços planetários! Meu corpo se torna mais sutil, sublimado e misturado como um átomo imponderável a esses imensos vapores que traçam suas órbitas ardentes no infinito!

Que sonho! Para onde ele está me levando? Minha mão febril joga os estranhos detalhes no papel! Esqueci tudo, o professor, o guia, a jangada! Uma alucinação toma conta da minha mente...

— Qual é o problema? — diz meu tio.

Meus olhos estão bem abertos e fixos nele, mas não consigo vê-lo.

— Cuidado, Axel, você vai cair no mar!

Ao mesmo tempo, sinto a mão de Hans me segurar com força. Sem ele, sob a influência do meu devaneio, eu teria me precipitado nas ondas.

— Ele está ficando louco? — indaga o professor.

— Qual é o problema? — digo, finalmente voltando a mim.

— Está se sentindo mal?

— Não. Tive um momento de alucinação, mas já passou. Está tudo bem?

— Sim! Boa brisa, lindo mar! Estamos ganhando velocidade e, se não me engano, poderemos desembarcar em breve.

Com essas palavras, eu me levanto e consulto o horizonte, mas a linha da água ainda se confunde com a linha das nuvens.

XXXIII

Sábado, 15 de agosto — O mar mantém sua uniformidade monótona. Não há terra à vista. O horizonte parece excessivamente distante.

Minha cabeça ainda está pesada pela violência do meu sonho.

Meu tio não sonhou, mas está de mau humor. Ele examina todos os pontos do espaço com sua luneta e cruza os braços com uma expressão de desânimo no rosto.

Percebo que o prof. Lidenbrock tende a voltar a ser o homem impaciente do passado e registro o fato no meu diário. Foram necessários meus perigos e sofrimentos para extrair dele alguma centelha de humanidade. Mas, desde minha recuperação, a natureza voltou a dominar. E, no entanto, por que ficar nervoso? Por acaso a viagem não está sendo feita sob as circunstâncias mais favoráveis? A jangada não está navegando com uma velocidade maravilhosa?

— Você parece preocupado, tio — digo, pois sempre o vejo levar a luneta aos olhos.

— Preocupado? Não.

— Impaciente, então?

— Não seria para menos!

— Mas estamos nos movendo em um ritmo muito rápido...

— E por acaso isso me importa? Não é a velocidade que é muito lenta, é o mar que é muito grande!

Lembro-me de que o professor, antes de partirmos, estimou o comprimento desse oceano subterrâneo em cerca de cento e vinte quilômetros. Mas já percorremos três vezes essa distância, e as margens do Sul ainda não estão visíveis.

— Não vamos descer até lá! — retoma o professor. — É tudo uma perda de tempo e, afinal, não vim até aqui para fazer um passeio de barco em uma lagoa!

Ele chama essa travessia de passeio de barco, e o mar de lagoa!

— Mas — eu disse —, já que seguimos a rota indicada por Saknussemm...

— Essa é a questão. Será que seguimos essa rota? Saknussemm encontrou esse corpo de água? Ele o atravessou? Será que o riacho que nos serve de guia não nos desviou completamente do caminho?

— De qualquer forma, não podemos nos arrepender de termos chegado até aqui. É uma visão magnífica e...

— Não vim aqui para ver a paisagem. Eu estabeleci uma meta para mim mesmo e quero alcançá-la! Portanto, não me venha falar de admiração!

Eu considero o assunto encerrado e deixo o professor roendo os lábios de impaciência. Às seis da tarde, Hans pede seu pagamento, e seus três risdales são contados.

Domingo, 16 de agosto — Nada de novo. Mesmo tempo. O vento apresenta uma leve tendência a refrescar. Quando acordo, minha primeira preocupação é verificar a intensidade da luz. Sempre tenho medo de que o fenômeno elétrico fique mais escuro e depois se apague. Nada disso aconteceu. A sombra da jangada é claramente visível na superfície das ondas.

Este mar é realmente infinito! Deve ser tão largo quanto o Mediterrâneo, ou até mesmo o Atlântico. Por que não seria?

Meu tio sonda várias vezes. Ele amarra uma das picaretas mais pesadas na ponta de uma corda e a deixa afundar por duzentas braças. Não chega ao fundo. Temos muita dificuldade para trazer nossa sonda de volta.

Quando a picareta é trazida de volta a bordo, Hans aponta para mim algumas marcas muito pronunciadas em sua superfície. Parece que esse pedaço de ferro foi vigorosamente espremido entre dois corpos duros.

Olho para o caçador.

— *Tänder!* — ele diz.

Não entendo. Viro-me para meu tio, que está perdido em seus pensamentos. Não me dou ao trabalho de incomodá-lo. Volto para o islandês. Ele abre e fecha a boca várias vezes para que eu saiba o que ele está pensando.

— Dentes! — digo com espanto, e olho mais de perto para a barra de ferro.

Sim, são marcas de dentes incrustadas no metal! As mandíbulas que eles preenchem devem ter uma força prodigiosa! Será que é um monstro da espécie perdida que se agita sob as águas profundas, mais voraz do que o tubarão, mais temível do que a baleia? Não consigo tirar os olhos dessa barra meio roída! Será que meu sonho de ontem à noite se tornará realidade?

Esses pensamentos me agitam durante todo o dia, e minha imaginação mal se acalma quando durmo por algumas horas.

Segunda-feira, 17 de agosto — Estou tentando me lembrar dos instintos peculiares a esses animais antediluvianos da era secundária, que, depois dos moluscos, crustáceos e peixes, precederam o aparecimento dos mamíferos no globo. O mundo então pertencia aos répteis. Esses monstros reinavam supremos nos mares jurássicos. A natureza havia lhes concedido a mais completa organização. Que estrutura gigantesca, que força prodigiosa! Os sáurios, jacarés e crocodilos de hoje, os maiores e mais temíveis de todos, são meras miniaturas de seus pais das primeiras eras!

Estremeço só de pensar nesses monstros. Nenhum olho humano jamais os viu vivos. Eles apareceram na terra mil séculos antes do homem, mas seus ossos fósseis, encontrados no calcário argiloso que os ingleses chamam de *lias*, tornaram possível uma reconstrução anatômica e a compreensão dessa conformação colossal.

No Museu de Hamburgo, vi o esqueleto de um desses sáurios, que media dez metros de comprimento. Será que eu, um habitante da Terra, estou destinado a ficar cara a cara com esses representantes de uma família antediluviana? Não! É impossível. No entanto, a marca dos poderosos dentes está gravada na barra de ferro e, por sua impressão, reconheço que são cônicos como os do crocodilo.

Meus olhos se fixam no mar com pavor. Tenho medo de ver um desses habitantes das cavernas submarinas.

Suponho que o prof. Lidenbrock compartilhe minhas ideias, se não meus medos, porque, depois de examinar a picareta, ele examina o oceano.

"Que se dane", digo a mim mesmo, "essa ideia que ele teve de usar uma sonda! Ele perturbou algum animal que descansava, e agora torço para que não sejamos atacados no meio do caminho!"

Dou uma olhada nas armas e verifico se estão em boas condições. Meu tio vê o que estou fazendo e acena com a cabeça em sinal de aprovação.

Há um grande movimento na superfície das ondas, indicando a agitação nas camadas mais profundas. O perigo está próximo. Precisamos ficar atentos.

Terça-feira, 18 de agosto — Chega a noite, ou melhor, o momento em que o sono pesa sobre nossas pálpebras, porque neste oceano não há noite, e a luz implacável teima em cansar nossos olhos, como se estivéssemos navegando sob o sol dos mares árticos. Hans está no leme. Eu adormeço durante sua vigília.

Duas horas depois, uma terrível sacudida me acorda. A jangada foi levantada da água com uma força indescritível e lançada a uns trezentos metros de distância.

— Qual é o problema? — grita meu tio. — Nós batemos?

Hans aponta para uma massa preta a uma distância de uns quatrocentos metros, subindo e descendo sucessivamente. Eu olho e exclamo:

— É uma toninha colossal!

— Sim — responde meu tio —, e agora há um lagarto marinho de tamanho incomum.

— E mais adiante, um crocodilo monstruoso! Veja sua mandíbula larga e as fileiras de dentes com que está armado. Ah! Ele está desaparecendo!

— Uma baleia! Uma baleia! — exclama o professor. — Posso ver suas enormes nadadeiras! Veja o ar e a água que ela está expelindo pelos seus espiráculos!

De fato, duas colunas de líquido se elevam a uma altura considerável acima do mar. Ficamos atônitos, maravilhados e aterrorizados com essa manada de monstros marinhos. Eles têm um tamanho sobrenatural, e o menor deles quebraria a balsa com uma mordida. Hans quer colocar o leme a barlavento para fugir dessa vizinhança perigosa, mas avista outros inimigos não menos impressionantes do lado oposto: uma tartaruga de doze metros de largura e uma cobra de dez metros de comprimento, despontando sua enorme cabeça acima das ondas.

É impossível fugir. Esses répteis se aproximam; circundam a jangada com uma rapidez que os trens lançados em alta velocidade não conseguiriam igualar; eles traçam círculos concêntricos ao nosso redor. Pego meu rifle. Mas que efeito uma bala pode ter sobre as escamas que cobrem os corpos desses animais?

Ficamos mudos de pavor. Lá vêm eles! De um lado, o crocodilo; do outro, a cobra. O resto da manada marinha desapareceu.

Decido atirar. Hans me impede com um sinal. Os dois monstros passam a uns cem metros da jangada, correndo um contra o outro, e sua fúria os impede de nos ver.

A luta começa a cem metros da jangada. Podemos ver claramente os dois monstros lutando.

Mas agora me parece que os outros animais estão participando da luta, a toninha, a baleia, o lagarto, a tartaruga. Consigo avistá-los o tempo todo. Eu os aponto para o islandês. Ele balança a cabeça negativamente.

— *Tva* — diz ele.

— O quê? Dois? Ele diz que há apenas dois animais...

— Ele está certo — exclama meu tio, que não tira os olhos da luneta.

— Olhe só!

— Sim, o primeiro desses monstros tem o focinho de uma toninha, a cabeça de um lagarto e os dentes de um crocodilo, e foi isso que nos enganou. É o mais temível dos répteis antediluvianos, o ictiossauro!

— E o outro?

— O outro é uma cobra escondida na carapaça de uma tartaruga, o terrível inimigo do primeiro, o plesiossauro!

Hans tem razão. Apenas dois monstros perturbam a superfície do mar dessa forma, e estou olhando para dois répteis dos oceanos primitivos. Posso ver o olho sangrento do ictiossauro, tão grande quanto a cabeça de um homem. A natureza o dotou de um aparelho óptico extremamente poderoso, capaz de suportar a pressão das camadas de água nas profundezas em que habita. Com razão, foi chamada de baleia dos saurianos, pois tem a mesma velocidade e o mesmo tamanho. Essa baleia não tem menos de trinta metros de comprimento, e posso avaliar seu tamanho quando ela levanta as barbatanas verticais da cauda acima das ondas. Sua mandíbula é enorme e, de acordo com os naturalistas, tem nada menos do que cento e oitenta e dois dentes.

O plesiossauro, uma cobra com tronco cilíndrico e cauda curta, tem pernas em forma de remo. Seu corpo é totalmente coberto por uma carapaça, e o pescoço, flexível como o de um cisne, se eleva a dez metros acima da água.

Os animais atacam-se com uma fúria indescritível. Levantam montanhas líquidas que fluem de volta para a jangada. Quase viramos umas vinte vezes. Ouvimos assobios de uma intensidade prodigiosa. As duas feras estão entrelaçadas. Não consigo distinguir uma da outra. A fúria do vencedor deve ser temida.

Passam-se uma ou duas horas. A luta continua feroz. Os combatentes se aproximam da jangada e depois se afastam. Permanecemos imóveis, prontos para atirar.

De repente, o ictiossauro e o plesiossauro desaparecem, criando um redemoinho na água. Vários minutos se passaram. Será que a batalha terminaria nas profundezas do mar?

De súbito, uma enorme cabeça se projeta para fora, a cabeça do plesiossauro. O monstro está mortalmente ferido. Não consigo mais ver sua imensa carapaça. Apenas seu longo pescoço se ergue, cai, se ergue novamente, se enrola, açoita as ondas como um chicote gigantesco e se torce como um verme cortado. A água jorra a uma distância considerável. Ela nos cega. Mas logo a agonia do réptil chega ao fim, seus movimentos diminuem, suas contorções se acalmam e esse longo trecho de serpente jaz como uma massa inerte nas ondas calmas.

Quanto ao ictiossauro, será que ele voltou à sua caverna subaquática ou reaparecerá na superfície do mar?

XXXIV

Quarta-feira, 19 de agosto — Felizmente o vento, que está soprando forte, nos permite escapar rápido da cena da batalha. Hans ainda está no leme. Meu tio, que estava absorto em pensamentos até ser distraído pelos incidentes dessa luta, volta a contemplar o mar com impaciência.

A viagem retoma sua uniformidade monótona, que eu não quero quebrar à custa dos perigos de ontem.

Quinta-feira, 20 de agosto — Brisa norte-nordeste bastante irregular. Temperatura elevada. Navegamos a uma velocidade de catorze quilômetros por hora.

Por volta do meio-dia, ouvimos um barulho muito distante. Eu o menciono aqui sem ser capaz de explicá-lo. É um rugido contínuo.

— Ao longe — diz o professor — há alguma rocha ou ilhota na qual o mar está quebrando.

Hans sobe até o topo do mastro, mas não há sinal de recife. O oceano está plano até o horizonte.

Três horas se passam. Os sons estrondosos parecem vir de uma cachoeira distante.

Comento com meu tio, que balança a cabeça. Mas tenho certeza de que não estou errado. Será que estamos indo em direção a alguma queda d'água que nos jogará no abismo? É possível que esse tipo de descida agrade ao professor, porque está mais próxima da vertical, mas quanto a mim...

De qualquer forma, deve haver um fenômeno ruidoso a alguns quilômetros a barlavento, pois agora escutamos o rugido com grande violência. Eles estão vindo do céu ou do oceano?

Dirijo meu olhar aos vapores suspensos na atmosfera e tento sondar sua profundeza. O céu está calmo. As nuvens, levadas até o ponto mais alto do dossel, parecem imóveis e perdidas no intenso brilho da luz. Portanto, devemos procurar a causa desse fenômeno em outro lugar.

Então, olho para o horizonte puro e sem garoa. Sua aparência não mudou. Mas se esse barulho vem de uma cachoeira, uma catarata, se todo esse oceano está correndo para uma bacia inferior, se esses rugidos são produzidos por uma queda de água, a corrente deve ser ativada, e sua velocidade crescente pode me dar a medida do perigo que nos ameaça. Consulto a corrente. Zero. Uma garrafa vazia que jogo no mar permanece a favor do vento.

Por volta das quatro da tarde, Hans se levanta, agarra-se ao mastro e sobe até o topo. De lá, seu olhar percorre o arco do oceano em frente à jangada, e para num ponto. Seu rosto não expressa surpresa, mas seu olhar fica fixo.

— Ele viu alguma coisa — diz meu tio.

— Também acho.

Hans desce de novo e estende o braço para o sul, dizendo:

— *Der nere!*

— Ali? — responde meu tio.

E, pegando seu telescópio, olha atentamente por um minuto, que parece um século.

— Sim, sim! — exclama.

— O que você vê?

— Um imenso jato de água subindo acima das ondas.

— Mais um animal marinho?

— Talvez.

— Então vamos para o oeste, pois sabemos como é perigoso encontrar esses monstros antediluvianos!

— Deixemos isso para lá — responde meu tio.

Volto-me para Hans, que mantém seu leme com um rigor inflexível.

Se, da distância que nos separa desse animal, uma distância que devemos estimar em pelo menos quarenta e oito quilômetros, podemos ver a coluna de água expelida pelos seus espiráculos, ele deve ser de um tamanho sobrenatural. Fugir seria seguir as leis da prudência consensual. Mas não viemos aqui para ser cautelosos.

Então, seguimos em frente. Quanto mais nos aproximamos, maior fica o jato. Que monstro pode se encher com tal quantidade de água e expeli-la sem interrupção?

Às oito da noite, estamos a menos de oito quilômetros dele. Seu corpo escuro, enorme e montanhoso se estende como uma ilha no mar. Será que é ilusão, será que é medo? Seu comprimento me parece exceder dois mil metros! O que é esse cetáceo que nem Cuvier nem Blumembach previram?

Ele está imóvel, como se estivesse adormecido; o mar parece incapaz de levantá-lo, e as ondas deslizam pelos seus lados. A coluna d'água, lançada a uma altura de cento e cinquenta metros, cai com um barulho ensurdecedor. Corremos como loucos em direção a essa massa poderosa que cem baleias não conseguiriam alimentar por um dia.

O terror me invade. Não quero ir mais longe! Vou cortar a adriça[36] se for preciso! Eu me revolto contra o professor, que não me responde.

De repente, Hans se levanta e aponta para o local ameaçador:

— *Holme!* — diz.

— Uma ilha! — exclama meu tio.

— Uma ilha! — digo, dando de ombros.

— Claro que sim! — responde o professor, caindo na risada.

— Mas e essa coluna d'água?

36 Cabo utilizado para içar velas.

— *Geysir*[37] — diz Hans.

— Claro! Um gêiser como os da Islândia! — responde meu tio.

Antes de mais nada, não gostaria de ter me enganado tão grosseiramente. Ter confundido uma ilhota com um monstro marinho! Mas depois fica óbvio, e tenho de admitir meu erro. É apenas um fenômeno natural.

À medida que nos aproximamos, as dimensões do jato líquido se tornam grandiosas. A ilhota se assemelha a um imenso cetáceo cuja cabeça domina as ondas a uma altura de dezoito metros. O gêiser, que os islandeses pronunciam *geysir* e que significa "fúria", se ergue majestosamente na sua ponta. Detonações abafadas irrompem de tempos em tempos e o enorme jato, tomado por fúrias mais violentas, sacode sua pluma de vapor espirrando até a primeira camada de nuvens. Ele está sozinho. Nem fumarolas nem fontes termais o cercam, e todo o poder vulcânico está contido nele. Os raios de luz elétrica se misturam a esse jato deslumbrante, e cada gota é tingida com todas as cores do prisma.

— Acostemos — diz o professor.

Mas é preciso ter cuidado para evitar a tromba d'água, que afundaria a jangada em um instante. Hans habilmente nos manobra até a extremidade da ilhota.

Salto até a rocha. Meu tio me segue rapidamente, enquanto o caçador permanece em seu posto, como um homem acima desse tipo de surpresas.

37 Uma famosa fonte que jorra água localizada no sopé do monte Hecla. [N. do A.] A palavra em português "gêiser", que denomina outras nascentes desse tipo, deriva desse termo islandês. [N. de E.]

Caminhamos sobre granito misturado com tufo silicioso; o solo treme sob nossos pés como as laterais de uma caldeira na qual se contorce o vapor superaquecido: faz muito calor. Chegamos à vista de uma pequena bacia central de onde sai o gêiser. Mergulho um termômetro de inversão na água borbulhante e ele registra uma temperatura de cento e sessenta e três graus.

Isso significa que a água sai de um fogo ardente, o que contradiz estranhamente as teorias do prof. Lidenbrock. Não posso deixar de comentar.

— Pois bem — responde ele —, o que isso prova contra minha doutrina?

— Nada — respondo secamente, vendo que estou diante de uma teimosia absoluta.

No entanto, sou obrigado a admitir que estamos singularmente favorecidos até agora e que, por alguma razão, esta viagem está sendo feita sob condições particulares de temperatura; mas parece-me óbvio, certo, que chegaremos um dia ou outro àquelas regiões onde o calor central atinge os limites mais altos e excede todas as graduações dos termômetros.

— Veremos — diz professor, e, depois de batizar essa ilhota vulcânica com o nome de seu sobrinho, dá o sinal para o embarque.

Fico por alguns minutos contemplando o gêiser. Noto que o jato é irregular em suas explosões, que às vezes diminui de intensidade e depois volta com vigor renovado, o que atribuo a variações na pressão dos vapores acumulados no seu reservatório.

Finalmente, partimos, contornando as rochas muito abruptas ao sul. Hans aproveita a parada para pôr a jangada em ordem.

Mas antes de desacostar, anoto alguns dados no meu diário para calcular a distância percorrida. Atravessamos pouco mais de mil quilômetros de mar desde Porto-Graüben e estamos a 2.480 quilômetros da Islândia, sob a Inglaterra.

XXXV

Sexta-feira, 21 de agosto — No dia seguinte, o magnífico gêiser desaparece. O vento aumentou e rapidamente nos afastou da ilhota Axel. Os rugidos foram diminuindo pouco a pouco.

O clima, se é que podemos chamá-lo assim, mudará em breve. A atmosfera está cheia de vapores que carregam a eletricidade formada pela evaporação da água salgada. As nuvens estão baixando visivelmente e assumindo uma tonalidade uniforme cor de oliva; os raios elétricos mal conseguem perfurar essa cortina opaca que caiu sobre o teatro onde o drama das tempestades está prestes a ser representado.

Fico particularmente impressionado, como todas as criaturas da Terra ficam quando um cataclismo se aproxima. Os "cumulus"[38] amontoados ao sul parecem sinistros: têm aquela aparência "impiedosa" que sempre notei no início das tempestades. O ar está pesado, o mar está calmo.

Ao longe, as nuvens parecem grandes bolas de algodão empilhadas em uma pitoresca desordem; pouco a pouco, elas incham e perdem em número o que ganham em tamanho; seu peso é tal que não conseguem se desprender do horizonte. Mas, com o sopro das altas correntes, elas gradualmente derretem, escurecem e logo apresentam uma única camada de aspecto temível. Às vezes, uma bola de vapor, ainda acesa, ricocheteia nesse tapete acinzentado e logo se perde na massa opaca.

A atmosfera está obviamente saturada de fluido; estou encharcado; meus cabelos estão em pé como se eu estivesse perto de uma máquina elétrica. Acho que, se meus companheiros me tocassem nesse momento, receberiam uma descarga violenta.

Às dez da manhã, os sintomas de uma tempestade são mais decisivos; é como se o vento estivesse diminuindo para

38 Nuvens de formato arredondado. [N. do A.]

recuperar o fôlego; as nuvens parecem um enorme saco no qual os furacões estão se reunindo.

Não quero acreditar nas ameaças do céu e, ainda assim, não consigo me impedir de dizer:

— O mau tempo está a caminho.

O professor não responde. Ele está de péssimo humor, observando o oceano se estender eternamente diante de seus olhos. Nem se importa com o que digo.

— Vamos enfrentar uma tempestade — digo, estendendo a mão para o horizonte. Aquelas nuvens estão descendo sobre o mar como se fossem esmagá-lo!

Silêncio generalizado. O vento se cala. A natureza parece morta e não respira mais. No mastro, onde já consigo ver um tênue fogo de santelmo[39], a vela frouxa cai em dobras pesadas. A jangada está imóvel no meio de um mar espesso e ondulante. Mas, se não podemos mais nos deslocar, qual é o sentido de manter essa vela, que pode ser nossa perdição ao primeiro choque da tempestade?

— Vamos recolhê-la — eu digo —, vamos baixar nosso mastro! É o mais prudente a se fazer!

— Não, pelo amor de Deus! — grita meu tio. — Cem vezes não! Que o vento nos carregue! Que a tempestade nos leve embora daqui! Mas que eu possa finalmente ver as rochas de uma costa, quando nossa jangada se quebrar em mil pedaços!

Essas palavras mal são pronunciadas quando o horizonte do sul muda repentinamente de aspecto. Os vapores acumulados se transformam em água, e o ar, violentamente chamado para preencher os vazios produzidos pela condensação, vira furacão.

39 Brilho que surge no alto do mastro, descrito por Plínio na Antiguidade e observado por James Ross. Recebe esse nome em homenagem a são Telmo, padroeiro dos marinheiros.

Ele vem das partes mais distantes da caverna. A escuridão aumenta. Mal consigo terminar algumas anotações.

A jangada se eleva, salta. Meu tio é arremessado do topo. Eu me arrasto até ele. Está agarrado firmemente a um pedaço de cabo e parece apreciar o espetáculo dos elementos furiosos.

Ele nem se mexe. Seus longos cabelos, soprados pelo furacão e puxados para trás sobre o rosto imóvel, dão a ele uma fisionomia estranha, pois cada uma de suas pontas está cheia de pequenos cachos luminosos. Sua máscara assustadora é a de um homem antediluviano, contemporâneo dos ictiossauros e dos megatérios.

Contudo, o mastro resiste. A vela se estira como uma bolha pronta para estourar. A jangada avança com uma velocidade que eu não consigo estimar, mas ainda mais lenta do que as gotas de água que se movem sob ela, cuja velocidade desenha linhas retas e limpas.

— A vela! A vela! — digo, fazendo sinal para que ela seja abaixada.

— Não! — responde meu tio.

— *Nej* — diz Hans, balançando a cabeça gentilmente.

No entanto, a chuva forma uma catarata estrondosa diante desse horizonte para o qual corremos feito loucos. Mas, antes de chegar até nós, o véu de nuvens se rasga, o mar ferve e a eletricidade, produzida por uma vasta ação química que ocorre nas camadas superiores, entra em ação. As explosões dos trovões se misturam com os jatos cintilantes dos relâmpagos; inúmeros relâmpagos se entrecruzam entre as detonações; a massa de vapores se torna incandescente; o granizo que atinge o metal de nossas ferramentas ou armas se torna luminoso; as ondas que são levantadas parecem morros ígneos sob os quais um fogo interno arde, e cada crista é pontilhada como uma chama.

Meus olhos estão deslumbrados com a intensidade da luz, meus ouvidos estão abalados com o estrondo dos raios! Preciso me segurar no mastro, que está se dobrando como um bambu sob a violência do furacão!

. . . .

. . . .

[Aqui minhas anotações de viagem ficaram muito incompletas. Tudo o que consegui encontrar foram algumas observações fugazes, feitas automaticamente, por assim dizer. Mas em sua brevidade, em sua própria obscuridade, elas estão impressas com a emoção que tomava conta de mim e, melhor do que minha memória, dão uma ideia da situação].

. . . .

. . . .

Domingo, 23 de agosto — Onde estamos agora? Levados com uma velocidade incomensurável.

Foi uma noite terrível. A tempestade não diminui. Vivemos em um ambiente de ruídos, de detonação incessante. Nossas orelhas estão sangrando. Não conseguimos trocar uma palavra.

Os relâmpagos não dão trégua. Vejo zigue-zagues retrógrados que, após uma rápida explosão, voltam para cima e atingem a abóbada de granito. Se ao menos ela desmoronasse! Outros relâmpagos se ramificam ou assumem a forma de bolas de fogo que explodem como bombas. O ruído geral não parece aumentar, ele ultrapassou o limite de intensidade perceptível pelo ouvido humano e, se todos os barris de pólvora do mundo explodissem juntos, não ouviríamos mais do que agora.

Há uma emissão contínua de luz na superfície das nuvens; a matéria elétrica é incessantemente liberada de suas moléculas; obviamente, os princípios gasosos do ar estão alterados; inúmeras colunas de água entram na atmosfera e voltam espumando.

Aonde vamos?... Meu tio está deitado na extremidade da jangada.

O calor duplicou. Olho para o termômetro; ele indica... [O número foi apagado].

Segunda-feira, 24 de agosto — Isso nunca vai acabar! Por que o estado dessa densa atmosfera, uma vez alterado, não seria permanente?

Estamos exaustos. Hans permanece igual. A jangada continua indo para o sudeste. Já percorremos mais de oitocentos quilômetros desde a ilhota Axel.

Ao meio-dia, o furacão se intensifica. Temos de nos agarrar com firmeza a todos os itens que compõem a carga. Cada um de nós se amarra também. As ondas passam acima da nossa cabeça.

Não conseguimos dizer uma palavra um ao outro por três dias. Abrimos a boca, mexemos os lábios, mas não produzimos nenhum som compreensível. Mesmo que sussurremos um para o outro, não conseguimos nos ouvir.

Meu tio vem até mim. Ele pronuncia algumas palavras. Acho que ele diz:

— Estamos perdidos.

Não tenho certeza. Decido escrever para ele estas palavras:

— Baixemos a vela.

Ele assente.

Sua cabeça mal tem tempo de balançar para cima e para baixo e um disco de fogo aparece na borda da jangada. O mastro e a vela se desprendem de uma só vez, e eu os vejo chegar a uma altura prodigiosa, como o pterodátilo, aquele pássaro fantástico dos primeiros séculos.

Ficamos petrificados de medo. A bola meio branca, meio azulada, do tamanho de uma bomba de dez polegadas, move-se lentamente, girando com uma velocidade surpreendente sob a alça do furacão. Ela vem para cá, para lá, sobe numa das estruturas da jangada, pula no saco de provisões, desce um pouco, pula para cima, roça a caixa de pólvora. Que horror! Vamos pular! Não. O disco deslumbrante se afasta; aproxima-se de Hans, que o encara; do meu tio, que se ajoelha para evitá-lo; de mim, pálido e tremendo sob o brilho da luz e do calor; ele dá uma pirueta perto do meu pé, que tento puxar para trás. Não consigo.

Um cheiro de gás nitroso preenche a atmosfera; penetra na garganta, nos pulmões. Estamos sufocando.

Por que não consigo puxar meu pé para fora? Ele está preso à balsa! Ah! A queda desse globo elétrico magnetizou todo o ferro a bordo; instrumentos, ferramentas e armas se chocam uns

contra os outros com um ruído agudo; os pregos do meu sapato se prendem violentamente a uma placa de ferro embutida na madeira. Não consigo erguer meu pé!

Por fim, com um esforço violento, eu o arranco bem no momento em que a bola está prestes a pegá-lo no seu movimento giratório para me arrastar para fora, se...

Ah! Que luz intensa! O globo explode! Somos cobertos por jatos de chamas!

Então tudo se apaga. Tenho tempo de ver meu tio deitado na jangada, Hans ainda no leme e "cuspindo fogo" sob a influência da eletricidade que o penetrou!

Aonde vamos? Aonde vamos?

Terça-feira, 25 de agosto — Acordo de um desmaio prolongado. A tempestade continua e os raios são liberados como uma ninhada de cobras soltas na atmosfera.

Ainda estamos no mar? Sim, arrastados a uma velocidade incalculável. Passamos sob a Inglaterra, sob o canal da Mancha, sob a França, talvez sob toda a Europa!

. . . .

Um novo ruído de explosão! Obviamente, o mar quebrando nas rochas!... Mas então...

. . . .

. . . .

XXXVI

Aqui acaba o que chamei de "diário de bordo", felizmente salvo do naufrágio. Retomo meu relato como antes.

Não saberia dizer o que aconteceu quando a jangada bateu nas rochas da costa. Senti que estava sendo jogado nas ondas e, se escapei da morte, se meu corpo não foi despedaçado pelas pedras afiadas, foi porque o braço forte de Hans me tirou do abismo.

O corajoso islandês me carregou para fora do alcance das ondas até a areia quente, onde me vi lado a lado com meu tio.

Em seguida, ele voltou para as rochas, nas quais batiam ondas furiosas, para salvar alguns dos destroços. Eu não conseguia falar; estava arrasado de emoção e cansaço; levei uma boa hora para me recuperar.

No entanto, a chuva torrencial continuou, mas com o aumento de intensidade que anuncia o fim das tempestades. Algumas pedras sobrepostas nos ofereceram abrigo contra as torrentes do céu. Hans preparou uma comida que eu não consegui sequer provar, e cada um de nós, exaustos após três noites em claro, caiu em um sono doloroso.

No dia seguinte, o tempo estava magnífico. O céu e o mar haviam se acalmado de comum acordo. Todos os vestígios da tempestade haviam desaparecido. Foram as palavras alegres do professor que saudaram meu despertar. Ele estava incrivelmente alegre.

— E então, meu rapaz, dormiu bem? — perguntou.

E não é que parecia que estávamos na casa da Königstrasse, que eu estava descendo calmamente para almoçar, que meu casamento com a pobre Graüben aconteceria nesse mesmo dia?

Quisera! A tempestade tinha atirado a jangada para o leste, e passáramos por baixo da Alemanha, por baixo da minha amada cidade de Hamburgo, por baixo da rua onde vivia o que eu mais amava nesse mundo! Cento e sessenta quilômetros me separavam dela! Mas cento e sessenta quilômetros verticais de parede de granito e, na realidade, mais de quatro mil quilômetros de percurso!

Todas essas reflexões dolorosas passaram rapidamente pela minha mente antes que eu respondesse à pergunta de meu tio.

— Ora essa! Você não quer dizer se dormiu bem?

— Muito bem — respondi —, ainda estou arrebentado, mas está tudo bem.

— Tudo bem, você está apenas um pouco cansado, só isso.

— Mas você parece muito alegre esta manhã, tio.

— Encantado, meu rapaz! Encantado! Chegamos!

— Ao final da nossa expedição?

— Não, mas ao final desse mar sem fim. Agora vamos pegar a rota terrestre e realmente nos afundar nas entranhas do globo.

— Tio, deixe-me fazer uma pergunta.

— Claro, Axel.

— E o regresso?

— O regresso? Você está pensando em voltar quando ainda nem chegamos?

— Não, só quero saber como isso vai acontecer.

— Da maneira mais simples do mundo. Quando chegarmos ao centro do esferoide, encontraremos uma nova rota de volta à superfície ou retornaremos de maneira bem burguesa, pelo caminho que já percorremos. Gosto de pensar que ele não se fechará atrás de nós.

— Então teremos de consertar a jangada.

— Necessariamente.

— Mas ainda há provisões suficientes para realizar todas essas grandes coisas?

— Sim, com certeza. Hans é um rapaz esperto e tenho certeza de que ele salvou a maior parte da carga. Vamos verificar isso, por sinal.

Deixamos essa caverna açoitada por todas as brisas. Eu tinha uma esperança que, ao mesmo tempo, era um medo: parecia-me impossível que a terrível colisão da jangada não tivesse destruído tudo o que ela carregava. Eu estava errado. Quando cheguei à praia, vi Hans no meio de uma multidão de objetos perfeitamente arrumados. Meu tio apertou sua mão em um caloroso sinal de gratidão. Aquele homem havia trabalhado enquanto estávamos dormindo, e salvara os objetos mais preciosos pondo em risco a própria vida, com uma devoção sobre-humana sem igual.

Não é que não tivéssemos sofrido algumas perdas bastante significativas — nossas armas, por exemplo —, mas, no fim, não eram tão necessárias. O suprimento de pólvora permaneceu intacto depois de quase explodir durante a tempestade.

— Pois bem! — exclamou o professor. — Já que não temos armas, teremos de nos contentar em não caçar.

— Muito bem, mas e os instrumentos?

— Aqui está o manômetro, o mais útil deles e pelo qual eu trocaria todos os outros! Com ele, posso calcular a profundidade e saber quando chegarmos ao centro. Sem ele, correríamos o risco de ir além e sair do lado oposto!

Essa alegria era feroz.

— Mas e a bússola? — perguntei.

— Aqui está, nesta rocha, em perfeitas condições, junto com o cronômetro e os termômetros. Ah! Esse caçador é um homem precioso!

Eu precisava admitir; no que dizia respeito aos instrumentos, não nos faltava nada. Quanto às ferramentas e aos implementos, vi escadas, cordas, picaretas, martelos etc. espalhados pela areia.

No entanto, faltava esclarecer a questão da comida.

— E os suprimentos? — perguntei.

— Vejamos os suprimentos — respondeu meu tio.

Os caixotes que os continham estavam alinhados na praia em perfeito estado de conservação; o mar havia respeitado a maioria deles e, no total, com biscoitos, carne salgada, gim e peixe seco, ainda poderíamos contar com quatro meses de comida.

— Quatro meses! — exclamou o professor. — Temos tempo para ir e voltar e, com o que sobrar, quero dar um grande jantar para todos os meus colegas do Johannæum!

Eu já deveria estar acostumado com o temperamento do meu tio, mas esse homem sempre me surpreendia.

— Agora — continuou —, vamos reabastecer nosso suprimento de água com a chuva que a tempestade derramou em todas essas bacias de granito, de modo que não precisaremos nos preocupar com a sede. Quanto à jangada, vou pedir que Hans a conserte da melhor maneira possível, embora eu ache que ela não será mais útil para nós!

— Como assim? — indaguei.

— Uma ideia minha, meu rapaz. Acho que não sairemos do mesmo jeito que entramos.

Olhei para o professor com certa desconfiança. Eu me perguntava se ele não teria enlouquecido. E, no entanto, mal sabia ele a que ponto estava certo.

— Vamos almoçar — continuou.

Eu o segui até um cabo elevado, depois que ele deu as instruções ao caçador. Lá, carne-seca, biscoitos e chá formaram uma excelente refeição e, devo confessar, uma das melhores que já comi em toda a minha vida. A necessidade, o ar fresco, a calma depois de todo aquele tumulto, tudo isso contribuiu para abrir meu apetite.

Durante o almoço, perguntei ao meu tio onde estávamos.

— Parece difícil calcular — eu disse.

— Calcular com exatidão, sim — respondeu ele. — É até impossível, pois, durante esses três dias de tempestade, não consegui acompanhar a velocidade e a direção da jangada.

— De fato, a última observação foi feita na ilhota do gêiser...

— Ilhota Axel, meu rapaz. Não recuse a honra de ter dado seu nome à primeira ilha descoberta no centro da massa terrestre.

— Que assim seja! Na ilhota Axel, havíamos cruzado cerca de 1.100 quilômetros de mar e estávamos a mais de 2.400 quilômetros da Islândia.

— Comecemos, então, nesse ponto e contemos quatro dias de tempestades, durante os quais nossa velocidade não deve ter sido inferior a 320 quilômetros por 24 horas.

— Também acho. Então, seriam 1.200 quilômetros a mais.

— Sim, e o mar de Lidenbrock teria cerca de 2.400 quilômetros de uma margem à outra! Percebe, Axel, que ele poderia rivalizar com o Mediterrâneo em tamanho?

— Sim! E não esqueçamos que só o atravessamos na largura!

— Mas é bem possível!

— E, curiosamente — acrescentei —, se nossos cálculos estiverem corretos, agora temos esse Mediterrâneo sobre nossa cabeça.

— É bem verdade!

— Sim, porque estamos a 3.600 quilômetros de Reykjavik!

— É uma distância bem longa, meu rapaz, mas se estamos sob o Mediterrâneo em vez da Turquia ou do Atlântico, isso só pode ser confirmado se nossa direção não tiver mudado.

— Não. O vento parecia constante. Então acho que essa costa deve estar a sudeste de Porto-Graüben.

— Bem, é fácil descobrir isso consultando a bússola. Consultemos a bússola!

O professor caminhou em direção à rocha na qual Hans havia colocado os instrumentos. Ele estava feliz e animado, esfregando as mãos e fazendo pose! Um verdadeiro jovem! Eu o segui, bastante curioso para ver se eu estava certo em minha estimativa.

Quando chegamos à rocha, meu tio pegou a bússola, colocou-a na horizontal e observou a agulha, que, depois de oscilar, parou em uma posição fixa sob a influência magnética.

Meu tio olhou, depois esfregou os olhos e olhou de novo. Finalmente, ele se voltou para mim com espanto.

— Que houve? — perguntei.

Ele fez sinal para que eu examinasse o instrumento. Deixei escapar uma expressão de surpresa. A ponta da agulha estava apontando para o norte, onde pensávamos que estivesse o sul! Ela estava apontando para a costa em vez do mar aberto! Movi a bússola e a examinei; ela estava em perfeitas condições. Não importava para qual posição eu movesse a agulha, ela voltava teimosamente para aquela direção inesperada.

Portanto, não havia mais dúvidas de que, durante a tempestade, ocorrera uma mudança de vento que não havíamos percebido e que trouxera a jangada de volta para a costa que meu tio pensava ter deixado para trás.

XXXVII

Para mim, seria impossível descrever a sucessão de sentimentos que agitaram o prof. Lidenbrock: espanto, incredulidade e, finalmente, raiva. Nunca vi um homem tão desconcertado em um primeiro momento e depois tão irritado. O cansaço da travessia, os perigos que havíamos corrido, começaria tudo de novo! Tínhamos andado para trás em vez de para a frente! Mas meu tio rapidamente recuperou o controle.

— Ah, o destino me prega peças! — exclamou. — Os elementos estão conspirando contra mim! Ar, fogo e água unem forças para se opor à minha passagem! Pois bem! Veremos o poder da minha força de vontade. Não cederei, não recuarei nem um pouco e veremos quem vencerá, o homem ou a natureza!

De pé sobre a rocha, furioso e ameaçador, Otto Lidenbrock, tal o feroz Ájax[40], parecia desafiar os deuses. Mas achei melhor intervir e dar um basta nesse ardor disparatado.

— Escute aqui — falei com firmeza. — Há um limite para todas as ambições aqui embaixo. Não devemos lutar contra o impossível. Estamos mal equipados para uma viagem marítima; dois mil quilômetros não podem ser navegados em um conjunto ruim de vigas usando um cobertor como vela, uma vara como mastro e indo contra os ventos furiosos. Não podemos nos orientar, somos joguetes das tempestades, e seria loucura tentar essa travessia impossível uma segunda vez!

Com essas razões irrefutáveis, consegui desenvolver meus argumentos por dez minutos sem ser interrompido, mas isso foi graças à desatenção do professor, que não ouvia uma palavra do que eu dizia.

— À jangada! — exclamou.

40 Herói da mitologia grega que lutou na Guerra de Troia.

Essa foi sua resposta. Por mais que eu tentasse, que eu implorasse, que eu me enfurecesse, deparava-me com uma vontade que era mais dura do que o granito.

Hans estava terminando de consertar a jangada. Era como se aquele ser estranho tivesse adivinhado os planos do meu tio. Com alguns pedaços de linhite, ele havia consolidado o barco. Uma vela já estava erguida e o vento brincava em suas dobras flutuantes.

O professor disse algumas palavras ao guia, que imediatamente carregou a bagagem e deixou tudo pronto para a partida. A atmosfera estava bastante pura e o vento noroeste soprava bem.

O que eu poderia fazer? Resistir sozinho contra dois? Impossível. Se ao menos Hans tivesse se juntado a mim... Mas não! Parecia que o islandês deixara de lado toda a vontade pessoal e fizera um voto de abnegação. Eu não poderia obter nada de alguém tão subserviente ao seu mestre. Era preciso seguir em frente.

Eu estava prestes a ocupar meu lugar habitual na jangada quando meu tio me impediu com a mão.

— Só partimos amanhã — disse.

Fiz o gesto de um homem resignado com tudo.

— Não posso deixar passar nada — continuou ele. — E já que o destino me trouxe a esta parte da costa, não vou deixá-la para trás sem reconhecê-la.

Essa observação será compreendida quando soubermos que voltamos para a costa norte, mas não para o mesmo lugar de onde partimos da primeira vez. Porto-Graüben devia ficar mais a oeste. Nada mais razoável, portanto, do que examinar com atenção os arredores dessa nova aterrissagem.

— Vamos explorar! — eu disse.

E, deixando Hans à vontade nos seus afazeres, partimos. O espaço entre as aluviões do mar e a base dos contrafortes era bem amplo. Poderíamos caminhar por meia hora antes de chegar à parede da rocha. Nossos pés esmagavam inúmeras conchas de todos os formatos e tamanhos, nas quais viveram os animais dos tempos mais remotos. Também vi cascos enormes, muitas vezes com mais de quatro metros de diâmetro. Eles pertenciam aos gigantescos gliptodontes do Plioceno, dos quais a tartaruga moderna é apenas uma pequena redução.

Além disso, o solo estava repleto de grande quantidade de detritos rochosos, uma espécie de seixo arredondado na parte fina e disposto em linhas sucessivas. Por isso, fui levado a supor que o mar deve ter ocupado esse espaço antes. As ondas haviam deixado rastros claros de sua passagem sobre as rochas esparsas e agora fora de alcance.

Isso poderia explicar, até certo ponto, a existência desse oceano, cento e sessenta quilômetros sob a superfície do globo. Mas, na minha opinião, essa massa líquida se perdia aos poucos nas entranhas da Terra e, obviamente, vinha das águas do oceano que emergiram por alguma fissura. No entanto, era preciso admitir que tal fissura estava atualmente bloqueada; do contrário, toda a caverna, ou melhor, aquele imenso reservatório, teria se enchido em pouco tempo. Talvez até mesmo aquela água, que combatera incêndios subterrâneos, tenha se vaporizado em parte. Daí a explicação para as nuvens que pairavam sobre nossa cabeça e a liberação da eletricidade que criava tempestades na crosta terrestre.

Essa teoria dos fenômenos que testemunhamos me pareceu satisfatória, pois, por maiores que sejam as maravilhas da natureza, elas sempre podem ser explicadas por razões físicas.

Portanto, estávamos caminhando em um tipo de terreno sedimentar, formado pela água, como todos os terrenos desse período, tão amplamente distribuídos na superfície do globo. O professor estava examinando cuidadosamente cada interstício de rocha. Se houvesse uma abertura, ele achava importante sondar sua profundidade.

Contornávamos as margens do mar de Lidenbrock havia quatro quilômetros quando, de repente, o solo mudou de aparência. Parecia ter sido sacudido e convulsionado por uma violenta elevação das camadas inferiores. Em muitos lugares, as depressões e os abalos eram evidências de um poderoso deslocamento do maciço terrestre.

Estávamos progredindo com dificuldade nesses detritos de granito misturados com sílex, quartzo e depósitos aluviais, quando um campo, mais do que um campo, uma planície de ossos apareceu diante dos nossos olhos. Parecia um imenso cemitério,

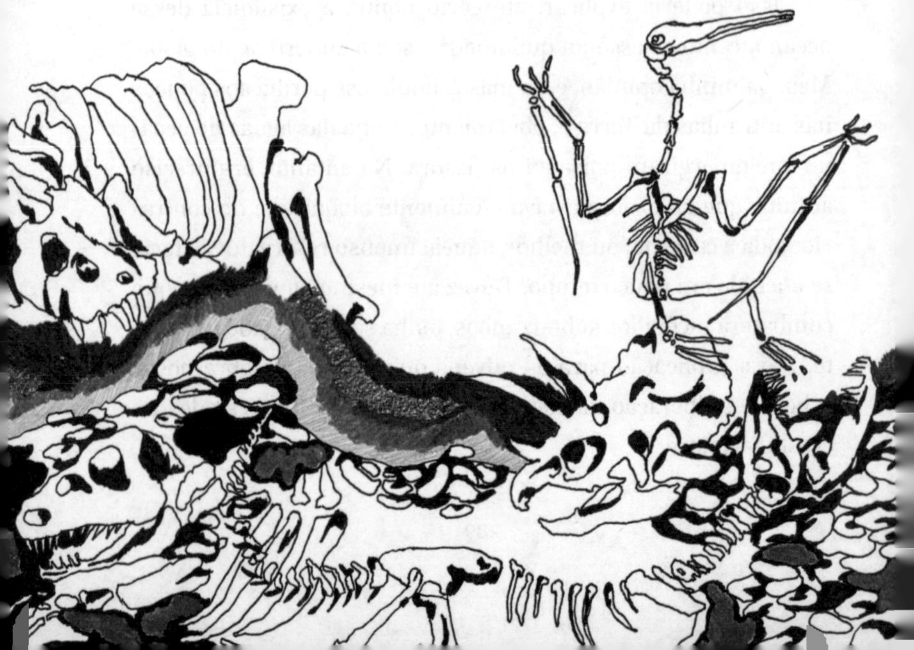

onde as gerações de vinte séculos misturavam sua poeira eterna. Ao longe, altas protuberâncias de detritos se erguiam em camadas. Elas ondulavam até a borda do horizonte, onde se perdiam em uma névoa derretida. Ali, em talvez doze quilômetros quadrados, se acumulava toda a história da vida animal, ainda mal escrita nos terrenos recentes demais do mundo habitado.

No entanto, uma curiosidade impaciente nos mobilizava. Nossos pés esmagavam com um ruído seco os restos de animais pré-históricos, esses fósseis e detritos raros e interessantes disputados pelos museus de história natural das grandes cidades. A existência de mil Cuviers não teria sido suficiente para reconstruir os esqueletos dos seres orgânicos que jaziam nesse magnífico ossário.

Eu estava atônito. Meu tio havia levantado seus grandes braços em direção à espessa abóbada que constituía nosso céu.

Sua boca estava escancarada, seus olhos brilhavam sob as lentes dos óculos, sua cabeça balançava para cima e para baixo, da esquerda para a direita, e toda a sua postura refletia um espanto sem limites. Ele estava diante de uma coleção inestimável de Leptotherium, Mericotherium, Lophodions, Anoplotherium, megatérios, mastodontes, protopitecos, pterodátilos, todos os monstros antediluvianos empilhados para o seu deleite pessoal. Deve-se imaginar um bibliômano apaixonado subitamente transportado para a famosa biblioteca de Alexandria, queimada por Omar e renascida das cinzas por um milagre! Esse era o estado do meu tio, o prof. Lidenbrock. Mas foi um tipo muito diferente de maravilhamento quando, correndo em meio à poeira orgânica, ele pegou um crânio nu e gritou com uma voz trêmula:

— Axel! Axel! Uma cabeça humana!

— Uma cabeça humana, meu tio! — respondi, não menos atônito.

— Sim, sobrinho! Ah! Sr. Milne-Edwards! Ah, sr. De Quatrefages! Que pena que não estão onde eu estou, eu, Otto Lidenbrock!

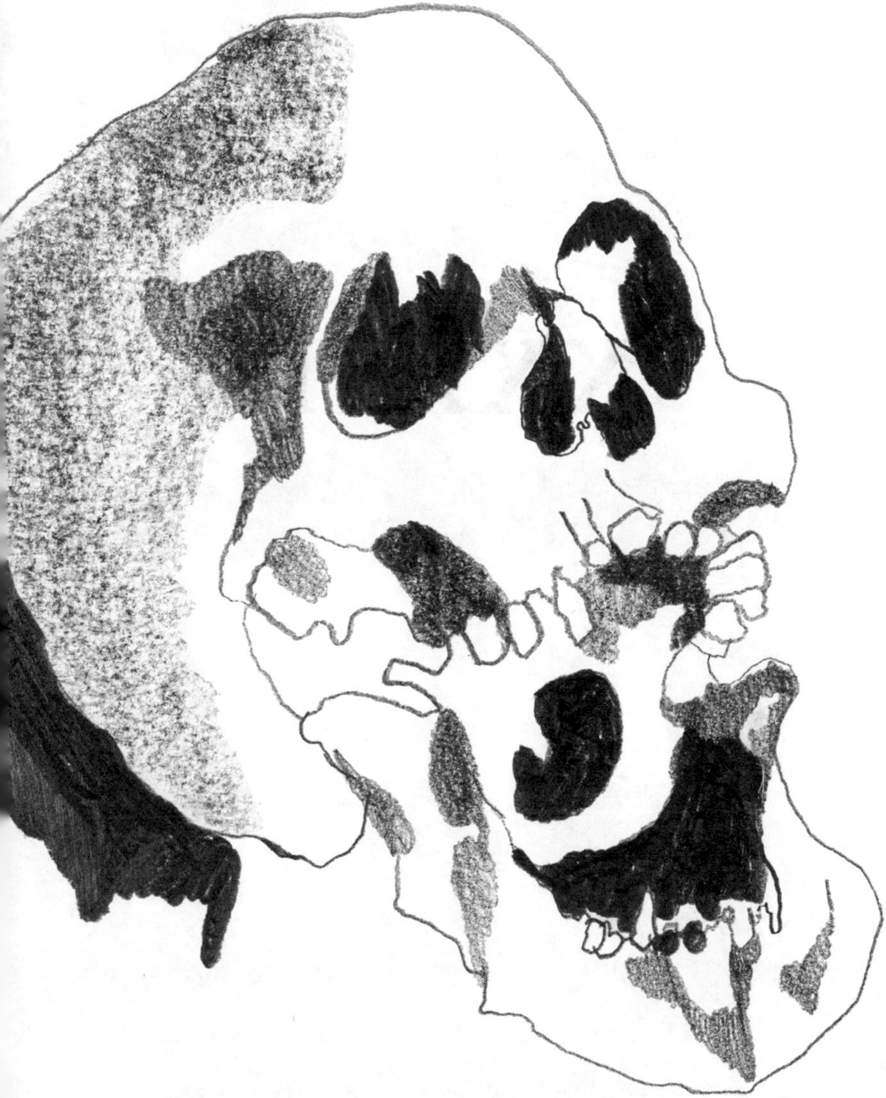

XXXVIII

Para entender a referência de meu tio a esses ilustres cientistas franceses, precisamos saber que um evento de grande importância em paleontologia ocorreu algum tempo antes de nossa partida.

Em 28 de março de 1863, escavadores que trabalhavam sob a direção do sr. Boucher de Perthes nas pedreiras de Moulin-Quignon, perto de Abbeville, no departamento de Somme, na França, encontraram uma mandíbula humana a quatro metros abaixo da superfície do solo. Esse foi o primeiro fóssil da nossa espécie a ser trazido de volta à luz do dia. Perto dela havia machados de pedra e sílex talhados, coloridos e com uma pátina uniforme devido à passagem do tempo.

A notícia dessa descoberta se espalhou por toda parte; não apenas na França, mas também na Inglaterra e na Alemanha. Vários cientistas do Instituto Francês, incluindo os srs. Milne-Edwards e De Quatrefages, levaram o assunto a sério, demonstraram a autenticidade inquestionável do osso em questão e se tornaram os defensores mais fervorosos desse "teste da mandíbula", para usar a expressão inglesa.

Falconer, Busk, Carpenter etc., geólogos do Reino Unido que deram o fato por comprovado, foram apoiados por estudiosos da Alemanha, incluindo, em primeiro lugar, o mais entusiasmado de todos, meu tio Lidenbrock. A autenticidade de um fóssil humano do período quaternário parecia, portanto, incontestavelmente comprovada e aceita.

É verdade que esse sistema teve um oponente ferrenho: o sr. Élie de Beaumont. Esse cientista de grande autoridade sustentava que o sítio de Moulin-Quignon não pertencia ao "dilúvio", mas a uma camada menos antiga, e, concordando nesse plano com Cuvier, ele não aceitava que a espécie humana fosse contemporânea dos animais do período quaternário. Meu tio Lidenbrock, em conjunto com a grande maioria dos geólogos, manteve sua posição, argumentou e debateu, e o sr. Élie de Beaumont permaneceu mais ou menos isolado. Conhecíamos todos esses detalhes do caso, mas ignorávamos que, desde nossa partida, a questão havia progredido. Outras mandíbulas idênticas, embora pertencentes a indivíduos de diferentes tipos e de distintas nações, foram encontradas nas terras móveis e cinzentas de certas cavernas na França, Suíça e Bélgica, ao lado de armas, utensílios, ferramentas e ossos de crianças, adolescentes, homens e idosos. Assim, a existência do homem quaternário tornava-se cada dia mais clara.

E não era só isso. Novos detritos exumados do terreno do Plioceno terciário permitiram que cientistas mais ousados atribuíssem uma antiguidade ainda maior à raça humana. Esses detritos, é verdade, não eram ossos humanos, mas apenas objetos da indústria humana, tíbias e fêmures de animais fósseis, regularmente estriados, esculpidos, por assim dizer, e com a marcas de trabalho humano.

Assim, em um único salto, o homem subiu muitos séculos na escala do tempo; ele precedia o mastodonte, tornando-se contemporâneo do *Elephas meridionalis*. Tinha cem mil anos, já que essa é a data atribuída pelos geólogos mais renomados à formação do terreno do Plioceno!

Essa era a situação da ciência paleontológica na época, e o que sabíamos sobre ela bastava para explicar nossa atitude em relação a esse ossário no mar de Lidenbrock. Portanto, pode-se entender o espanto e a alegria do meu tio, especialmente quando, vinte passos adiante, ele se viu, por assim dizer, cara a cara com um espécime do homem do Quaternário.

Era um corpo humano absolutamente reconhecível. Poderia ter sido preservado por séculos em um tipo específico de solo, como o do cemitério Saint-Michel em Bordeaux?[41] Eu não saberia dizer. Mas esse cadáver, com a pele esticada e parecida com pergaminho, os membros ainda flexíveis — pelo menos a olho nu —, os dentes intactos, o cabelo abundante, as unhas das mãos e dos pés assustadoramente grandes, mostrou-se a nós tal como havia vivido. Eu não tinha palavras diante dessa aparição de outra época. Meu tio, geralmente tão loquaz e impetuoso, também ficou em silêncio. Levantamos esse corpo e o endireitamos. Ele olhou para nós através de suas órbitas ocas. Apalpamos seu torso sonoro.

Após alguns momentos de silêncio, o tio cedeu lugar ao professor. Otto Lidenbrock, levado por seu temperamento, esqueceu as circunstâncias de nossa viagem, o ambiente em que estávamos, a imensa caverna que nos continha. Sem dúvida, ele pensou que estava no Johannæum, dando uma palestra para seus alunos, pois assumiu um tom professoral e se dirigiu a um público imaginário, dizendo:

— Senhores, tenho a honra de apresentar a vocês um homem do período quaternário. Alguns dos grandes cientistas negaram sua existência, outros não menos importantes a afirmaram. Se os são Tomés[42] da paleontologia estivessem aqui, seriam capazes de apontar o dedo para ele e seriam forçados a admitir seu erro. Estou bem ciente de que a ciência deve ser cautelosa com descobertas desse tipo! Não ignoro a exploração do

41 Situado na França, esse cemitério foi desativado no final do século XVIII e, durante a exumação dos corpos, foram descobertas dezenas de múmias. Elas foram levadas para a cripta da Basílica de Saint-Michel, onde ficaram em exposição para turistas durante quase dois séculos e atraíram a curiosidade de grandes autores franceses, como Victor Hugo e Stendhal, além do próprio Jules Verne.
42 Relatos atribuem uma forte incredulidade a são Tomé, santo católico que teria sido um dos apóstolos de Cristo. É conhecido por ter sido uma pessoa que precisava "ver para crer".

homem fóssil feita por Barnum[43] e outros charlatões do mesmo calibre. Conheço a história da rótula de Ájax, do suposto corpo de Orestes encontrado pelos espartanos e do corpo de Astério, com cinco metros de comprimento, mencionado por Pausânias. Li os relatórios sobre o esqueleto de Trapani descoberto no século XIV, no qual Polifemo teria sido identificado, e a história do gigante desenterrado no século XVI nas proximidades de Palermo. Como eu, não ignoram, senhores, a análise realizada perto de Lucerna, em 1577, desses grandes ossos que o famoso médico Felix Plater afirmou pertencerem a um gigante de quase seis metros! Devorei os tratados de Cassanion e todas aquelas memórias, brochuras, discursos e contradiscursos publicados sobre o esqueleto do rei dos cimbros, Teutobochus, o invasor da Gália, exumado de um poço de areia no Dauphiné, França, em 1613! No século XVIII, eu teria discordado de Pierre Camper acerca da existência dos pré-adamitas de Scheuchzer! Tive nas mãos um documento chamado *Gigans*....

Nesse ponto, a enfermidade natural do meu tio retornou, pois em público ele não conseguia pronunciar palavras difíceis.

— O texto chamado *Gigans*... — retomou. Não conseguia ir adiante. — Giganteo...

Impossível! A palavra infeliz não sairia! O Johannæum teria dado uma boa gargalhada!

— *Gigantosteologia* — concluiu o prof. Lidenbrock, entre dois palavrões.

Depois, continuando em um ritmo acelerado, ficou mais animado:

— Sim, senhores, eu sei de todas essas coisas! Sei também que Cuvier e Blumenbach reconheceram esses ossos como

43 P. T. Barnum (1810–1891), showman e empresário de entretenimento estadunidense que exibia fraudes e curiosidades humanas em seu circo.

simples ossos de mamutes e outros animais do período quaternário. Mas aqui a dúvida seria um insulto à ciência! O cadáver está lá! Pode-se vê-lo, pode-se tocá-lo! Não é um esqueleto, é um corpo intacto, preservado para fins puramente antropológicos!

Esforcei-me para não contradizer essa afirmação.

— Se eu pudesse lavá-lo em uma solução de ácido sulfúrico — retomou meu tio —, removeria todas as partes terrosas e as conchas brilhantes que estão incrustadas nele. Mas não tenho o precioso solvente. Entretanto, do jeito que está, esse corpo nos contará sua própria história.

Aqui, o professor pegou o cadáver fóssil e o manipulou com a destreza de um apresentador de curiosidades.

— Como vocês podem ver — continuou —, ele não chega a 1,80 metro de comprimento, e estamos muito longe dos chamados gigantes. Quanto à raça à qual pertence, sem sombra de dúvida é caucasiana. É a raça branca; é a nossa! O crânio desse fóssil é regularmente ovoide, sem desenvolvimento das maçãs do rosto ou projeção da mandíbula. Ele não tem nenhum prognatismo que modifique o ângulo facial. Meçam esse ângulo, ele é de quase noventa graus. Mas vou ainda mais longe no caminho da dedução e me atrevo a dizer que essa amostra humana pertence à família japética, espalhada da Índia até os limites da Europa Ocidental. Não sorriam, senhores!

Ninguém estava sorrindo, mas o professor estava tão acostumado a ver rostos resplandecerem durante suas dissertações eruditas!

— Sim — continuou, com animação renovada —, este é um fóssil de homem, contemporâneo dos mastodontes, cujos ossos lotam este anfiteatro. Mas não vou me alongar contando como ele chegou até aqui, nem como as camadas em que ele foi enterrado deslizaram para esta enorme cavidade no globo. Sem dúvida, no período quaternário, ainda havia uma agitação considerável na crosta terrestre; o resfriamento contínuo do globo produzia rachaduras, fissuras e falhas, onde parte do terreno superior provavelmente deslizava para baixo. Não posso dizer com certeza, mas aqui está ele, cercado pelo seu trabalho manual, os machados e sílex talhados que compunham a idade da pedra, e a menos que ele tenha vindo aqui como eu, um turista e pioneiro da ciência, não posso duvidar da autenticidade de sua origem antiga.

O professor ficou em silêncio, e eu explodi em aplausos unânimes. Meu tio estava certo, e até cientistas mais instruídos do que seu sobrinho teriam tido dificuldade em argumentar contra ele.

Outra pista. Esse corpo fossilizado não era o único no imenso ossário. Encontrávamos mais corpos a cada passo que dávamos em meio à poeira, e meu tio poderia escolher a mais maravilhosa dessas amostras para convencer os incrédulos.

Na verdade, era surpreendente ver todas aquelas gerações de homens e animais misturadas naquele cemitério. Mas surgiu uma questão séria que não ousávamos resolver. Será que tais seres animados deslizaram por alguma convulsão do solo até as margens do mar de Lidenbrock depois de terem sido reduzidos a pó? Ou será que eles viveram ali, naquele mundo subterrâneo, sob aquele céu

artificial, nascendo e morrendo como os habitantes da Terra? Até ali, monstros marinhos, somente peixes, haviam aparecido vivos diante de nós! Será que algum homem do abismo ainda vagava por aquelas praias desertas?

XXXIX

Por mais meia hora ainda, nossos pés pisaram sobre essas camadas de ossos. Seguíamos em frente, movidos por uma curiosidade ardente. Que outras maravilhas aquela caverna guardava, que outros tesouros para a ciência? Meus olhos esperavam todo tipo de surpresa; minha imaginação, todo tipo de maravilhamento.

As margens do mar já haviam desaparecido fazia muito tempo por trás das colinas do ossário. O imprudente professor, despreocupado em se perder, estava me levando para longe. Avançamos em silêncio, banhados por ondas elétricas. Devido a um fenômeno que não consigo explicar, e graças à sua difusão, que era completa naquele momento, a luz iluminava as várias faces dos objetos de maneira uniforme. Seu foco não estava mais em nenhum ponto específico do espaço e não produzia nenhum efeito de sombra. Era como se fosse meio-dia em pleno verão, no meio das regiões equatoriais, sob os raios verticais do sol. Todo vapor havia desaparecido. As rochas, as montanhas distantes, algumas massas confusas de florestas distantes, assumiam um aspecto estranho sob a distribuição homogênea do fluido luminoso. Nós parecíamos o personagem fantástico de Hoffmann que perdeu sua sombra.[44] Depois de uma caminhada de quatro quilômetros, chegamos à beira de uma imensa floresta, mas não mais uma das florestas de cogumelos que cercavam Porto-Graüben.

Era a vegetação da época terciária em todo o seu esplendor. Grandes palmeiras de espécies que já desapareceram, palmáceas magníficas, pinheiros, teixos, ciprestes e tuias representavam a família das coníferas e estavam ligadas entre si por uma rede de cipós inextricáveis. Um tapete de musgos e hepáticas cobria o solo com uma camada macia. Alguns riachos murmuravam sob

44 Referência ao conto "As aventuras da noite de são Silvestre" (1815), do escritor alemão Ernst Theodor Wilhelm Hoffmann (1776–1822). Na história, o personagem vende sua sombra, ou seu reflexo, ao diabo.

essas árvores frondosas, pouco dignas desse nome, pois não produziam sombra. Nas suas margens cresciam samambaias semelhantes às encontradas nas estufas quentes do globo habitado. Mas essas árvores, arbustos e plantas, privados do calor revigorante do sol, não tinham cor. Tudo se misturava em um tom uniforme, marrom e meio desbotado. As folhas eram desprovidas de verde, e suas flores, tão numerosas no período terciário em que nasceram, então sem cor ou perfume, pareciam feitas de papel descolorido pela ação da atmosfera.

Meu tio Lidenbrock se aventurou sob a gigantesca vegetação. Eu o segui, não sem certa apreensão. Se a natureza havia preservado uma dieta vegetal naquele lugar, por que não encontraríamos ali os temíveis mamíferos? Nas amplas clareiras deixadas pelas árvores derrubadas e roídas pelo tempo, pude ver leguminosas, aceríneas, rubiáceas e milhares de arbustos comestíveis, apreciados pelos ruminantes de todos os tempos. Em seguida, apareceram, em uma mistura confusa, as árvores de diferentes regiões da superfície do globo, o carvalho crescendo perto da palmeira, o eucalipto australiano encostado no abeto norueguês, a bétula do norte mesclando seus galhos com os dos kauris neozelandeses. Era o suficiente para confundir o raciocínio dos mais engenhosos classificadores da botânica terrestre.

De repente, parei. Detive meu tio com a mão! A luz difusa permitia ver os até menores objetos nas profundezas da vegetação. Achei que tinha visto... Não! Na verdade, vi, com meus próprios olhos, formas enormes se movendo sob as árvores! De fato, eram animais gigantescos, uma manada inteira de mastodontes, não mais fósseis, mas vivos e semelhantes àqueles cujos restos mortais foram descobertos em 1801 nos pântanos de Ohio! Eu via aqueles grandes elefantes cujas trombas se agitavam sob as árvores como uma legião de cobras. Eu escutava o som de suas longas presas, seu marfim batendo nos velhos troncos. Os galhos rachavam e as folhas, arrancadas em grandes massas, se perdiam dentro das enormes bocas desses monstros.

Aquele sonho no qual eu tinha visto o renascimento do mundo inteiro, dos tempos pré-históricos, das eras ternária e quaternária, finalmente se tornara realidade! E lá estávamos nós, sozinhos, nas entranhas do globo, à mercê de seus ferozes habitantes!

Meu tio observava.

— Vamos! — disse ele de repente agarrando meu braço. — Em frente! Em frente!

— Não! — gritei. — Não! Não temos armas! O que faríamos no meio dessa manada de quadrúpedes gigantes? Venha, tio, venha! Nenhuma criatura humana pode enfrentar a ira desses monstros impunemente.

— Nenhuma criatura humana! — respondeu meu tio, baixando a voz. — Você se engana, Axel! Olhe, olhe, ali! Parece-me que estou vendo um ser vivo! Um ser como nós! Um homem!

Olhei, encolhendo os ombros e determinado a testar os limites da descrença. Mas, apesar de tudo, fui obrigado a encarar os fatos.

A menos de um quilômetro de distância, encostado no tronco de um enorme kauri, um ser humano, um Proteu dessas terras subterrâneas, um novo filho de Netuno, estava guardando aquela incomensurável manada de mastodontes!

Immanis pecoris custos, immanior ipse![45]

45 Citação aproximativa de: *custos pecoris immanis, immanor ipse* (guardião de uma prodigiosa manada, sendo ele o mais prodigioso). Trata-se do título de um dos capítulos do romance *O corcunda de Notre-Dame* (1831), de Victor Hugo, que caracteriza o personagem do corcunda Quasímodo rodeado por monstros de pedra, as esculturas da catedral. Por sua vez, Hugo retoma com ironia um verso do poeta Virgílio, nas *Bucólicas*, que diz: *formosi custos pecoris formosior ipse* (guardião de uma bela manada, sendo ele o mais belo).

Sim! *Immanior ipse!* Aquele não era mais o fóssil cujo cadáver havíamos encontrado no ossário, mas um gigante, capaz de comandar tais monstros. Ele tinha mais de três metros e meio de altura. Sua cabeça, tão grande quanto a de um búfalo, desaparecia na vegetação de sua cabeleira desgrenhada. Parecia uma juba de verdade, como a do elefante dos primeiros tempos. Ele agitava um enorme galho na mão, digno de um pastor antediluviano.

Ficamos imóveis, atônitos. Mas podíamos ser vistos. Precisávamos fugir.

— Vamos, vamos! — gritei, arrastando meu tio, que pela primeira vez se deixou guiar.

Quinze minutos depois, estávamos fora da vista desse temível inimigo.

E agora que estou pensando nisso com calma; agora que a calma voltou à minha mente; agora que meses se passaram desde aquele encontro estranho e sobrenatural, que pensar? Em que acreditar? Não! É impossível! Nossos sentidos foram enganados, nossos olhos não viram o que viram! Nenhuma criatura humana existe naquele mundo subterrestre! Nenhuma geração de homens habita aquelas cavernas inferiores do globo, sem se preocupar com os habitantes de sua superfície, sem se comunicar com eles! Isso é insano, profundamente insano!

Eu preferiria admitir a existência de algum animal cuja estrutura se aproxima da estrutura humana, algum macaco das primeiras épocas geológicas, algum Protopithecus, algum Mesopithecus, semelhante ao descoberto pelo sr. Lartet na colina de Sansan, na França![46]

Mas seu tamanho excedia todas as medidas fornecidas pela paleontologia moderna! Não importa! Um macaco, sim, um

46 Referência ao *Pliopithecus antiquus*, símio cujo primeiro fóssil foi descoberto pelo paleontólogo francês Édouard Lartet (1801–1871) e considerado um ponto de virada no estudo da evolução das espécies.

macaco, por mais improvável que seja! Mas um homem, um homem vivo, e com ele toda uma geração enterrada nas entranhas da Terra? Isso nunca!

De todo modo havíamos deixado a floresta, clara e luminosa, mudos de espanto, arrasados por uma estupefação que beirava a estupidez. Corríamos, sem conseguir nos controlar. Era uma fuga real, semelhante àqueles impulsos assustadores que as pessoas sentem em certos pesadelos. Instintivamente, voltávamos para o mar de Lidenbrock, e não sei no que minha mente estaria pensando, se não fosse por uma preocupação que me trouxe de volta a observações mais práticas.

Embora eu tivesse certeza de que estava pisando em um terreno totalmente intocado por nossos passos, muitas vezes vi agregações de rochas cuja forma lembrava as de Porto-Graüben. Isso confirmou, por sinal, a indicação da bússola e nosso retorno involuntário ao norte do mar de Lidenbrock. Às vezes, era difícil de acreditar. Centenas de riachos e cachoeiras caíam dos afloramentos rochosos. Pensei estar vendo a camada de linhite, nosso fiel Hans-bach e a caverna onde eu tinha voltado à vida. Então, alguns passos adiante, a disposição dos contrafortes, o surgimento de um riacho e o perfil surpreendente de uma rocha me deixaram novamente em dúvida.

Falei ao meu tio sobre minha indecisão. Ele hesitou como eu. Não conseguia se reconhecer em meio àquele panorama uniforme.

— Obviamente — disse eu —, não chegamos ao nosso ponto de partida, mas a tempestade nos levou um pouco abaixo e, se seguirmos a costa, encontraremos Porto-Graüben.

— Nesse caso — respondeu meu tio —, é inútil continuar essa exploração, e o melhor é voltar para a jangada. Mas você não está enganado, Axel?

— É difícil dizer, tio, porque todas essas rochas parecem iguais. Mas acho que estou reconhecendo o promontório ao pé do qual Hans construiu a embarcação. Devemos estar perto do pequeno porto, se não for este aqui — acrescentei, examinando uma enseada que pensei ter reconhecido.

— Não, Axel, pelo menos encontraríamos nossos próprios rastros, e eu não vejo nada...

— Mas eu vejo algo! — gritei, correndo em direção a algo que brilhava na areia.

— O que é?

— Isto — respondi.

E mostrei ao meu tio um punhal coberto de ferrugem que eu tinha acabado de encontrar.

— Veja só! — disse ele. — Você trouxe essa arma com você?

— Eu? De jeito nenhum! E você...

— Não que eu saiba — respondeu o professor. — Esse objeto nunca esteve na minha posse.

— Isso é estranho!

— Não. É muito simples, Axel. Os islandeses costumam ter armas desse tipo, e Hans, o dono dessa, deve tê-la perdido...

Balancei a cabeça. Hans nunca estivera em posse daquele punhal.

— Essa é a arma de algum guerreiro antediluviano! — exclamei. — Seria de um homem vivo, contemporâneo desse pastor gigantesco? Não, não é! Não é uma ferramenta da idade da pedra! Nem mesmo da idade do bronze! Essa lâmina é feita de aço...

Meu tio me interrompeu rapidamente nesse caminho no qual me embrenhava e, em seu tom frio, me disse:

— Acalme-se, Axel, e recupere o juízo. Essa adaga é uma arma do século XVI, uma adaga de verdade, do tipo que os cavalheiros usavam em seus cintos para dar o golpe de misericórdia. É de origem espanhola. Ela não pertence a você, nem a mim, nem ao caçador, nem mesmo aos seres humanos que vivem nas entranhas da Terra!

— Está insinuando...?

— Veja, ela não se lascou assim de tanto entrar na garganta das pessoas; sua lâmina está coberta por uma camada de ferrugem que não tem nem um dia, nem um ano, nem um século de idade!

O professor se empolgou, como de costume, deixando-se levar pela imaginação.

— Axel — continuou —, estamos à beira de uma grande descoberta! Essa lâmina ficou abandonada na areia por cem, duzentos, trezentos anos, e se lascou nas rochas desse mar subterrâneo!

— Mas ela não veio sozinha! — exclamei. — Não entortou por conta própria! Alguém esteve aqui antes de nós!

— Sim! Um homem.

— E esse homem?

— Esse homem gravou o próprio nome com essa adaga! Esse homem queria, mais uma vez, marcar com as próprias mãos o caminho para o centro! Procuremos! Procuremos!

E ali estávamos, prodigiosamente interessados, contornando o muro alto, procurando a menor fenda que pudesse se tornar uma galeria.

Chegamos a um lugar onde a margem se estreitava. O mar quase passava por cima da base dos contrafortes, deixando uma passagem de pouco mais de um metro de largura. Entre duas projeções de rocha, encontramos a entrada de um túnel obscuro.

Ali, em uma placa de granito, apareciam duas letras misteriosas, meio corroídas, as duas iniciais do ousado e fantástico viajante:

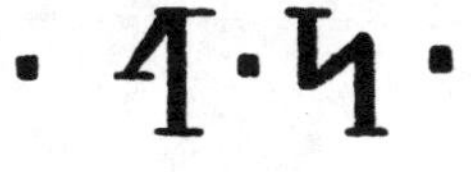

— A. S.! — exclamou meu tio. — Arne Saknussemm! O velho Arne Saknussemm!

XL

Desde o início da viagem, eu já havia passado por muitos momentos de perplexidade: acreditava estar imune a surpresas e indiferente a todas as maravilhas. No entanto, ao ver essas duas letras, gravadas ali por trezentos anos, fiquei em um estado de assombro que beirava a estupidez. Não apenas a assinatura do alquimista erudito podia ser lida na rocha, mas a lâmina que a desenhara estava nas minhas mãos. A menos que eu estivesse agindo de má-fé, não poderia mais duvidar da existência do viajante e da realidade de sua viagem.

Enquanto essas reflexões fervilhavam na minha cabeça, o prof. Lidenbrock se entregava a um arroubo um tanto lírico a respeito de Arne Saknussemm.

— Gênio maravilhoso! — exclamou. — Você não se esqueceu de nada do que poderia abrir as estradas da crosta terrestre para outros mortais, e seus semelhantes podem encontrar as pegadas que seus pés deixaram há três séculos no fundo destas escuras passagens subterrâneas! Você reservou a contemplação dessas maravilhas para outros olhos que não os seus! Seu nome, gravado de etapa em etapa, conduz diretamente o viajante ousado o bastante para segui-lo e, no centro do nosso planeta, ele permanecerá inscrito pela sua própria mão. Muito bem! Eu também assinarei meu nome nesta última página de granito! Mas, de agora em diante, que este cabo visto por você perto deste mar descoberto por você seja chamado para sempre de cabo Saknussemm!

Foi o que ouvi, ou algo assim, e fui conquistado pelo entusiasmo que emanava dessas palavras. Um fogo interior se reacendeu em meu peito! Esqueci tudo: os perigos da viagem e os perigos do regresso. O que outra pessoa havia feito, eu também queria fazer, e nada humano parecia impossível para mim!

— Em frente! Em frente! — exclamei.

Eu já estava correndo em direção à galeria escura quando o professor me deteve; ele, o homem das explosões, aconselhou-me a ter paciência e sangue-frio.

— Voltemos primeiro até onde está Hans — disse — e tragamos a jangada de volta para cá.

Obedeci a essa ordem, ainda que contrariado, e deslizei rapidamente entre as rochas da margem.

— Sabe, tio — disse enquanto caminhava —, que as circunstâncias foram particularmente benéficas até agora?

— Você acha que sim, Axel?

— Sem dúvida, e até mesmo a tempestade nos colocou de volta no caminho certo. Bendita seja a tempestade! Ela nos trouxe de volta a esta costa, de onde o tempo bom teria nos distanciado! Suponha por um momento que nossa proa (a proa de uma jangada!) tivesse tocado a costa sul do mar de Lidenbrock: o que teria sido de nós? O nome Saknussemm não teria aparecido aos nossos olhos, e agora estaríamos abandonados em uma praia sem saída.

— Sim, Axel, há algo de providencial no fato de que, navegando para o sul, voltamos exatamente para o norte e para o cabo Saknussemm. Devo dizer que é mais do que surpreendente, e há uma explicação para isso que me escapa por completo.

— Não importa! Não se trata de explicar os fatos, mas de tirar proveito deles!

— Pode ser, meu rapaz, mas...

— Mas vamos pegar a rota do norte novamente, passando sob as regiões setentrionais da Europa, Suécia, Rússia, Sibéria, sabe-se lá! Em vez de afundar nos desertos da África ou nas ondas do oceano, e eu não quero saber mais nada!

— Sim, Axel, você está certo, e é melhor assim, pois vamos abandonar esse mar horizontal que não nos levará a lugar algum.

Vamos descer, descer mais e mais! Você percebe que, para chegar ao centro do globo, faltam apenas seis mil quilômetros?

— Credo! — exclamei. — É melhor nem falar sobre isso! Em frente! Vamos lá!

Ainda estávamos dizendo essas bobagens quando nos juntamos ao caçador. Tudo estava preparado para a partida imediata. Todos os pacotes estavam embarcados. Tomamos nossos lugares na jangada e, com a vela içada, Hans seguiu ao longo da costa em direção ao cabo Saknussemm.

O vento não estava favorável para um tipo de barco que não desliza bem. Assim, em muitos lugares, foi preciso avançar com a ajuda dos bastões de caminhada. Muitas vezes, as rochas, que ficavam rentes à água, nos obrigavam a fazer desvios bastante longos. Finalmente, depois de três horas de navegação, ou seja, por volta das seis da tarde, chegamos a um local propício ao desembarque.

Eu pulei em terra, seguido pelo meu tio e pelo islandês. Essa travessia não havia me acalmado. Pelo contrário. Até propus queimar "nossa embarcação" para impedir nossa partida. Mas meu tio se opôs. Eu o achei curiosamente temperado.

— Pelo menos — eu disse — partamos sem perder tempo.

— Sim, meu rapaz. Mas, primeiro, vamos examinar essa nova galeria para ver se precisamos preparar nossas escadas.

Meu tio colocou seu aparelho de Ruhmkorff em ação. A jangada, amarrada à margem, foi deixada sozinha; a abertura da galeria estava a menos de vinte passos de distância, e nossa pequena tropa, comigo na liderança, foi para lá sem perder mais tempo...

O buraco, mais ou menos circular, tinha cerca de um metro e meio de diâmetro. O túnel escuro fora escavado na rocha sólida e cuidadosamente alargado pela matéria eruptiva que um dia passara por ele; sua parte inferior estava nivelada com o solo, de modo que pudemos entrar sem nenhuma dificuldade.

Estávamos seguindo um caminho quase horizontal quando, após seis passos, nossa caminhada foi interrompida pela interposição de um enorme bloco de rocha.

— Maldita rocha! — exclamei com raiva, pois de repente me via impedido por um obstáculo intransponível.

Não importava o quanto olhássemos para a esquerda e para a direita, para cima e para baixo, não havia passagem, nenhuma bifurcação na estrada. Eu estava muito decepcionado e não queria admitir que o obstáculo era real. Eu me abaixei. Olhei por baixo do bloco. Nenhum interstício. Por cima. A mesma barreira de granito. Hans iluminou com a lanterna todos os pontos da parede, mas não havia nenhuma saída possível. Tivemos de abandonar toda a esperança de passar.

Eu me sentei no chão, enquanto meu tio andava de um lado para o outro no corredor.

— Mas e Saknussemm?

— Pois é — disse meu tio. — Então ele foi detido por aquela porta de pedra?

— Não! Não! — eu disse energicamente. — Esse pedaço de rocha, resultante de algum tremor ou um desses fenômenos magnéticos que agitam a crosta terrestre, fechou subitamente essa passagem. Muitos anos se passaram entre o regresso de Saknussemm à superfície e a queda dessa rocha. Não é óbvio que essa galeria já foi o caminho da lava, e que a matéria eruptiva fluiu livremente por ela? Você pode ver as rachaduras recentes que serpenteiam esse teto de granito: ele é feito de pedaços de pedras enormes, como se a mão de algum gigante tivesse trabalhado nessa construção. Mas um dia o impulso foi mais forte, e esse bloco, como uma pedra fundamental retirada, deslizou para o chão, bloqueando toda a passagem. É um obstáculo acidental que Saknussemm não encontrou e, se não o derrubarmos, não seremos dignos de chegar ao centro do mundo!

Foi assim que eu falei! A alma do professor havia passado inteiramente por mim. A genialidade de suas descobertas me inspirava. Esqueci o passado e desprezei o futuro. Nada mais existia para mim na superfície desse esferoide dentro do qual havia me embrenhado, nem as cidades, nem o campo, nem Hamburgo, nem a Königstrasse, nem minha pobre Graüben, que devia me considerar perdido para sempre nas entranhas da Terra!

— Muito bem! — disse meu tio. — Abramos caminho com as picaretas e os martelos! Vamos derrubar essas paredes!

— É duro demais para a picareta! — exclamei.

— Então o martelo!

— Demorado demais para o martelo!

— Mas...

— Muito bem! Pólvora! A mina! Vamos minerar e explodir o obstáculo!

— A pólvora!

— Sim! É só quebrar um pedaço de rocha!

— Hans, mãos à obra! — gritou meu tio.

O islandês voltou para a jangada e logo voltou com uma picareta, que usou para cavar uma fornalha de mina. Não era tarefa fácil. Ele precisou fazer um buraco grande o suficiente para conter uns vinte quilos de algodão-pólvora, cujo poder de expansão é quatro vezes maior do que o da pólvora comum.

Eu sentia um prodigioso estímulo intelectual. Enquanto Hans trabalhava, ajudei ativamente meu tio a preparar um longo pavio feito de pólvora úmida e envolto em uma mangueira de lona.

— Vamos conseguir! — eu dizia.

— Vamos conseguir! — repetia meu tio.

À meia-noite, nosso trabalho como mineiros estava concluído; a carga de algodão-pólvora estava enterrada na fornalha, e o pavio, que se desenrolava pela galeria, acabava do lado de fora.

Bastava uma faísca para colocar aquela formidável máquina em movimento.

— Amanhã — disse o professor.

Precisei me resignar e esperar mais seis longas horas!

XLI

O dia seguinte, quinta-feira, 27 de agosto, foi uma data memorável nessa jornada subterrestre. Não consigo tirá-la da cabeça sem voltar a sentir meu coração batendo forte de pavor. Daquele momento em diante nossa racionalidade, nosso julgamento e nossa engenhosidade não teriam mais vez, e nos tornaríamos meros joguetes dos fenômenos terrestres.

Às seis horas, já estávamos de pé. Era quase chegada a hora de usar a pólvora para abrir passagem pela casca de granito.

Pedi a honra de acender o pavio. Uma vez feito isso, eu deveria me juntar aos meus companheiros na jangada, que não fora descarregada. Depois, iríamos para o mar para evitar os perigos da explosão, cujos efeitos poderiam não se concentrar no interior do maciço.

De acordo com nossos cálculos, o pavio deveria queimar por dez minutos antes de incendiar a sala de pólvora: portanto, eu teria tempo suficiente para voltar à jangada.

Preparei-me para cumprir meu papel, não sem emoção.

Depois de uma refeição rápida, meu tio e o caçador zarparam, enquanto eu fiquei na margem. Eu tinha comigo uma lanterna acesa, que usei para acender o pavio.

— Vá, filho — disse meu tio —, e junte-se imediatamente a nós.

— Não se preocupe! — respondi. — Não vou me distrair no caminho.

Fui imediatamente em direção à abertura da galeria. Abri minha lanterna e segurei a ponta do pavio.

O professor estava com o cronômetro em mãos.

— Você está pronto? — ele gritou.

— Pronto!

— Pois então! Fogo, meu rapaz!

Mergulhei rapidamente o pavio na chama, que brilhou ao contato, e voltei correndo para a margem.

— Suba a bordo — disse meu tio — e zarpemos.

Hans, com um vigoroso empurrão, nos jogou de volta ao mar. A jangada se afastou cerca de quarenta metros.

Foi um momento emocionante. O professor não tirava os olhos do cronômetro.

— Mais cinco minutos — disse ele. — Ainda quatro! E mais três!

Eu estava com o coração na boca.

— Faltam dois! Um! Desmoronem, montanhas de granito!

O que aconteceu depois? Acho que não ouvi o estrondo da detonação. Mas a forma das rochas mudou de repente diante dos meus olhos; elas se abriram como uma cortina. Vi um abismo insondável sendo cavado bem na costa. O mar, tomado pela vertigem, transformou-se em uma enorme onda, na qual a jangada se ergueu perpendicularmente.

Nós três fomos derrubados. Em menos de um segundo, a luz deu lugar à mais profunda escuridão. Então, senti falta de um apoio sólido, não sob meus pés, mas sob a jangada. Achei que ela estava afundando. Mas não estava. Queria falar com meu tio, mas o rugido da água o impediria de me ouvir.

Apesar da escuridão, do barulho, da surpresa e da emoção, entendi o que tinha acabado de acontecer.

Além da rocha que acabara de estourar, havia um abismo. A explosão tinha causado uma espécie de terremoto no solo rachado, o abismo havia se aberto e o mar, transformado em uma torrente, nos arrastava.

Eu me senti perdido.

Uma hora, duas horas, nem sei quanto tempo se passou assim. Nós nos seguramos nos cotovelos e nas mãos uns dos outros para não sermos jogados para fora da jangada. Os choques, cada vez que batíamos contra a parede, eram extremamente violentos.

No entanto, esses impactos eram raros, o que me levou a concluir que a galeria alargava-se consideravelmente. Esse era, sem dúvida, o caminho de Saknussemm; mas em nossa imprudência, em vez de descê-lo sozinhos, tínhamos arrastado um mar inteiro conosco. Essas ideias, compreensivelmente, apresentavam-se à minha mente de forma vaga e obscura. Eu mal conseguia pensar durante essa corrida vertiginosa que mais parecia uma queda. A julgar pelo ar que batia em meu rosto, devíamos viajar mais rápido do que os trens mais velozes. Acender uma lanterna naquelas condições era, portanto, impossível, e nosso último dispositivo elétrico havia se quebrado na explosão.

Portanto, fiquei muito surpreso ao ver uma luz brilhando de repente perto de mim. O rosto calmo de Hans se iluminou. O hábil caçador conseguira acender a lanterna e, embora sua chama vacilasse, ela lançou alguns lampejos na terrível escuridão.

A galeria era ampla. Eu estava certo em avaliá-la assim. A luz, insuficiente, não nos permitia ver suas duas paredes ao mesmo tempo. A inclinação das águas que nos levavam para baixo excedia a das corredeiras mais intransponíveis da América. Sua superfície parecia composta de um feixe de flechas líquidas disparadas com extrema força. Não posso fazer uma comparação mais precisa. A jangada, presa em certos redemoinhos, às vezes girava. Quando ela se aproximava das paredes da galeria, eu projetava a luz da lanterna sobre elas e estimava sua velocidade ao ver as saliências da rocha se transformarem em linhas contínuas, de modo que éramos cercados por uma rede de linhas móveis. Estimei que estávamos a cento e vinte quilômetros por hora.

Meu tio e eu nos olhávamos abatidos, encostados na seção do mastro que havia se quebrado no momento da catástrofe. Estávamos de costas para o vento, para não sermos sufocados pela velocidade de um movimento que nenhuma força humana poderia deter.

As horas se passaram. A situação não mudou, mas um incidente complicou tudo.

Ao tentar separar a carga, vi que a maioria dos itens a bordo havia desaparecido no momento da explosão, que nos atingira com tanta violência! Eu queria saber exatamente o que tínhamos e, com uma lanterna na mão, comecei a investigar. Tudo o que restara dos nossos instrumentos foram a bússola e o cronômetro. As escadas e cordas estavam reduzidas a um pedaço de cabo enrolado no resto do mastro. Nem uma picareta, nem um martelo, nem uma marreta e, cúmulo da infelicidade, só tínhamos comida suficiente para um dia!

Procurei nas fendas da jangada, nos menores cantos formados pelas vigas e nas juntas das tábuas! Nada! Nossas provisões consistiam apenas em um pedaço de carne-seca e alguns biscoitos. Olhei para eles com cara de bobo! Eu não queria entender! E, no entanto, com que perigo eu estava me preocupando? Mesmo se tivéssemos comida suficiente para meses, para anos, como sairíamos do abismo para o qual aquela torrente inevitável estava nos arrastando? Qual era o sentido de temer as torturas da fome, quando a morte já se oferecia sob tantas outras formas? Teríamos tempo para morrer de inanição?

No entanto, por alguma inexplicável estranheza da imaginação, esqueci o perigo imediato em favor das ameaças do futuro, que se mostraram a mim em todo o seu horror. Apesar de tudo, talvez pudéssemos escapar da fúria da torrente e retornar à superfície do globo. Mas como? Eu não sabia. Onde? Que importava? Uma chance em mil ainda é uma chance, enquanto a morte por inanição não nos deixava nenhuma esperança em qualquer proporção, por menor que fosse.

Ocorreu-me a ideia de contar tudo ao meu tio, mostrar-lhe o desenlace ao qual estávamos condenados e fazer um cálculo exato do tempo de vida que ainda nos restava. Mas tive a coragem de ficar calado. Queria deixar que ele mantivesse a calma. Naquele momento, a luz da lanterna foi diminuindo pouco a pouco e se apagou completamente. O pavio queimara até o fim. A escuridão absoluta reinava de novo. Não havia necessidade de dissipar aquela escuridão impenetrável. Ainda tínhamos uma tocha, mas ela não poderia ter permanecido acesa. Então, feito uma criança, fechei os olhos para não ver toda a escuridão.

Depois de um longo tempo, a velocidade da nossa corrida aumentou. Eu percebia isso pelo reflexo do ar no meu rosto. A inclinação das águas se tornava excessiva. Na verdade, acho que não estávamos mais deslizando. Estávamos caindo. Tive a impressão de que caíamos quase verticalmente. A mão do meu tio e a de Hans, agarradas aos meus braços, me seguravam com firmeza.

De repente, depois de um tempo incalculável, senti um choque: a jangada não havia batido em um corpo duro, mas parado de repente em plena queda. Uma tromba d'água, uma imensa coluna de líquido, caiu em sua superfície. Eu estava sufocando. Estava me afogando...

Mas essa inundação repentina não durou muito. Em poucos segundos, eu voltara ao ar livre, respirando com toda a força dos meus pulmões. Meu tio e Hans apertavam tanto meu braço que parecia que ele ia quebrar, e a jangada continuava nos carregando.

XLII

Deviam ser dez da noite. O primeiro de meus sentidos a funcionar depois desse último ataque foi a audição. Ouvi quase imediatamente — pois foi um ato de verdadeira audição — o silêncio na galeria, após o rugido contínuo que invadira meus ouvidos durante horas. Finalmente, as palavras do meu tio chegaram até mim em um sussurro:

— Estamos subindo!

— O que quer dizer com isso? — exclamei.

— Isso mesmo, estamos subindo! Estamos subindo!

Estiquei o braço e toquei a parede; minha mão começou a sangrar. Subíamos com extrema rapidez.

— A tocha! A tocha! — gritou o professor.

Hans, não sem alguma dificuldade, conseguiu acendê-la, e a chama, mantendo-se de baixo para cima apesar do movimento ascendente, projetou luz suficiente para iluminar toda a cena.

— É exatamente como eu pensava — disse meu tio. — Estamos em um poço estreito, com menos de oito metros de diâmetro. Quando a água chega ao fundo do abismo, ela retoma seu nível e sobe conosco.

— Aonde?

— Não sei, mas precisamos estar prontos para tudo. Subimos a uma velocidade que estimo em quatro metros por segundo, ou pouco mais de duzentos metros por minuto, ou mais de quatorze quilômetros por hora. Nesse ritmo, avançamos bem.

— Sim, se nada nos impedir, se este poço tiver uma saída! Mas e se ele estiver bloqueado? E se o ar se comprimir gradualmente sob a pressão da coluna de água? E se formos esmagados?!

— Axel — respondeu o professor, tranquilo. — A situação é quase desesperadora, mas há algumas chances de salvação, e é o que estou examinando. Se a qualquer momento podemos perecer, a qualquer momento também podemos ser salvos. Portanto, vamos tirar proveito da menor circunstância.

— Mas o que fazer?

— Recuperar as forças comendo.

Ao ouvir essas palavras, lancei a meu tio um olhar abatido. Fui obrigado a dizer o que não queria admitir:

— Comer? — repeti.

— Sim, sem demora.

O professor acrescentou algumas palavras em dinamarquês. Hans balançou a cabeça.

— O quê?! — gritou meu tio. — Nossas provisões se perderam?

— Sim, aqui está o que sobrou da comida! Um pedaço de carne-seca para nós três!

Meu tio me encarou sem querer entender minhas palavras.

— E então? — perguntei. — Ainda acha que podemos nos salvar?

Minha pergunta ficou sem resposta.

Passou-se uma hora. Eu começava a sentir uma fome violenta. Meus companheiros também estavam sofrendo, e nenhum de nós ousava tocar nos miseráveis restos de comida.

No entanto, ainda estávamos subindo extremamente rápido. Às vezes, o ar nos tirava o fôlego, como acontece com os aeronautas cuja ascensão é rápida demais. Mas, enquanto os aeronautas sentem um frio proporcional à medida que se elevam nas camadas atmosféricas, nós sentíamos exatamente o oposto. O calor aumentava em um ritmo preocupante e decerto já devia ter atingido os quarenta graus.

O que significava aquela mudança? Até então, os fatos haviam confirmado as teorias de Davy e Lidenbrock; até então, condições particulares das rochas refratárias, de eletricidade e magnetismo haviam modificado as leis gerais da natureza, produzindo uma temperatura moderada, pois a teoria do fogo central permanecia, a meu ver, a única verdadeira, a única explicável. Portanto, será que voltaríamos a um ambiente onde esses fenômenos eram realizados com todo o rigor e onde o calor reduzia as rochas a um estado completo de fusão? Eu temia que sim, e disse ao professor:

— Se não nos afogarmos ou formos destruídos, se não morrermos de fome, há sempre a chance de sermos queimados vivos.

Ele simplesmente deu de ombros e voltou aos seus pensamentos. Uma hora se passou e, exceto por um leve aumento na temperatura, nenhum incidente veio alterar a situação. Por fim, meu tio quebrou o silêncio.

— Vejamos — disse ele —, precisamos tomar uma decisão.

— Decidir? — respondi.

— Sim. Temos de recuperar forças. Se tentarmos prolongar nossa existência por algumas horas administrando esse resto de comida, ficaremos fracos até o fim.

— Sim, até o fim, que não demorará a chegar.

— Pois bem! Se surgir uma chance de salvação, se um momento de ação for necessário e estivermos enfraquecidos pela fome, onde encontraremos forças para agir?

— Ei, meu tio, se esse pedaço de carne for devorado, vai sobrar o quê?

— Nada, Axel, nada. Mas será que comê-la com os olhos nos alimenta mais? Esse é o raciocínio de um homem sem vontade, um homem sem energia!

— Você não se desespera? — exclamei, irritado.

— Não! — respondeu o professor com firmeza.

— Ainda acredita em alguma chance de salvação?

— Sim, claro que sim! E enquanto seu coração bater, enquanto sua carne pulsar, não permitirei que um ser dotado de força de vontade se entregue ao desespero.

Que palavras! O homem que as proferiu em tais circunstâncias certamente tinha um caráter incomum.

— Bem — eu disse —, o que você pretende fazer?

— Comer até o último pedaço de comida que nos resta e recuperar as forças perdidas. Será nossa última refeição? Que seja! Mas, pelo menos, em vez de ficarmos exaustos, voltaremos a ser homens.

— Bem, ao ataque! — gritei.

Meu tio pegou o pedaço de carne e os poucos biscoitos que haviam escapado do naufrágio, fez três porções iguais e as distribuiu. Isso deu cerca de meio quilo de comida para cada um. O professor comeu avidamente, com uma espécie de entusiasmo febril; eu comi sem prazer, apesar da fome, quase com nojo; Hans comeu em silêncio, moderadamente, mastigando pequenos bocados sem fazer barulho, saboreando-os com a calma de um homem que não se incomodava com preocupações futuras. Ele acabou encontrando um frasco meio cheio de gim e nos ofereceu, e essa bebida benéfica teve o poder de me reanimar um pouco.

— *Förtrafflig!* — disse Hans, bebendo por sua vez.

— Excelente! — respondeu meu tio.

Eu havia recuperado alguma esperança. Mas nossa última refeição chegava ao fim. Eram cinco horas da manhã.

A natureza do homem é tal que sua saúde é um efeito puramente negativo: uma vez satisfeita a necessidade de comer, é difícil imaginar os horrores da fome; é preciso vivenciá-los para entendê-los. Então, depois de um longo jejum, alguns bocados de biscoito e de carne falaram mais alto do que nossas dores passadas.

No entanto, depois dessa refeição, cada um se perdeu em seus pensamentos. Em que pensava Hans, esse homem do extremo ocidente, dominado pela resignação fatalista dos orientais? No que me dizia respeito, meus pensamentos eram feitos de lembranças, e elas me levaram de volta à superfície desse globo que eu nunca deveria ter deixado. A casa na Königstrasse, minha pobre Graüben, dona Marthe passavam diante dos meus olhos como visões, e, nos estrondos lúgubres que percorriam o maciço, eu pensava ouvir o som das cidades da Terra.

Meu tio, sempre ocupado, com a lanterna na mão, examinava cuidadosamente a natureza dos terrenos; tentava identificar sua situação observando as camadas sobrepostas. Esse cálculo, ou melhor, essa estimativa, só poderia ser muito aproximativa; mas um cientista é sempre um cientista quando faz prova de sangue-frio, e o prof. Lidenbrock certamente possuía essa qualidade em um grau pouco comum.

Eu o ouvi murmurar palavras de ciência geológica; eu as entendi e, contra minha vontade, fiquei interessado nesse estudo supremo.

— Granito eruptivo — dizia ele. — Ainda estamos na era primitiva, mas estamos subindo! Estamos subindo! Quem sabe?

Quem sabe? Ele ainda tinha esperança. Apalpou a parede vertical e, alguns instantes depois, voltou a falar:

— Aí vêm os gnaisses, aí vêm os micaxistos! Bom! Então, logo veremos o terreno do período de transição, e aí...

O que o professor quis dizer com isso? Ele conseguia medir a espessura da crosta terrestre que pairava sobre nossa cabeça? Será que havia alguma maneira de fazer esse cálculo? Não. Ele não tinha um manômetro, e nenhum tipo de estimativa poderia substituí-lo.

Enquanto isso, a temperatura subia muito e eu me senti banhado por uma atmosfera escaldante. Eu só podia compará-la ao calor irradiado pelos altos-fornos na hora da fundição. Pouco a pouco, Hans, meu tio e eu tivemos de tirar nossos casacos e coletes; a menor peça de roupa se tornou uma causa de desconforto, para não dizer de sofrimento.

— Estamos chegando a uma fogueira incandescente? — gritei, enquanto o calor aumentava.

— Não — respondeu meu tio —, é impossível! É impossível!

— No entanto — falei, sentindo a parede —, ela está fervendo!

Enquanto eu dizia essas palavras, minha mão tocou a água e tive de retirá-la o mais rápido possível.

— A água está fervendo! — gritei.

Dessa vez, o professor respondeu apenas com um gesto de raiva.

Um pavor invencível tomou conta de vez da minha cabeça. Tive a sensação de um desastre iminente, algo que a imaginação mais ousada não poderia conceber. Uma ideia, vaga e incerta no início, tornou-se certeza em minha mente. Eu a afastei, mas ela voltou com obstinação. Não me atrevi a formulá-la. Entretanto, algumas observações involuntárias determinaram minha convicção. Sob a luz vacilante da lanterna, notei movimentos desordenados nas camadas de granito. Era óbvio que estava prestes a ocorrer um fenômeno, no qual a eletricidade desempenhava um papel. Além disso havia o calor excessivo, a água borbulhante...! Decidi observar a bússola.

Ela estava descontrolada!

XLIII

Sim, descontrolada! A agulha saltava de um polo a outro com solavancos bruscos, percorria todos os pontos do mostrador e girava como se estivesse com vertigem.

Eu sabia muito bem que, de acordo com as teorias mais aceitas, a crosta mineral do globo nunca está em repouso absoluto: as mudanças provocadas pela decomposição da matéria interna, a agitação proveniente das grandes correntes líquidas, a ação do magnetismo, tendem a sacudi-la incessantemente, mesmo que os seres espalhados em sua superfície não tenham consciência de sua agitação. Assim, em outras circunstâncias esse fenômeno não teria me assustado, ou, pelo menos, não teria dado origem a uma ideia terrível em minha mente.

Mas outros fatos, certos detalhes peculiares, não podiam mais me enganar. As detonações se multiplicavam com uma intensidade assustadora. Eu só podia compará-las ao ruído produzido por um grande número de carroças sendo conduzidas rapidamente pela rua. Era um trovão contínuo. Então, a bússola desenfreada, abalada por fenômenos elétricos, confirmou minha opinião. A crosta mineral estava prestes a se romper, os maciços de granito a se unir, a fissura a se encher, o vazio a se preencher, e nós, pobres átomos, seríamos esmagados nesse formidável abraço.

— Tio, tio! — gritei. — Estamos perdidos.

— Que novo terror é esse? — ele respondeu com surpreendente calma. — Qual é o problema?

— O meu problema?! Observe essas paredes que se agitam, essa massa sólida que se desloca, esse calor tórrido, essa água fervente, esses vapores que estão engrossando, essa agulha louca, todos os sinais de um terremoto!

Meu tio balançou a cabeça gentilmente.

— Um terremoto? — repetiu.

— Sim!

— Acho que se engana, meu rapaz!

— Acaso não reconhece os sinais?

— De um terremoto? Não! Eu esperava mais do que isso!

— O que quer dizer?

— É uma erupção, Axel.

— Uma erupção? — repeti. — Estamos na chaminé de um vulcão ativo!

— Acredito que sim — disse o professor, sorrindo —, e essa é a melhor coisa que poderia nos acontecer!

A melhor coisa! Será que meu tio enlouquecera? Qual era o sentido daquelas palavras? Por que estava tão calmo e sorridente?

— Como assim?! — exclamei. — Estamos presos numa erupção? O destino nos jogou no caminho da lava incandescente, das rochas em chamas, das águas ferventes, de toda a matéria eruptiva! Vamos ser empurrados, expulsos, jogados para fora, vomitados, expectorados no ar com os detritos de rochas, as chuvas de cinzas e escórias, em um turbilhão de chamas, e isso é a melhor coisa que pode nos acontecer?!

— Sim — respondeu o professor, olhando para mim por cima dos óculos. — Porque é a única chance que temos de voltar à superfície da Terra!

Passo rapidamente pelas mil ideias que me atravessaram a mente. Meu tio estava certo, absolutamente certo, e nunca pareceu tão corajoso ou mais convencido do que naquele momento em que estava esperando e adivinhando calmamente as chances de uma erupção.

Mas continuávamos subindo; esse movimento ascendente durou a noite toda; os ruídos ao redor aumentavam; eu me sentia quase sufocado, achei que estava chegando à minha hora final e, no entanto, a imaginação é tão bizarra que me entreguei a uma busca verdadeiramente infantil. Mas eu era vítima dos meus pensamentos e não conseguia dominá-los!

Era óbvio que estávamos sendo empurrados por uma força eruptiva: sob a jangada, havia águas borbulhantes e, sob essas águas, uma massa de lava, um agregado de rochas que, no topo da cratera, se dispersaria em todas as direções. Portanto, estávamos na chaminé de um vulcão. Não há dúvida quanto a isso.

Mas, agora, em vez do Snæfell, um vulcão extinto, tratava-se de um vulcão totalmente ativo. Então, fiquei imaginando qual seria essa montanha e em que parte do mundo seríamos expulsos.

Nas regiões setentrionais, não havia dúvidas. Antes de seu descontrole, a bússola nunca havia variado daquela forma. Desde o cabo Saknussemm, tínhamos sido levados diretamente para o Norte por centenas de quilômetros. Ora, será que estávamos de volta à Islândia? Teríamos sido jogados para trás pela cratera de Hecla ou pelas crateras das outras sete montanhas ígneas da ilha? Em um raio de dois mil quilômetros a oeste, tudo o que eu podia imaginar abaixo desse paralelo eram os vulcões pouco conhecidos da costa noroeste da América. No Leste, apenas um existia abaixo do octogésimo grau de latitude, o Esk, na ilha de Jean Mayen, não muito longe de Spitzberg! É claro que não havia escassez de crateras, e elas eram grandes o suficiente para expulsar um exército inteiro! Mas qual delas serviria de saída para nós, era o que eu estava tentando adivinhar.

No início da manhã, o movimento ascendente se acelerou. Se o calor aumentava em vez de diminuir à medida que nos aproximávamos da superfície do globo, era totalmente localizado e devido a uma influência vulcânica. Nosso tipo de locomoção não podia mais deixar dúvidas em minha mente. Uma força enorme, uma força de várias centenas de atmosferas produzida pelos vapores acumulados no seio da Terra, estava nos empurrando inevitavelmente. Mas nos expunha a inúmeros perigos!

Logo os reflexos amarelados penetraram na galeria vertical que se alargava: à direita e à esquerda, vi corredores profundos semelhantes a imensos túneis dos quais escapavam vapores espessos, e línguas de fogo lambiam as paredes efervescentes.

— Veja! Veja, meu tio! — gritei.

— Muito bem! Isso são chamas sulfurosas. Nada mais natural em uma erupção.

— Mas e se elas nos envolverem?

— Elas não nos envolverão.

— E se sufocarmos?

— Não vamos sufocar. A galeria está se alargando e, se for preciso, abandonaremos a balsa e nos abrigaremos em alguma fenda.

— E a água?! A água que está subindo?

— Não há mais água, Axel, e sim uma espécie de pasta lávica que nos levanta com ela até a boca da cratera.

A coluna líquida havia de fato desaparecido, sendo substituída por uma matéria eruptiva bastante densa, ainda que borbulhante. A temperatura estava se tornando insuportável, e um termômetro exposto a essa atmosfera teria registrado mais de setenta graus! Eu estava encharcado de suor. Se não fosse pela velocidade da subida, certamente teríamos sufocado.

No entanto, o professor não seguiu sua sugestão de abandonar a jangada, e com razão. Essas poucas vigas mal unidas ofereciam uma estrutura sólida, um apoio que não encontraríamos em outra parte.

Por volta das oito horas da manhã, um novo incidente se produziu pela primeira vez. O movimento de subida parou de repente. A jangada permaneceu absolutamente imóvel.

— O que é isso? — perguntei, abalado por essa interrupção repentina como se fosse um choque.

— Uma parada — respondeu meu tio.

— Será que a erupção está se acalmando?

— Espero que não.

Eu me levantei. Tentei olhar ao meu redor. Talvez a jangada, interrompida por uma saliência de rocha, estivesse oferecendo resistência momentânea à massa eruptiva. Nesse caso, eu precisaria tirá-la do caminho o mais rápido possível. Mas o problema era outro. A coluna de cinzas, escória e detritos de pedra havia parado de subir.

— A erupção vai parar? — exclamei.

— Ah! — disse meu tio com os dentes cerrados. — Você teme que sim, meu rapaz, mas fique tranquilo, esse momento de calma não vai durar: já faz cinco minutos e, em breve, retomaremos nossa subida em direção à boca da cratera.

Enquanto falava, o professor continuava consultando seu cronômetro, e suas previsões provavelmente estavam certas. Logo a jangada foi surpreendida por um movimento rápido e desordenado que durou cerca de dois minutos, e parou de novo.

— Bem — disse meu tio, observando o tempo —, em dez minutos ela recomeçará.

— Dez minutos?

— Sim. Estamos lidando com um vulcão cuja erupção é intermitente. Ele nos deixa respirar com ele.

Nada de mais verdadeiro. No minuto marcado, fomos lançados mais uma vez com extrema velocidade. Tivemos de nos segurar nas vigas para não sermos jogados para fora da jangada. De repente, o impulso parou.

Desde então, tenho refletido sobre esse fenômeno singular sem encontrar uma explicação satisfatória. No entanto, parece-me óbvio que não estávamos ocupando a chaminé principal do vulcão, mas sim o conduto secundário, onde sentíamos um efeito de contragolpe.

Quantas vezes essa manobra se repetiu, eu não saberia dizer. Sei apenas que, a cada retomada do movimento, éramos lançados com força crescente e como que levados por um verdadeiro projétil. Durante os momentos de parada, sufocávamos; nos momentos de projeção, o ar quente me tirava o fôlego. Imaginei por um momento o prazer de me encontrar repentinamente nas regiões hiperbóreas em um frio de trinta graus abaixo de zero. Minha imaginação superestimulada vagou pelas planícies nevadas das terras árticas, e eu ansiava pelo momento em que rolaria nos tapetes gelados do polo! Pouco a pouco, minha cabeça, danificada por esses choques repetidos, se perdeu. Se não fosse pelos braços de Hans, mais de uma vez eu teria esmagado meu crânio contra a parede de granito.

Não tenho, portanto, uma memória precisa do que aconteceu nas horas seguintes. Tenho a sensação confusa de detonações contínuas, da agitação do maciço, de um movimento giratório no qual ficava presa a jangada. Ela balançava em ondas de lava, no meio de uma chuva de cinzas. Chamas ronquejantes a envolveram. Um furacão que parecia ter sido impulsionado por um imenso ventilador ativava os incêndios subterrâneos. Uma última vez, o rosto de Hans apareceu-me num reflexo de fogo, e não tive outro sentimento senão aquele terror sinistro dos condenados amarrados à boca de um canhão, no momento em que o tiro dispara e dispersa seus membros no ar.

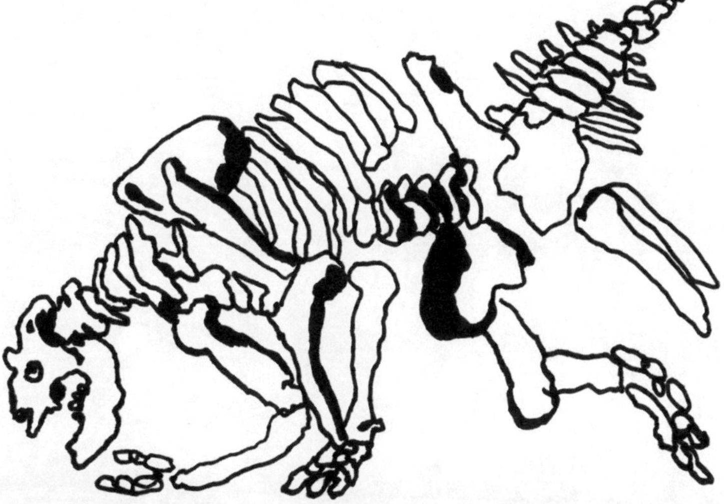

XLIV

Quando abri os olhos novamente, senti-me apertado na altura da cintura pela mão vigorosa do guia. Com a outra mão, ele segurava meu tio. Eu não estava gravemente ferido, mas abatido por uma rigidez geral. Vi-me deitado na encosta de uma montanha, a dois passos de um abismo no qual o menor movimento teria me precipitado. Hans me salvara da morte quando eu rolara pelas laterais da cratera.

— Onde estamos? — perguntou meu tio, parecendo muito irritado por ter voltado à superfície.

O caçador encolheu os ombros em sinal de ignorância.

— Na Islândia — eu disse.

— *Nej* — respondeu Hans.

— Como não? — exclamou o professor.

— Hans está errado — eu disse, levantando-me.

Depois das inúmeras surpresas dessa viagem, ainda nos aguardava algo espantoso. Eu esperava ver um cone coberto de neve eterna, em meio aos áridos desertos das regiões setentrionais, sob os pálidos raios de um céu polar, além das mais altas latitudes. E, contra todas essas previsões, meu tio, o islandês e eu estávamos estendidos sobre uma montanha calcinada pelo calor do sol que nos devorava com seus fogos.

Eu não queria acreditar no que via, mas o verdadeiro cozimento que se produzia sobre meu corpo não deixava margem para dúvidas. Havíamos saído seminus da cratera, e a estrela radiante, à qual nada pedimos por dois meses, mostrando-se pródiga de luz e calor em nossa direção, derramava sobre nós uma esplêndida irradiação.

Quando meus olhos se acostumaram a esse brilho do qual haviam perdido o hábito, empreguei-os para retificar os erros da minha imaginação. No mínimo, eu queria estar em Spitsbergen, e não estava disposto a desistir facilmente.

O professor foi o primeiro a falar:

— Na verdade, isso não se parece com a Islândia.

— Talvez a ilha de Jean Mayen? — perguntei.

— Também não, meu rapaz. Este não é um vulcão do Norte com colinas de granito e calotas de neve.

— Mas...

— Olhe, Axel, olhe!

Acima da nossa cabeça, a 150 metros no máximo, abria-se a cratera de um vulcão por onde escapava, a cada quarto de hora, com estrondosa detonação, uma alta coluna de chamas, misturadas com pedras-pomes, cinzas e lava. Eu sentia as convulsões da montanha, que respirava como uma baleia, e de vez em quando expulsava fogo e ar pelas enormes chaminés. Abaixo, e por uma encosta bastante íngreme, as camadas de material eruptivo estendiam-se a uma profundidade de 200 a 250 metros, o que indicava que o vulcão mal atingia uma altura total de seiscentos metros. Sua base desaparecia num verdadeiro cesto de árvores verdes, dentre as quais distingui oliveiras, figueiras e vinhas carregadas de cachos vermelhos.

Não era o aspecto das regiões árticas, eu precisava admitir.

Quando o olhar atravessava esse recinto verdejante, rapidamente conseguia perder-se nas águas de um maravilhoso mar ou de um lago, que faziam dessa terra encantada uma ilha de apenas alguns quilômetros de largura. A leste havia um pequeno porto, precedido por algumas casas, e no qual navios de uma forma particular se balançavam nos vaivéns das ondas azuis. Ao longe, grupos de ilhotas projetavam-se na planície líquida, e tão numerosos que pareciam um vasto formigueiro.

A oeste, costas distantes contornavam o horizonte: em algumas desenhavam-se montanhas azuis de formação harmoniosa; nas outras, mais distantes, aparecia um cone prodigiosamente alto, cujo topo era coroado por uma nuvem de fumaça. Ao norte, uma imensa extensão de água brilhava sob os raios do sol, revelando aqui e ali a ponta de um mastro ou a convexidade de uma vela ondulando ao vento.

A imprevisibilidade de tal espetáculo aumentou em cem vezes sua beleza maravilhosa.

— Onde estamos? Onde estamos? — repeti em voz baixa. Hans fechou os olhos com indiferença e meu tio olhava sem entender.

— Seja lá o que for essa montanha — ele disse finalmente —, está um pouco quente; as explosões não param, e realmente não valeria a pena sair de uma erupção para ser acertado por um pedaço de pedra na cabeça. Vamos descer e saberemos o que esperar. Além disso, estou morrendo de fome e de sede.

Decididamente, o professor não tinha um espírito contemplativo. De minha parte, esquecendo a necessidade e as fadigas, teria ficado naquele lugar ainda muitas horas, mas tive de seguir meus companheiros. A encosta do vulcão apresentava declives muito acentuados. Deslizamos por verdadeiros buracos de cinzas, evitando correntes de lava que se estendiam como serpentes de fogo. Enquanto descia, eu conversava abundantemente, pois minha imaginação estava cheia demais para não se traduzir em palavras.

— Estamos na Ásia! — exclamei. — Na costa da Índia, nas ilhas malaias, no coração da Oceania! Atravessamos meio globo para chegar aos antípodas da Europa.

— Mas e a bússola? — perguntou meu tio.

— Sim! A bússola! — eu disse envergonhado. — Segundo ela, caminhamos para o norte o tempo todo.

— Então ela mentiu?

— Oh! Mentir!

— A menos que este seja o polo Norte!

— O polo! Não, mas...

Havia ali algo inexplicável. Não sabia o que pensar. No entanto, estávamos nos aproximando desse verde que era um prazer para os olhos. A fome me atormentava e a sede também. Felizmente, ao fim de duas horas de caminhada, uma bonita paisagem apresentava-se aos nossos olhos, completamente coberta de oliveiras, romãzeiras e vinhas que pareciam pertencer a todos. Além disso, nossa miséria não parecia atrair olhares. Que prazer era levar esses frutos saborosos aos lábios e morder os cachos cheios nessas videiras vermelhas! Não muito longe, na relva, à deliciosa sombra das árvores, descobri uma nascente de água fresca, na qual nosso rosto e nossas mãos mergulharam com volúpia.

Enquanto nos abandonávamos assim a toda a doçura do repouso, apareceu uma criança entre dois maciços de oliveiras.

— Oh! — exclamei. — Habitante desta feliz região!

Ele era uma espécie de pobre coitado, muito malvestido, um tanto doentio, e a quem nossa aparência parecia assustar muito. De fato, seminus, com nossas barbas desgrenhadas, tínhamos péssimo aspecto e, a menos que aquele fosse um país de ladrões, parecíamos seres assustadores aos olhos dos habitantes.

Quando o garoto estava prestes a fugir, Hans correu atrás dele e o trouxe de volta, apesar de seus gritos e chutes.

Meu tio começou tranquilizando-o como pôde, e disse-lhe em bom alemão:

— Qual é o nome dessa montanha, meu amiguinho?

A criança não respondeu.

— Bem — disse meu tio. — Não estamos na Alemanha.

E ele repetiu a mesma pergunta em inglês. A criança continuou sem responder. Fiquei intrigado.

— Será que ele é mudo? — exclamou o professor, que, muito orgulhoso do seu poliglotismo, repetiu a pergunta em francês. Mesmo silêncio da criança.

— Então vamos experimentar um pouco de italiano — retomou meu tio. E disse naquela língua: — *Dove noi siamo?*

— Sim! Onde estamos? — repeti com impaciência. A criança não respondeu.

— Ora essa! Você não vai falar? — gritou meu tio, que estava começando a ficar com raiva, e sacudiu a criança pelas orelhas. — *Come si noma questa isola?*

— *Stromboli* — respondeu o pastorzinho, que então escapou das mãos de Hans e correu para a planície por entre as oliveiras.

Não havíamos nem sequer pensado nele! O Stromboli! Que efeito esse nome inesperado teve em minha imaginação! Estávamos no meio do Mediterrâneo, no meio do arquipélago eólico da memória mitológica, no antigo Strongyle, onde Éolo mantinha os ventos e as tempestades sob controle.[47] E aquelas montanhas azuis que se arredondavam para o leste eram as montanhas da Calábria! E aquele vulcão erguido no horizonte sul era o Etna, o próprio Etna feroz.

— Stromboli! Stromboli! — eu repeti.

Meu tio me acompanhava com seus gestos e palavras. Parecíamos cantar juntos!

Ah! que viagem! Que viagem maravilhosa! Tendo entrado por um vulcão, havíamos saído por outro, e esse outro estava situado a mais de quatro mil e oitocentos quilômetros do Snæfell, daquele país árido da Islândia perdido nos confins do mundo! Os acasos dessa expedição nos transportaram ao coração de um dos lugares mais harmoniosos da Terra. Havíamos abandonado

47 Na ilha de Stromboli fica o vulcão com maior atividade na Europa. Chamada de Strongyle na mitologia grega, era o lar do personagem Éolo, que recebeu de Zeus o poder de controlar os ventos.

a região das neves eternas por aquelas de verde infinito, e deixado sobre nossa cabeça a névoa acinzentada das zonas geladas para regressar ao céu azulado da Sicília!

Depois de uma deliciosa refeição de frutas e água fresca, partimos novamente para chegar ao porto de Stromboli. Dizer como chegamos à ilha não nos pareceu prudente: o espírito supersticioso dos italianos não teria deixado de nos ver como demônios vomitados do seio do inferno. Era preciso, portanto, resignar-se a passar por humildes náufragos. Era menos glorioso, porém mais seguro.

No caminho, ouvi meu tio murmurar:

— Mas e a bússola?! A bússola, que marcava o norte! Como explicar esse fato?

— Oras! — exclamei com ar de desdém. — Não precisa explicar, é mais fácil assim!

— Até parece! Um professor do Johannæum que não conseguiria encontrar a razão de um fenômeno cósmico, isso seria uma vergonha!

Falando assim, meu tio, seminu, com a bolsa de couro na cintura e levando os óculos ao nariz, voltou a ser o terrível professor de mineralogia.

Uma hora depois de deixar o olival, chegamos ao porto de San-Vincenzo, onde Hans reclamou o acerto da sua décima terceira semana de serviço, que lhe foi paga e acompanhada de calorosos apertos de mão.

Nesse momento, se não partilhava da nossa emoção tão natural, pelo menos deixava-se levar por um movimento de extraordinária expansão.

Com a ponta dos dedos, apertou levemente nossas duas mãos e começou a sorrir.

XLV

Aqui está a conclusão de uma história na qual muitas pessoas se recusarão a acreditar, mesmo as mais acostumadas a não se surpreenderem com nada. Mas estou antecipadamente blindado contra a incredulidade humana.

Fomos recebidos pelos pescadores estrombolianos com todo o respeito devido aos náufragos. Eles nos deram roupas e comida. Depois de quarenta e oito horas de espera, no dia 31 de agosto, um pequeno *speronare*[48] nos levou a Messina, onde alguns dias de repouso nos aliviaram de todo o cansaço.

Na sexta-feira, 4 de setembro, embarcamos no *Volturne*, um dos navios-correio dos correios imperiais da França, e, três dias depois, desembarcamos em Marselha, tendo apenas uma preocupação no espírito: nossa maldita bússola. Esse fato inexplicável não deixou de me incomodar muito seriamente. Na noite de 9 de setembro, chegamos a Hamburgo.

Quanto ao espanto de dona Marthe e a alegria de Graüben, desisto de tentar descrever.

— Agora que você é um herói — disse minha querida noiva para mim —, não precisará mais me deixar, Axel!

Olhei para ela. Ela chorava sorrindo.

É fácil imaginar a sensação provocada pelo retorno do prof. Lidenbrock a Hamburgo. Graças às indiscrições de Marthe, a notícia de sua partida para o centro da Terra se espalhou pelo mundo. Não queriam acreditar e continuavam não acreditando quando o viram de novo.

No entanto, a presença de Hans e várias informações da Islândia mudaram pouco a pouco a opinião pública.

Então, meu tio virou um grande homem, e eu, o sobrinho de um grande homem, o que já é alguma coisa. Hamburgo deu

48 Pequena embarcação de fundo chato, típica da região.

uma festa em nossa homenagem. Uma reunião pública ocorreu no Johannæum, onde o professor fez o relato de sua expedição e omitiu apenas os fatos relativos à bússola. No mesmo dia, depositou nos arquivos da cidade o documento de Saknussemm, e lamentou profundamente que as circunstâncias, contrárias à sua vontade, não lhe tivessem permitido seguir os vestígios do viajante islandês até o centro da terra. Ele era modesto em sua glória, e sua reputação aumentou.

Tanta honra estava fadada a despertar inveja. Ela surgiu, e, como as teorias do professor, baseadas em certos fatos, contradiziam os sistemas da ciência sobre a questão do fogo central, ele defendeu pela escrita e pela palavra discussões notáveis com estudiosos de todos os países.

Pessoalmente, não posso aceitar sua teoria do resfriamento: apesar do que vi, acredito e sempre acreditarei no aquecimento central; mas admito que certas circunstâncias, ainda mal definidas, podem modificar essa lei sob a ação dos fenômenos naturais.

Bem no momento em que essas discussões se tornaram mais emocionantes, meu tio sofreu um revés. Hans, apesar de suas súplicas, deixou Hamburgo. O homem a quem devíamos tudo não nos permitiu pagar nossa dívida. Ele fora vencido pelas saudades da Islândia.

— *Farval* — disse um dia. E com essa simples palavra de despedida, partiu para Reykjavik, onde chegou feliz.

Estávamos singularmente ligados ao nosso bravo caçador de êideres; sua ausência nunca o fará cair no esquecimento daqueles cuja vida ele salvou, e certamente não morrerei sem o ter visto uma última vez.

Para concluir, devo acrescentar que *Viagem ao centro da Terra* causou enorme sensação no mundo. Foi impresso e traduzido em todas as línguas; os jornais mais famosos disputavam os principais episódios, que eram comentados, discutidos, atacados, apoiados com igual convicção no campo dos crentes e dos incrédulos. Coisa rara! Meu tio desfrutou de toda a glória que adquiriu durante sua vida, e até mesmo o sr. Barnum se ofereceu para "exibi-lo" por um preço muito alto nos Estados da União. Mas um inconveniente, digamos até um tormento, insinuou-se em meio a essa glória. Um fato permaneceu inexplicável: o da bússola. Ora, para um cientista, tal fenômeno inexplicado torna-se uma tortura de inteligência. Pois bem! O céu reservou ao meu tio a felicidade completa.

Um dia, enquanto arrumava uma coleção de minerais em seu armário, vi a famosa bússola e comecei a observá-la.

Havia seis meses que estava ali, no seu canto, sem desconfiar dos distúrbios que causava.

De repente, qual não foi meu espanto! Soltei um grito. O professor veio correndo.

— O que foi? — ele perguntou.

— Essa bússola...!

— E então?

— Sua agulha aponta para o sul e não para o norte!

— Que está dizendo?

— Veja! Seus polos estão alterados.

— Modificados!

Meu tio olhou, comparou e sacudiu a casa com um salto incrível.

Uma luz iluminou sua mente e a minha ao mesmo tempo!

— Então — exclamou ele, assim que recuperou a fala —, após nossa chegada ao cabo Saknussemm, a agulha dessa maldita bússola estava apontando para o sul em vez do norte?

— É óbvio!

— Nosso erro está explicado. Mas que fenômeno poderia ter produzido essa inversão dos polos?

— Nada mais simples.

— Explique, meu rapaz.

— Durante a tempestade, no mar de Lidenbrock, aquela bola de fogo que magnetizou o ferro da jangada simplesmente confundiu nossa bússola!

— Ah! — exclamou o professor, caindo na gargalhada. — Então foi um truque de eletricidade?

Daquele dia em diante, meu tio foi o mais feliz dos estudiosos, e eu, o mais feliz dos homens, pois minha linda virlandesa, abdicando de sua posição de pupila, assumiu seu lugar na casa de Königstrasse na dupla qualidade de sobrinha e esposa. Desnecessário acrescentar que seu tio era o ilustre prof. Otto Lidenbrock, membro correspondente de todas as sociedades científicas, geográficas e mineralógicas dos cinco cantos do mundo.

DESENHO CAMINHOS PELA TERRA

por

Helena Obersteiner

Afirmar que existem infindáveis opções além da linha reta é um dos meus assuntos preferidos quando falo sobre desenho. Tanta prática também me levou a crer que esse é um ensinamento a se levar para a vida. Ao longo dos anos, tenho me interessado em pesquisar por que tantas pessoas querem desenhar mas, por alguma razão, se sentem paralisadas e não seguem adiante. Acredito na importância da micropolítica, e é especialmente através de práticas coletivas de desenho que procuro companhia para ultrapassar camadas sociais que nos amortecem.

Em minha experiência, o desenho de observação foi a porta de entrada para descobrir mais sobre a sensação de integrar o mundo. Pensando que a observação se dá a partir da percepção dos cinco sentidos, alinhamos todo o nosso corpo em função de um movimento, que vem da confluência de estímulos e que cria uma marca no papel, pois seguramos um objeto que risca. Dançamos, lemos o que está à nossa volta como partitura do todo com a nossa presença.

É a partir dessa prática que aprendo com *Viagem ao centro da Terra*. É muito difícil que a idealização de um ponto de chegada anule as experiências imprevisíveis que se revelam em nossos caminhos. E estou convencida de que há uma perda grave quando isso acontece. A fragmentação de querermos nos moldar a uma perspectiva pronta destrói nossa vivacidade. Recuperar o nosso espírito aventureiro é essencial para ousar e descobrir o que só se apresentará se assumirmos uma postura aberta à experiência.

Obras literárias podem ser portais do tempo. Partimos para uma viagem, de acordo com o manuscrito de Arne Saknussemm: antes do princípio de julho, o viajante audacioso chegará ao centro da Terra. Foi exatamente nessa época do ano que entreguei os desenhos desta edição e parti para uma jornada, na qual atravessei o mar e encontrei túneis secretos que levam a cachoeiras e fósseis como os que havia rabiscado. Me espantei. A pesquisa para ilustrar um livro não é linear, não acontece somente quando se está com o lápis na mão, antes da publicação.

A relação com uma pesquisa no campo das artes costuma propor mais perguntas do que respostas. Ao sabermos aproveitar bem essa oportunidade, somos guiados em caminhos incertos e corajosos por esses questionamentos, que provocam reflexões.

Creio que devemos exercer uma postura crítica em relação a todos os materiais que chegam em nossas mãos. Qual é a razão de uma obra escrita há séculos ainda existir e circular? Quais discussões esse texto fomenta? De que maneira pode ser atualizado? No caso de *Viagem ao centro da Terra*, que foi revisitada em tantos formatos, quais são as novidades propostas pela perspectiva de cada época?

Essas questões-problema vêm a partir da consciência de que não existe neutralidade nos pontos de vista quando se analisa uma produção. Frequentemente nos deparamos com embates de valores e, se buscamos pensamentos mais complexos que o sim e o não, é impossível paralisarmos em incongruências.

De certa maneira, nós também produzimos mistérios, o que abre espaço para outras pessoas pesquisarem o que fazemos, trazendo suas perspectivas e tecendo uma teia de conhecimentos maior que uma vida. É isso que vejo ser proporcionado por uma nova edição de um clássico. Como eu, artista do século XXI passo a contribuir para a trajetória dessa narrativa?

Partindo dessa visão, podemos compreender que cada obra é interpretada de maneira distinta, de acordo com o momento em que é lida, e também por quem a lê. Mergulhando no universo da produção de artes para esta edição, o primeiro ponto do romance que desperta meu interesse é a visão cosmológica a respeito da vida e a importância perene dessa percepção. Isto é, eu não diria que é específico de um contexto sócio-histórico entender que fazemos parte de algo maior que a humanidade, maior que um planeta. Nós vivemos em um astro que compõe o universo em movimentos de rotação e translação.

Não digo isso caindo em uma generalização da vida, afirmando que todas as experiências são equivalentes. Ailton Krenak, filósofo e líder indígena, na palestra *Pisar suavemente sobre a Terra: rumo a uma pedagogia da coexistência*, fala sobre a radicalidade de nossas diferenças, e que nada na natureza nos informa sobre o movimento em direção a um igual, que tudo explode em diversidade. Considerando nossa pluralidade e a coexistência, encontramos uma pista para a integridade no mundo.

Não posso dizer que foi uma conexão maior que levou o prof. Otto Lidenbrock a liderar sua expedição, mas posso dizer que ele foi também movido pela curiosidade e pela coragem. Se pensarmos de uma maneira holística, adentrar a Terra é também caminhar em direção ao nosso interior. Acessar nossas motivações é lidar com descobertas e consequências desse processo. Afinal, a Terra é o organismo que nos recebe. Ao longo de séculos, a humanidade tratou de se separar e lidar com ela a partir de um ponto de vista de aproveitamento, busca por recursos e ganância. Em seu livro *A terra dá, a terra quer*, Antônio Bispo dos Santos, filósofo e quilombola, mantém uma postura contracolonial, refletindo sobre significados de termos como "desenvolvimento" e "humanismo":

> A humanidade é contra o envolvimento, é contra vivermos envolvidos com as árvores, com a terra, com as matas. Desenvolvimento é sinônimo de desconectar, tirar do cosmo, quebrar a originalidade. [...] Não somos humanistas, os humanistas são as pessoas que transformam a natureza em dinheiro, em carro do ano. Todos somos cosmos, menos os humanos. Eu não sou humano, sou quilombola. Sou lavrador, pescador, sou um ente do cosmos.[1]

Seguindo seu pensamento, a globalização seria uma postura de dominar e unificar culturas, em oposição a uma postura pluralista, que considera o globo de forma diversa, como vários ecossistemas, vários idiomas, várias espécies e vários reinos. Comentando sobre a moradia no quilombo e a relação de pertencimento, o autor conta que as casas eram demarcadas tanto na Terra como nos astros, observando a localização da Lua. Estamos em um planeta e não só em um pedaço de chão.

E é justamente a pluralidade imaginativa de Verne que nos encanta, quando o professor, Axel e Hans trilham caminhos escuros e tortuosos ao interior da Terra, onde encontram um oceano e seres vivos da Era Cenozoica, extintos há 1,8 milhões de anos. Vejo nesse acontecimento de nossa narrativa também

1 SANTOS, Antônio Bispo dos. *A terra dá, a terra quer*. São Paulo: Ubu, 2023.

uma oportunidade para questionar a perspectiva linear do tempo, pois se trata de um passado vivo, isto é, o que acreditamos ter desaparecido ainda vive em nosso interior. O pensamento de que o que foi vivenciado está totalmente acabado abre espaço para uma postura fatalista, atos inconsequentes e alienação. Em contrapartida, a compreensão de que estamos buscando conhecimentos e construindo realidades pode trazer responsabilidade e ânimo para seguir.

Procurando ampliar perspectivas, me deparei com o curta-metragem *Tempo circular*, que aborda a sabedoria circular do povo Pankararu: estar presente, escutar e lutar pelo passado para planejar o futuro, sucessivamente. A troca de informações através da oralidade cíclica evidencia a importância da ancestralidade para localizar o que vem adiante. Existe uma diferença entre ouvir histórias e fazer parte delas.

Um pensamento demasiado objetivista costuma partir do pressuposto de que há apenas uma verdade a ser seguida, e não abre espaço para descobertas. O que seria de nossa obra sem aventuras, se as personagens tivessem apenas seguido os passos do velho alquimista de maneira neutra e apática, chegando sem conflitos ao destino final?

Pensando nisso, mas por outra perspectiva, também é importante pontuar uma crítica a respeito do trecho no qual a jovem Graüben é tolhida de seguir a expedição por ser mulher. Se não nos tornamos capazes de repensar normas socialmente estabelecidas, não conseguimos vislumbrar possibilidades, nesse caso, mais justas. Quais teriam sido suas contribuições ao longo da viagem?

Na segunda década deste século, circular entre pessoas interessadas em desenho me levou a perceber que muitas, mesmo nos dias de hoje, ainda julgam sua própria produção a partir de valores que, se não forem questionados, nos levam embora em uma correnteza de costumes perpetuados por estruturas de dominação. Essa direção vai em desencontro com a nossa essência plural enquanto indivíduos.

Encontro no desenho livre a possibilidade de exercitar a espontaneidade e a flexibilidade, movimento diário de não só reverter o amortecimento promovido pelo objetivismo, como também de nutrir a confiança de podermos fazer diferente. A artista Fayga Ostrower, em seu livro *Criatividade e processos de criação,* afirma que, quando nos abrimos para o novo e somos flexíveis, as novas contingências param de ser ameaças e se tornam oportunidades para nossa capacidade imaginativa. Trabalhar de maneira espontânea não se trata de produzir de forma impensada, mas coerente e intuitiva. Em suas palavras:

> Espontâneos porque coerentes, podemos até tolerar complexidades muito grandes nos fenômenos. Podemos aceitar fatores ambivalentes que talvez surjam em certos momentos, percebendo que, embora contrastantes, as intenções não precisam ser contraditórias e não precisam excluir-se; que podem complementar mutuamente e adquirir um novo sentido de unidade. Nessa ampliação dos limites, nós nos sentimos enriquecidos pela convicção interior de termos crescido nossa compreensão. Também nossa espontaneidade terá crescido.[2]

O convite para ilustrar uma obra, de acordo com minha perspectiva, é um convite para dialogar com o texto de maneira

2 OSTROWER, Fayga. *Criatividade e processos de criação.* Petrópolis, RJ: Vozes, 2014.

sensível, através do desenho. É extremamente diferente de representar o que está escrito. Desenhar passa pela minha experiência de reconhecimento do mundo, de como minha presença integra esse coletivo, aprende e comunica. Muitas vezes o que se revela é novidade até para mim, pois não sei como serão os desenhos, uma vez que nenhum passa por um processo de rascunho. Por isso, mesmo depois de cumprir prazos e finalizar a etapa anterior à impressão, continuo estudando o que foi feito, lidando com os mistérios produzidos, em um processo de reconhecimento poroso.

Assim que as ilustrações foram retiradas pela editora para a digitalização, parti em uma viagem de um mês para o outro lado do oceano, exatamente na data do pergaminho encontrado com as pistas sobre o centro da Terra. O fato é que passei muitos momentos dessa viagem sentindo que vivia o que li no texto de Jules Verne. Visitei uma antiga faculdade de ciências, um poço iniciático que me levava a uma espécie de caverna que desembocava em um reservatório de água e encontrei as réplicas exatas dos fósseis que tinha estudado a distância para fazer os desenhos do livro. Poder conhecer um pouco mais sobre os seres que antes habitavam essa Terra me coloca diante das realidades inimagináveis, do absurdo da vida. Quais possibilidades ainda não conhecemos?

Tendo a crer que não existem coincidências, mas sincronias ativadas também a partir da nossa abertura e atenção.

Não é porque falamos de um passado vivo que deixamos de falar de morte. Na verdade, se questionarmos paradigmas do que seria uma vida que continua, como no caso da minha contribuição para manter ativo esse clássico da literatura, vale a pena ressignificar também o que se torna a morte, e o que escolhemos deixar morrer. A partir desse ponto de vista, a morte passa a não se tratar apenas de uma fatalidade, mas parte de um ciclo. É importante questionar o que deixamos ir embora e as responsabilidades envolvidas nesse processo; refletir sobre isso em relação ao nosso planeta é essencial.

Uma vez que escolhemos deixar algo ir embora, não é um caminho sem volta: temos a possibilidade de construir outras rotas para além de um vetor com destino definido. Na ousadia dos desenhos diferentes, há esperança.

HELENA OBERSTEINER é artista, ilustradora e designer têxtil. Em seu trabalho, observa nosso planeta, pesquisa seres que o habitaram no passado e a possibilidade de futuros fantásticos. Se interessa pela espontaneidade e flexibilidade, acredita que os erros são acontecimentos que constroem conhecimentos. A partir dessa perspectiva, criou o projeto Desenhos Feios.

SONHAR O PRESENTE: A FICÇÃO CIENTÍFICA DE JULES VERNE

por
Cláudia Fusco

Quando falamos sobre Jules Verne, é natural associar o autor francês à história da ficção científica. Muitas de suas obras, inclusive *Viagem ao centro da Terra*, contêm elementos pelos quais esse gênero literário é conhecido: seu caráter imaginativo, a exploração de lugares inóspitos com o auxílio da ciência, e até mesmo um tipo de protagonista frequente na ficção científica, que combina alto conhecimento acadêmico com um certo pendor para a aventura. Verne escreveu jornadas fabulosas em busca dos mistérios do mundo, e uma descrição popular da ficção científica, cunhada pelo pesquisador croata Darko Suvin, escreve que a essência do gênero de ficção científica é o *cognitive estrangement,* ou "estranhamento cognitivo": ao mesmo tempo que identificamos algo de familiar nessas narrativas, elas também nos separam do mundo conhecido e desafiam o que presumimos sobre ele. Verne faz isso inúmeras vezes em suas obras, seja explorando conhecimentos científicos de seu tempo ou testando possibilidades tecnológicas que ainda não existiam.

Portanto, pode ser curioso descobrir que, por cerca de um século, Verne foi esnobado do panteão de autores de ficção científica clássica. Muito da crítica especializada o considerava um autor de livros infantojuvenis, sem um estilo autoral reconhecível, no melhor dos casos. De acordo com a *Encyclopedia of Science Fiction* [*Enciclopédia de ficção científica*], de John Clute e Peter Nicholls, isso se deve, em parte, a traduções de má qualidade do trabalho desse autor para o inglês. Quando adaptadas para outros idiomas que não o francês original, suas obras "foram silenciosamente expurgadas, a maioria abreviada e, em algumas ocasiões, ativamente deturpadas pela inserção de trechos que não foram escritos por ele; erros literais na transcrição de seus números e cálculos também eram frequentes, levando a uma suposição condescendente por parte dos críticos de língua inglesa de que Verne era desleixado, não tinha conhecimento matemático básico, ou ambos"[1].

Até mesmo a crítica francesa demorou a reconhecer seus talentos como um dos maiores contadores de histórias de seu tempo, sensível a temas como o imperialismo, transporte e exploração de territórios, que podem soar contemporâneos aos leitores de hoje. Mais do que projetar suas histórias em futuros distantes, Verne extrapolava as possibilidades científicas de sua época, numa visão profundamente autoral sobre as rápidas transformações sociais, tecnológicas e culturais que marcaram a Europa do século XIX.

Esse contexto é importante para compreender as camadas das obras de Verne. Na contramão das distopias e outros subgêneros de ficção científica que se tornaram muito populares nos séculos XX e XXI, o autor, nascido em 1828, se tornou conhecido por carregar um olhar esperançoso em relação ao conhecimento humano e ao progresso. Ainda que essa perspectiva tenha mudado ao longo da carreira de Verne, seu recorte em relação à

1 Jules Verne. *Encylopedia of Science Fiction*, 15 de outubro de 2011. Disponível em: <https://sf-encyclopedia.com/entry/verne_jules>. Acesso em: 3 jul. 2024. Tradução nossa.

ciência e às descobertas humanas o destaca entre autores de sua geração. O otimismo e a confiança no potencial humano eram parte do imaginário científico e social na primeira metade daquele século — e Verne explorou profundamente esses sentimentos, em especial nos primeiros anos de sua produção literária.

Para o escritor e crítico literário Graham Sleight, a ficção científica de Verne e seus contemporâneos, como H. G. Wells, era "uma promessa de que, a alguma distância, existe um lugar chamado futuro, e que a FC era tanto um mapa para chegar lá como um manual de sobrevivência para depois que você chegou".[2] Hugo Gernsback, um editor de ficção científica de prestígio do início do século XX, também descreve o tipo de literatura de autores como Verne, Wells e até mesmo Edgar Allan Poe como "um romance charmoso entremeado com fatos científicos e visões proféticas"[3]. De fato, há algo de romântico na figura do cientista Lidenbrock, um pesquisador obstinado por mensagens cifras, línguas antigas e pelos mistérios do mundo. Não é exagero dizer que Verne talvez sofresse de uma certa nostalgia pelo momento presente, um século vibrante de descobertas, em que tudo parecia possível.

Essa romantização não estava limitada às obras do autor francês; sua história de vida também era bastante colorida. Enquanto o pai, Pierre Verne, era um advogado de sucesso, sua mãe, Sophie Allotte de La Fuÿe, pertencia a uma linhagem de navegadores e comerciantes de navios escoceses. O próprio Verne deixou registros de como se encantava com a ideia de

2 SLEIGHT, Graham. Last and First SF. In: MENDLESOHN, Farah (Ed.). *Polder: A Festschrift for John Clute and Judith Clute*. Baltimore: Old Earth Books, 2006. pp. 258-266. Tradução nossa.
3 GERNSBACK, Hugo. A New Sort of Magazine. *Amazing Stories*, v. 1, n. 1, 1926. Tradução nossa.

navios mercantes. Cresceu em uma das maiores cidades portuárias da França e, ao longo da infância, diversas vezes se hospedou na casa do tio, um navegador aposentado. Além disso, foi educado por Madame Sambin, uma professora que teria sido casada com um capitão naval desaparecido há décadas. De acordo com *Jules Verne: A Biography*, escrita por Jean Jules-Verne, neto do escritor, a professora costumava contar histórias inspiradoras sobre o marido, sempre amarradas à esperança de que ele voltasse para casa. Essas anedotas da infância teriam inspirado Verne a escrever *robinsonades*, termo criado pelo escritor alemão Johann Gottfried Schnabel para narrativas ao estilo do clássico Robinson Crusoé. De acordo com Schnabel, a narrativa de sobrevivência, em que o protagonista é isolado de seu mundo conhecido e precisa passar por diversas aventuras no caminho de volta para casa, se tornou um subgênero literário em si mesmo — e uma parte importante do estilo de Verne.

Jean Jules-Verne não foi o único de sua família a escrever sobre o parente célebre. Décadas antes, Marguerite Allotte de la Fuÿe também registrou a jornada de vida de seu tio famoso, e a ela é atribuída uma das anedotas mais divertidas (e absurdas) sobre a infância do escritor. De acordo com La Fuÿe, aos onze anos, Verne teria trocado de lugar com um grumete do navio *Coralie*, que estava partindo para as Índias. Seu objetivo seria conseguir um colar de corais para sua prima Coraline, por quem foi apaixonado. De acordo com a lenda, Verne só foi impedido de continuar viagem porque o pai o encontrou na primeira parada, Paimbœuf, uma comuna na região do Loire. Na ocasião, Pierre teria pedido ao filho que prometesse viajar "apenas em sua imaginação", o que Verne sem dúvida cumpriu ao longo de sua carreira.

Ainda que a história tenha sido exagerada, foi possivelmente inspirada em um incidente real — e é apenas um exemplo da imaginação romântica de Verne desde jovem. A escrita não surge muito depois; seus primeiros romances foram escritos ainda na adolescência, sobre temas que faziam parte de sua vida, como as escolas religiosas onde estudou durante a infância e adolescência (e que não eram descritas de maneiras muito lisonjeiras). Aos dezenove anos, em 1847, começa a se dedicar seriamente à escrita, influenciado por autores como Victor Hugo, Alexandre Dumas e até Edgar Allan Poe, que inspirou algumas produções com viés gótico. Escreveu peças, contos e poesia, tudo a contragosto de seu pai. Pierre esperava que o primogênito seguisse seus passos, em vez da literatura, e decidiu enviar Verne para Paris, onde iniciaria seus estudos em direito. A mudança não teria sido recebida inteiramente a contragosto do jovem Jules; de acordo com lendas familiares, o autor precisava de motivos para se afastar da cidade, já que sua prima, por quem era apaixonado, havia se casado com um homem décadas mais velho.

O amor — e a frustração — parecem ser uma parte crucial da vida e da produção literária de Verne. Depois de prestar exames para a faculdade de direito, o autor voltou a Nantes e se apaixonou por uma jovem, Rose Herminie Arnaud Grossetière, para quem dedicou dezenas de poemas. Contudo, os pais da jovem não aprovavam a união com um estudante e arranjaram casamento para ela com um herdeiro de terras, o que encorajou Verne a trocar Nantes por Paris novamente. Ao longo dos anos 1850, o escritor mergulhou no ofício literário, embora não vivesse exclusivamente dele. Vendeu diversos contos de aventura e trabalhou em peças de teatro, inclusive em uma com um de seus amigos, filho do escritor Alexandre Dumas. De acordo com o biógrafo Herbert R. Lottmann, autor de *Jules Verne: an exploratory biography* [*Jules Verne: uma biografia exploratória*], viver de literatura era o único indicador de sucesso que importava para Verne.

Seu pai chegou a oferecer seu próprio cargo como advogado em Nantes, preocupado com o futuro profissional do primogênito, mas Verne negou a oferta; optou por sustentar uma carreira paralela como corretor da bolsa, que manteve até 1862, quando conheceu Pierre-Jules Hetzel. À época, Verne havia acabado de desistir de seu primeiro manuscrito mais longo, quando Hetzel, editor de autores como Honoré de Balzac e Victor Hugo, o encorajou a perseguir e novelizar seu interesse sobre balões. Seu primeiro conto com o tema, "Um drama no ar", tinha sido publicado em 1851, e a parceria com Hetzel rendeu o primeiro romance de Verne, *Cinco semanas em um balão*, publicado em 1863. A obra não apenas daria início à jornada de Verne como romancista, mas também foi o pontapé inicial para seu direcionamento de carreira; era o começo da coleção de viagens extraordinárias, nome atribuído às obras de Verne até sua morte.

Ao longo da carreira, Verne escreveria todo tipo de narrativas, desde distopias corporativas (como *Paris no século* XX, de 1860) até dezenas de peças de teatro realistas. Mas se há um ponto de virada na trajetória do autor, que desde os anos 1970 é o segundo mais traduzido no mundo (atrás apenas de Agatha Christie) e um precursor de movimentos artísticos como o surrealismo, é o livro que você tem em mãos agora. *Viagem ao centro da Terra*, de 1864, é um perfeito exemplo do que se estabeleceria como o estilo *verniano* de contar histórias, de acordo com John Clute e Peter Nicholls, autores da *Encyclopedia of Science Fiction*: "um senso de claridade moral e até compaixão (vilões são muito raros); a segurança dos números (múltiplos protagonistas eram comuns); e a sensação de chegar muito perto, mas nunca realmente ultrapassar a barreira do conhecido"[4].

4 Jules Verne. *Encylopedia of Science Fiction*, 15 de outubro de 2011. Disponível em: <https://sf-encyclopedia.com/entry/verne_jules>. Acesso em: 3 jul. 2024. Tradução nossa.

O sucesso de Verne foi praticamente instantâneo depois da publicação do romance. Para Clute e Nicholls, a combinação de uma "exuberância infantil" no tom de *Viagem ao centro da Terra*, que explora "um encantamento engajante em relação às maravilhas do mundo", além da condução da história a partir da perspectiva "tripartida" de protagonistas com diferentes pontos de vista, seria parte da fórmula de sucesso que o autor usaria pelo resto da carreira em algumas de suas tramas mais populares. Há também elementos originais: embora outros autores tenham explorado o conceito de mundo subterrâneo, Verne brinca com elementos de viagem no tempo, exibindo uma parte secreta do mundo em que dinossauros e mamutes ainda existem. Outros clássicos com esse mesmo "tempero verniano" viriam na sequência, como *Da Terra à Lua* (1865) e *Vinte mil léguas submarinas* (1872).

Ao longo dos anos 1860 e 1870, Verne não apenas conquistaria prestígio e sucesso comercial, como passaria a viver exclusivamente da escrita — em especial por conta dos direitos da adaptação teatral de *Volta ao mundo em oitenta dias*, cuja primeira versão foi publicada em 1872. Nesse período, prosperou, casou-se, construiu uma família e se tornou a imagem do autor bem-sucedido.

Mas o tom de sua criação também se transformou. As obras de Verne que se aproximam do século XX carregam um tom mais pessimista, o que representa um desafio para estudiosos do autor. Há quem acredite que as últimas obras publicadas de Verne, inclusive postumamente, tenham sido editadas de forma significativa por seu filho, Michel, cujas intervenções na produção literária do pai são conhecidas em diversas referências. Também se acredita que o próprio autor mudou de percepção em relação ao mundo ao longo do século XIX, inclusive por conta de decepções em sua vida pessoal. Além de lidar com o luto da perda de sua mãe e do amigo e editor Hetzel em 1886, no mesmo ano, seu sobrinho Gaston tentou assassiná-lo com dois tiros de revólver, que, embora não tenham sido letais, afetariam para sempre os movimentos da perna esquerda. Isso, somado a problemas de saúde que se refletiram ao longo da vida, como a diabetes, minou muito da energia — e do otimismo — de Verne em relação ao futuro.

Como escrevem Clute e Nicholls, "ainda que seus primeiros trabalhos certamente explorem a fantasia escapista e infantil dos adolescentes franceses em 1865, também podem ser lidos como o último réquiem para o sonho de seu século surpreendente e transformador, cujo sonho desperto das primeiras décadas aparece de forma efetiva em seus primeiros trabalhos"[5].

Assim como, em *Viagem ao centro da Terra*, há mistérios que se mantêm intactos dentro de um contexto protegido do mundo exterior, é possível ler Verne com a mesma intenção. Suas obras são um recorte no tempo, o fragmento de um momento em que a ambição humana levava a conclusões empolgantes e muito diferentes do que, após guerras mundiais e inúmeros conflitos ambientais, sustentamos hoje.

Ao mesmo tempo, Verne nos ensina que é perfeitamente possível — e talvez desejável — escrever ficção científica sobre o momento presente. Da Lua ao centro da Terra, não há limites para sonhar o mundo de hoje. Em tempos nos quais a ficção científica e a realidade apresentam perspectivas cada vez mais sombrias sobre o futuro, é revigorante que a literatura possa promover escapes para realidades diferentes — e, quem sabe,

5 Jules Verne. *Encylopedia of Science Fiction,* 15 de outubro de 2011. Disponível em: <https://sf-encyclopedia.com/entry/verne_jules>. Acesso em: 3 jul. 2024. Tradução nossa.

inspirar gerações a não apenas sonhar com transformações para o nosso mundo e tentar representá-las na arte, mas também colocá-las em prática.

CLÁUDIA FUSCO é escritora, roteirista, professora e mestre em Estudos de Ficção Científica pela Universidade de Liverpool, Inglaterra.

VERNE VIU A AVENTURA

por

Samir Machado de Machado

O ano era 1862 e Pierre-Jules Hetzel estava animado. Republicano convicto, estava de volta à França após se autoexilar na Bélgica durante anos devido ao golpe de estado de Napoleão III, e tinha grandes planos. O principal deles envolvia uma nova publicação: uma revista voltada para toda a família, de qualidade impecável, que unisse ficção de entretenimento com uma educação científica: a *Magasin d'éducation et de récréation.* E aquele manuscrito que havia chegado às suas mãos, de um autor iniciante de 34 anos, era exatamente o que ele precisava: uma nova tecnologia — no caso, o balonismo — e uma paixão pela geografia e por viagens imbuída de um empolgante senso de aventura. Quem sabe, depois de um primeiro livro, aquele escritor não aceitaria um contrato de exclusividade? Digamos, dois a três volumes por ano, para serem publicados como folhetins em sua revista, e depois encadernados como livros? Que aspirante a escritor rejeitaria a segurança de uma renda fixa em troca de ser publicado?

Aquele jovem novato, chamado Jules Verne, aceitou na mesma hora. *Cinco semanas em um balão* provou-se um sucesso, e *Viagem ao centro da Terra* agradou ainda mais. Quando *As aventuras do capitão Hatteras* foi publicado como livro em 1866, Hetzel anunciou seus planos para a obra de Verne: elas formariam uma coleção, intitulada *Viagens extraordinárias*, que em suas palavras iriam "delinear todo o conhecimento geográfico, geológico, físico e astronômico acumulado pela ciência moderna".

Com o tempo, os prolíficos livros de Verne fariam a fortuna de seu editor muito mais que a de seu autor: ao todo, suas viagens extraordinárias somam cinquenta e quatro romances e dois livros de contos. Poucas coisas são tão libertadoras para um escritor de ficção quanto o momento em que encontra o rumo literário que quer seguir. Mais tarde na vida, Verne teria dito ser sua intenção "concluir, antes que meus dias de trabalho acabem, uma série que contenha sob a forma de histórias todo o meu levantamento da superfície do mundo e dos céus".

As obras surgiam em um momento crucial das ciências. Não era apenas a *Origem das espécies* de Darwin, publicado em 1859, que vinha contradizer as origens míticas do Homem, ao propor sua lenta evolução de um antepassado em comum com os macacos. Desde o século XVIII, os primeiros geólogos desafiavam concepções religiosas a respeito da idade da Terra, ao propor que o planeta, longe dos cinco mil anos bíblicos, teria isto sim milhões de anos de idade. E por último, no início do século XIX, a classificação dos primeiros fósseis de dinossauros e o desenvolvimento da paleontologia começava a provar que a extinção de uma espécie era sim uma possibilidade, ao contrário do que se acreditara por muitos séculos, com a ideia de que o mundo criado por Deus era completo e perfeito.

Contudo, numa época em que a Europa viu um grande salto científico graças à revolução industrial, a máquina a vapor, o desenvolvimento urbano, as exposições universais — e a colonização de outros continentes, de povos e culturas pouco conhecidos pelos europeus —, a educação pública na França ainda não incluía as ciências. Havia grande demanda dos leitores por mais leituras que os instruíssem nesses assuntos. O geógrafo francês Vivian de San Martin foi um dos que teceu elogios públicos à obra de Verne: "é muito difícil que a ciência e a ficção entrem em contato sem tornar uma mais pesada e diminuir a outra; aqui elas se destacam por uma aliança feliz que ressalta o lado instrutivo do relacionamento, deixando sua atração para o lado da aventura"[1].

A viagem como aventura

Verne é muitas vezes considerado o pai da ficção científica moderna, um posto que disputa com seu contemporâneo, o inglês H. G. Wells. À época, o termo ainda não havia sido cunhado, e as obras de ambos eram chamadas de "romances científicos". Em essência, diferenciavam-se um do outro por seguir duas linhas distintas: se em Wells a ciência era o mote para sátiras sociais ou moralizantes, em Verne o foco estava totalmente voltado para a aventura — para a viagem em si. Por isso há quem defenda que, na prática, a literatura de Verne não seja em si ficção científica. O próprio Verne rejeitava a ideia de que seus romances fossem "científicos".

Mas o que define uma aventura? De acordo com a *Encyclopedia of Adventure Fiction* de Don D'Amassa, uma aventura é "um evento ou série de eventos que ocorrem fora da rotina da vida comum do protagonista, em geral acompanhado de perigo e, não raro, ação física"[2]. Já o inglês Robert Louis Stevenson dizia que "o perigo é a matéria de que tratam" estes romances de

1 EVANS, Arthur B. "Jules Verne and the French Literary Canon" In: SMYTH, Edmund J. *Jules Verne: Narratives of Modernity*. Liverpool: Liverpool University Press, 2000. Disponível em: <https://jv.gilead.org.il/evans/JV_Canon.html>. Acesso em: 5 set. 2024. Tradução nossa.
2 D'AMASSA, Don. *Encyclopedia of Adventure Fiction*. Nova York: Facts on File, 2009. Tradução nossa.

aventura, "o medo, a paixão de que escarnecem", os personagens sendo retratados "apenas na medida em que dão via ao sentido de perigo e incitam a impressão do medo"[3].

E o que é um romance de aventuras se não a história de uma viagem? Toda viagem é uma forma de aventura, e toda história de aventura é, em sua maior parte, a história da relação entre os personagens e a geografia da paisagem que percorrem, "concebível apenas nos termos do conjunto particular de características geográficas que em cada caso determinam, literalmente, o caminho da história", como disse o escritor estadunidense Michael Chabon.[4]

Sendo extraordinárias ou não, viagens são um tema tão antigo quanto o ato de viajar em si. Suas raízes estão nos antigos périplos, guias de navegação da Antiguidade com os itinerários de rotas de comércio, e nas periegeses greco-latinas, que eram levantamentos históricos e geográficos de uma região.

As narrativas de viagens enquanto relatos pessoais se tornariam um gênero popular na Idade Média islâmica, cujos primeiros exemplos incluem *Viagem ao Volga*, de Ahmad Ibn Fadlam.[5] Emissário do califa de Bagdá enviado em missão diplomática ao rei dos eslavos, Fadlan cruza caminho com vikings e descreve impressionado seus costumes — segue sendo até hoje o único relato de alguém que testemunhou um funeral viking. Seu texto antecipa as principais características que diferenciam uma narrativa de viagens de meros manuais de navegação ou documentos protocolares: o olhar em primeira pessoa do narrador.

3 BEDRAN, Marina. *A aventura do estilo: ensaios e correspondências de Henry James e Robert Louis Stevenson*. Tradução de Marina Bedran. Rio de Janeiro: Rocco, 2017.
4 CHABON, Michael. "The Wilderness of Childhood". *Manhood for Amateurs: the pleasures and regrets of a husband, father, and son*. Nova York: HarperCollins, 2009. Tradução nossa.
5 FADLAN, Ahmed Ib. *Viagem ao Volga: relato do enviado de um califa ao rei dos eslavos*. Trad. Pedro Martins Criado. São Paulo: Carambaia, 2018.

Já no século XIII a imaginação dos leitores europeus seria capturada pelo relato das viagens de Marco Polo ao oriente — que, vale lembrar, não foram escritas pelo próprio e sim por seu contemporâneo italiano Rusticiano de Pisa, cuja veracidade muitos questionam até hoje. Com a era das grandes navegações, a curiosidade do leitor europeu pelos mistérios de outros continentes faria os relatos de exploradores como Cristóvão Colombo, que "descobriu" a América, ou James Cook, que chegou à Oceania, se tornarem best-sellers, da mesma forma que os de exploradores e aventureiros como Hans Staden e o pirata inglês Anthony Knivet, que viveram entre canibais tupinambás no Brasil.

Das viagens comerciais à Ásia, passando pela exploração europeia das Américas e pela colonização da África, o início da Idade Moderna viu estes relatos inflamarem a imaginação de leitores e escritores. E as viagens reais despertavam a imaginação para as viagens ficcionais, ainda que, no caso do *Robinson Crusoé* de Daniel Dafoe, o texto fizesse de tudo para convencer seu leitor de que se tratava de uma aventura verdadeira.

Sem precisar ir muito longe, havia, entre aristocratas europeus, a ideia de que dar uma volta pela Europa, conhecer as leis e costumes de outros reinos e entrar em contato com as ruínas de antigas civilizações era uma forma de aprimoramento intelectual, social, ético e político. No século XVIII com o Iluminismo, tornou-se comum a crença de que o viajante tinha a obrigação de relatar o que via e descobria em suas viagens — hábito que os ingleses chamavam de *Grand Tour*, uma grande volta pela Europa, de onde surgiu o termo "turista" — aos pobres-coitados que ficavam em casa, como forma de trazer conhecimento e engrandecer sua sociedade. Por esse mesmo motivo, em países mais conservadores da época, como Portugal, os que viajavam eram hostilizados e tidos como "estrangeirados", quando não tomados por hereges, ao ousarem dizer que vivia-se melhor em outros países, com religiões e leis diferentes das locais.

É como sátira destas aventuras marítimas cheias de percalços, e dos contrastes entre diferentes sociedades possíveis, que surgem os relatos de reinos fantásticos como *Viagens de Gulliver*, de Jonathan Swift — a narrativa termina com seu protagonista, o médico Lemuel Gulliver, sentindo-se incompatível com a "atrasada" sociedade europeia de então, após ter testemunhado sociedades mais esclarecidas e racionais.

A ciência da imaginação

Se os encontros com novos povos, continentes e religiões colocavam em perspectiva as certezas das suas próprias, a ciência surge então como parâmetro universal, e dessa união começam a tomar forma os primeiros romances de ficção modernos que podem ser considerados de fato "científicos". Um dos primeiros subgêneros da ficção científica a nascer é, justamente, o que envolve histórias da "Terra oca".

O interior da Terra povoa a imaginação humana desde sempre, seja como mito de origem da Humanidade, como na cultura inca, ou mundo dos mortos, como na greco-romana. Na literatura, a *Divina Comédia* de Dante pode ser considerada uma das primeiras narrativas ficcionais de "Terra oca", tão influente que hoje em dia esquece-se o quanto as noções modernas de inferno, com seus muitos círculos de punição, não estão na Bíblia: são, isto sim, uma invenção literária de Dante.

Não deixa de ser curioso, portanto, que tenha sido justamente um padre quem deu origem ao mito de que o subterrâneo do planeta seja um intrincado conjunto de cavernas, túneis e rios subterrâneos conectando os polos opostos: o jesuíta Athanasius Kircher, que em 1665 publicou seu livro *Mundus Subterraneus*.

Influenciado pelas descobertas de Copérnico, Kircher era adepto de que se buscassem causas racionais para os fenômenos por meio da compreensão das leis naturais, que fossem derivadas da observação, ao invés da busca por explicações milagrosas. Assim, numa curiosa mistura de ciência e religião, Kircher concebeu o interior da Terra como um sol resfriado, do qual um fogo central se conectaria à superfície por meio de diversas reservas de magma, e habitado por criaturas fantásticas como dragões.

Mas a ideia de uma Terra completamente oca veio alguns anos depois, em 1692, graças ao astrônomo inglês Edmond Halley — o mesmo que calculou as passagens do cometa que leva seu nome. Ele concebeu a Terra como sendo composta de três esferas ocas concêntricas, uma dentro da outra e incomunicáveis entre si, feito bonecas russas, girando em rotações diferentes, como uma esfera armilar. Quase um século depois, essas teorias começaram a ser exploradas pela ficção. Unindo a ciência à imaginação, em 1741 o filósofo norueguês Ludvig Holberg publicou *Nicolai Klimii Iter Subterraneum* ("A viagem subterrânea de Niels Klim"), cujo personagem título, após cair em uma caverna, chega ao interior da Terra, onde orbitam um sol e um pequeno planeta, este povoado por uma sociedade utópica. Em seguida, em 1788, o sedutor Giácomo Casanova publicou *Icosaméron*, um catatau de mais de mil páginas sobre a viagem de dois irmãos ao interior da Terra, povoado por uma raça de anões hermafroditas — "um mal arrumadíssimo romance que não lhe rendeu nenhum renome e ainda levou o pouco dinheiro que tinha para as despesas de impressão", segundo Umberto Eco.[6]

Foi já entrando no século XIX em 1818, que um militar estadunidense, o capitão John Cleves Symmes Jr., publicou um

6 ECO, Umberto. *História das terras e lugares lendários*. Trad. Eliana Aguiar. Rio de Janeiro: Record, 2013.

panfleto — que fez questão de enviar a todos os jornais, sociedades científicas, governos e universidades possíveis — declarando não apenas que a Terra era oca, mas também que havia aberturas nos polos que conduziam ao seu interior. Tido como meio louco, suas teorias foram ridicularizadas e ele se tornou alvo de piadas nos jornais. Mesmo assim, Symmes passaria o resto da vida defendendo suas ideias em palestras e artigos, até acabarem sendo abraçadas onde melhor floresciam: na ficção. Publicado em 1820 como uma narrativa de viagem ficcional, o romance *Symzonia* imaginava uma expedição ao interior da Terra conforme as teorias de Symmes, interior este habitado por uma antiga civilização perdida — sua autoria era atribuída a Jonathan Seymour, pseudônimo cuja identidade nunca foi descoberta, e alguns suspeitaram que fosse o próprio Symmes. Na década seguinte, com o conto *Manuscrito encontrado em uma garrafa* (1831) e a novela *A narrativa de Arthur Gordom Pym* (1838), Edgar Allan Poe tangenciaria as ideias de Symmes a respeito da Terra oca com aberturas nos polos.

Ainda que o próprio Verne pareça fazer uso das teorias de Symmes (que chega a ser citado por Axel no capitulo 29, erroneamente identificado como inglês e não estadunidense), sobretudo a respeito das aberturas nos polos que conduzem ao interior da Terra oca, não deixa ser irônico o quanto o título de *Viagem ao centro da Terra* é enganoso: os personagens avançam apenas 87 milhas Terra adentro, e nunca chegam, de fato, ao centro da Terra.

A obra de Verne, dado seu impacto e influência, pode ser considerada um divisor de águas nesse subgênero, e seria tarefa hercúlea listar os autores que, influenciados ou não por ele, criaram histórias envolvendo o centro da Terra. Alguns, porém, merecem destaque pelo impacto cultural que causaram. Em *Vril:*

The Power of the Coming Race (1871), o inglês Edgar Bulwer-Lytton concebeu uma raça superior vivendo no interior da Terra, semelhante a anjos e com poderes telepáticos, conferidos por um elixir chamado "Vril". Leitura popular e influente em sua época, o romance acabou tornando-se mais conhecido pelas tantas sociedades esotéricas que influenciou, sobretudo na Alemanha nazista.

Já no século XX o estadunidense Edgar Rice Burroughs publicou a popular série de livros sobre Pellucidar, uma região no interior oco da Terra que, acessível por aberturas nos polos, era povoada de animais pré-históricos e raças avançadas. Iniciando-se com *At Earth's Core* (1914), teve ao todo sete livros, e recebeu até mesmo a visita do personagem mais popular de seu autor em *Tarzan no centro da Terra* (1929).

Como lembra Umberto Eco, "penetrar no coração do planeta, sob a crosta terrestre, sempre atraiu os seres humanos, e alguns viram nesta paixão por grutas, fendas e túneis subterrâneos um desejo de retornar ao útero materno: quem não se lembra de ficar escondido embaixo das cobertas, quando era criança, isolando-se do resto do mundo para talvez fantasiar uma viagem submarina?"[7]

A aventura como estilo

Em um encontro com Alexandre Dumas Pai, autor de *Os três mosqueteiros*, Jules Verne teria lhe dito que, assim como ele fora o grande cronista da História, Verne ambicionava ser o grande cronista da Geografia. Curiosamente, quando vista em conjunto com o restante de sua obra, a premissa de *Viagem ao centro da Terra* é a que toma mais liberdades científicas, mesmo

7 ECO, idem, ibidem.

para sua época. Seu truque está no fato de, quanto mais imaginativo e especulativo se torna o enredo, mais realista é a narração, povoada de detalhes geográficos, geológicos e científicos alinhados com os mais avançados conhecimentos de sua época.

Michael Crichton, autor de *Jurassic Park*, se especializou nessa combinação de ciência e ficção e apontou: "o que Verne faz, livro após livro, é recontar uma aventura fantástica com verossimilhança. Ao fazer isso, ele revive nosso senso de maravilha mítica, nosso profundo sentimento de conexão com o mundo físico e nossa apreciação das possibilidades práticas da imaginação e do esforço humanos".[8] Não é por acaso que seu interior da Terra, longe de ser povoado por civilizações perdidas ou animais fantasiosos, traz a primeira ocorrência, na literatura de ficção, de animais pré-históricos tal qual a ciência de sua época os concebia.

Verne, com seu texto claro e direto, simples até, raramente é visto como um estilista da linguagem — "Jules Verne! Que estilo! Nada além de substantivos", teria dito o poeta Guillaume Apollinaire[9]. Mas quase cento e cinquenta anos depois, ele segue sendo lido e traduzido, e é justamente sua prosa enxuta e ágil uma das razões de sua contínua popularidade. O tipo de história que ele se propunha a contar pedia clareza de pensamento e objetividade. Como também já observou Robert Louis Stevenson, "ser esperto demais, soltar o coelho do interesse moral ou intelectual enquanto estamos correndo com a raposa do interesse material não é enriquecer, mas aniquilar sua história"[10].

8 CRICHTON, Michael. "Introduction". In: VERNE, Jules. *Journey to the Centre of the Earth*. Londres: Folio Society, 2001. Tradução nossa.
9 ALDISS, Brian. "Introduction". In: *Around the World in Eighty Days*. Londres: Penguin Classics, 2004.
10 BEDRAN, idem, ibidem.

Vista em conjunto, a obra de Verne mostra uma voz e visão pessoal muito distintas. O crítico William Butcher aponta o quanto o olhar de Verne antropomorfiza a Terra e, com seus personagens obsessivamente focados, mecaniza o humano. Por justaposição, humor ou ironia, "enfraquece qualquer visão dogmática da existência; uma metaforização de objetos e ideias cotidianas".[11] Verne possui um ritmo distinto, feito de repetições e silêncios, contrapontos e movimentos lentos que vão elevando o tom até um crescente explosivo. Uma técnica narrativa inovadora, seja no uso de tempo, pessoa, ponto de vista, voz ou estrutura, que o faz ser descoberto por novos leitores e continuamente lido até hoje.

SAMIR MACHADO DE MACHADO é escritor, tradutor e mestre em Escrita Criativa pela PUC-RS, autor dos romances *Homens elegantes* (2016) *Tupinilândia* (2018) e *O crime do bom nazista* (2023).

11 BUTCHER, William. "Introduction." In: VERNE, Jules. *Journey to the Centre of the Earth*. Nova York: Oxford University Press, 2008. Tradução nossa.

Dados Internacionais de Catalogação na Publicação (CIP)

V531v

Verne, Jules

Viagem ao centro da Terra / Jules Verne ;

traduzido por Verónica Galíndez; ilustrado por

Helena Obersteiner. – Rio de Janeiro : Antofágica, 2025.

384 p. ; 14 x 21cm

Título original: Voyage au centre de la Terre

ISBN: 978-65-80210-66-4

1. Literatura francesa. I. Galíndez, Verónica. II. Obersteiner,

Helena. III. Título.

CDD: 840 CDU: 821.133.1

André Queiroz – CRB-4/2242

Antofágica

prefeitura@antofagica.com.br

instagram.com/antofagica

youtube.com/antofagica

Rio de Janeiro — RJ

1ª edição, 2025.

DEVAGARINHO ATÉ EMBAIXO,
EMBAIXO, EMBAIXO...

Não faltaram equipamentos ou iluminação para que a equipe
da Ipsis imprimisse em papel Golden 80g/m² esta edição
composta em Questa e Bookman, em dezembro de 2024.